U0919171

The Art Of Hearing Heartbeats

爱人的心跳

Jan-Philipp Sendker

[德国] 让－菲利普·森德克尔 著

孔央 译

译林出版社

献给安娜、弗罗伦廷和乔纳森，

并纪念薇薇安·黄（1969—2000）。

第一部

第一章

首先给我留下深刻印象的，是那老头的眼睛。他的眼睛深埋在眼窝之中，似乎一直在盯着我看。尽管茶馆里其他人也会时不时地向我投来不怀善意的目光，但他的眼神却是最肆无忌惮的，就如同我是他从来没有见过的异类一般。

我尽力不去理会他，转而扫视了一下整个茶馆。这间简陋的小木屋里摆放着几副桌椅，地面干燥，满是尘土。一个玻璃柜挨着远处的墙壁，里面的糕点和饭团上爬满了苍蝇。旁边的煤气灶上，泡茶的水正在乌黑的壶中沸腾着。堆满橙色汽水的木箱躺在一个角落里。我从来没有进入过如此破旧不堪的小屋。汗水顺着我的太阳穴和脖子流了下来，牛仔裤紧紧地贴着皮肤。我才刚刚安顿好坐了下来，突然间，老头就站起身，向我走了过来。

“姑娘，非常抱歉，直接就过来和你打招呼了。”他一边说着，一边坐在了我的身旁，“我知道这样做的确是很冒昧，尤其是因为我们并不相识，或者至少也因为你不认识我，甚至也从来没有见过我。我叫吴巴[①]，我听说过许多关于你的事情，但是，我也承认这并不能够作

① 缅甸人只有名，没有姓，一般习惯在人名前加称呼。对长辈男子或有地位的人，名字前往往冠一个“吴”字，以示尊敬。

为我这种唐突行为的借口。在陌生国度陌生城市的茶馆之中被陌生人搭讪，如果你觉得奇怪，这也很正常。我非常能够理解你的感受，但是我希望，或者更加坦诚点儿来说，我必须问你一个问题。这个机会已经让我等待太长时间了，既然你已经来到这里，我不可能默不作声，只是坐在那边看着你。

“准确地说，我已经等待了四年。有许多个下午，我都会在尘土飞扬的主街道上四处徘徊，看着为数不多的旅客从汽车里走下，来到我们的城市。偶尔，当飞机从首都飞来而我正好也有空的时候，我也会去我们的小机场寻找你，但是，一切都只是徒劳。

“我已经等了很长时间，你终于出现了。

“我完全没有责怪你的意思，请你不要误会我。我只是个老头子，也不知道还可以活多长时间。我们国家的人都老得快，死得早。我的日子应该也快到了，但是，我还有个故事要告诉你，这个故事对你来说非常重要。

“你在微笑。你是不是觉得我头脑不正常，有点儿神经错乱，至少也是相当的古怪反常？你也可以这么想。可是求你了，求你了，别不理我。不要被我的外表误导了。

“我看着你的眼睛，是因为我在试探你的耐心。请你原谅我。这里并没有人在等你，对吧？不出我所料的话，你是独自一个人来的。请给我几分钟的时间，陪我再坐一小会儿，朱莉娅。

“你很吃惊吧？你那可爱的棕色眉毛也变长了，这还是你第一次真正地看着我呢。你一定很震惊。你一定非常困惑，为什么我们从来没有见过面，我却知道你的名字，而且这还是你第一次来到缅甸。你怀疑我是不是在哪里看到了你的名字，是夹克上呢还是背包上。都不是。我不仅知道你的名字，我甚至还知道你出生的具体时间。我知道关于小朱莉的一切，她最喜欢的便是听她的爸爸讲故事。我这就告诉你，她最喜欢的是《王子、公主与鳄鱼的故事》。

“朱莉娅·温，一九六八年八月二十八日出生于纽约。妈妈是美国人，爸爸是缅甸人。你的姓氏也是我故事的一部分，从我出生的那一天起，它也成为了我生命中的一部分。在过去的四年里，我没有一天不在想念着你。我会慢慢地把所有一切都给你解释清楚的，但是，我想先问你一个问题：你相信爱情吗？

“你在大笑。你可真是漂亮啊。我是认真的，你相信爱情吗，朱莉娅？

“当然了，我指的并不是那些情感的爆发，使得我们过后又会对自己的所作所为悔恨不已，让我们误以为离开了某个人就无法继续活下去，使得我们仅仅只是想到可能会失去某个人便恐惧焦虑得颤抖不已。这种感觉非但没有丰富我们的生活，反而摧毁了我们，因为我们会渴望拥有自己不可能拥有的事物，渴望抓住自己不可能抓住的一切。

“不是这样的。我所说的爱情，能够给双目失明的人带来光明，比恐惧更为强大。它能够为生命注入意义，自然的消亡阻止不了它，它还能够促使我们蓬勃地发展。爱是永无止境的，是人类心灵战胜了自私与死亡的胜利成果。

“你在摇头。你根本不相信这些，你也完全不明白我所说的话。对此，我一点儿也不惊讶。我只需要你再等一等。一旦你听完我为了你埋藏在心底四年之久的故事，你就会明白了。我只需要你一点点的耐心。现在，时候也不早了，长途旅行一定把你累坏了吧。如果你愿意的话，我们明天同一时间再见，还是在这间茶馆，这张桌子。顺便说一下，这也是我见到你父亲的地方，实际上，当时他正好就坐在你此时坐的凳子上，讲述着他的故事，而我也正好是坐在现在的这个座位上。我承认，当时我感到很吃惊，很怀疑，甚至很困惑。我从来没有听别人讲过这样的故事。言语能展开翅膀吗？能像蝴蝶一样在空中飞舞吗？能让我们着迷，带领着我们进入焕然一新的世界吗？能打开我们心灵中最后的秘密花园吗？我不知道仅仅只靠言语能否实现所有这一切，但是，朱莉娅，那天你父亲的声音，一个人可能一辈子就只能听到这么一次。

“尽管他的声音很低沉，但仅仅是听到他的声音，茶馆中就没有人不为此感动得落泪。他的话语组成了一个故事，故事里一个生命渐渐地凸显了出来，展现出了不可思议的魔力。那天，我听完他的故事之后，也像他一样更加坚定了自己的信仰。

“‘我并不是宗教人士，但是，吴巴，爱情是我唯一真正信仰的力量。’这就是你父亲的原话。”

吴巴站起身，双手摊开交叉着放到胸前，轻鞠一躬，步履轻盈，迅速地离开了茶馆。

我看着他，直到他消失在街道的喧闹之中。

不，我想把他叫回来。我相信爱情吗？这算什么问题啊。就好像爱情是一种宗教，你可以选择信或者是不信。不，我想告诉那老头，没有任何力量比恐惧更为强大，没有什么能够战胜死亡。根本没有。

我蜷缩着，无精打采地坐在矮凳上，感觉他的声音还萦绕在我的耳边。他的声音平静而悦耳，感觉还有点儿像我的父亲。

陪我再坐一小会儿，朱莉娅，朱莉娅，朱莉娅……

你相信爱情吗，相信爱情吗……

你父亲的原话，你父亲……

我头痛欲裂，筋疲力尽，感觉就好像刚刚从残酷无情的梦魇中醒来，仍然辗转难眠。苍蝇在我的周围嗡嗡乱飞，停在了我的头发、额头和手臂之上。但是，我却没有气力把它们轰走。我的面前放着三块干饼。桌上满是黏糊糊的红糖。

我抿了一小口茶。茶水太凉了，而我的手在不停地颤抖着。我为什么要听那个陌生人说这么长时间的话？我本来可以打断他。或者我也可以离开。但是，似乎有什么东西在阻止着我。正当我打算走开的时候，他说道：“朱莉娅，朱莉娅·温。”我完全没有料到，他喊出我全名的声音竟然会让我如此的心神不宁。他怎么会知道我的名字？他真的认识我的父亲吗？他们最后一次见面是在什么时候？他知不知道我父亲是否还尚在人世？知不知道他的藏身之所？

第二章

服务员坚决不肯收我的钱。

“吴巴的朋友就是我们的贵客。”他说道，弯腰鞠了个躬。

但我还是从裤兜里掏出了一缅元。这张钞票破旧污秽，服务员并没有收下。于是，我把它塞到了盘子底下。服务员把桌子收拾干净，但是却没有把钞票拿走。我用手指了指。他却只是微微一笑。

是因为钱太少了？还是因为这张钞票太脏了？我又拿出一张更干净更大面值的钞票放在了桌上。他再次鞠躬、微笑，但仍然还是没有动那张钞票。

屋外的温度甚至还要高。热浪快要把我融化了。我站在茶馆的前面，一步也无法迈出去。太阳照射着我的皮肤，炫目的光芒刺痛了我的双眼。我戴上棒球帽，压低帽檐，挡住了自己的脸庞。

街道上人潮如流，但是却出奇的安静。这里几乎没有什么机动车辆。人们要么步行，要么骑自行车。在一个十字路口，停放着三辆马车和一辆牛车。路上为数不多的几辆汽车便是日本生产的小卡车，磨损严重，锈迹斑斑，塞满了年轻男子们用于谋生的手编竹篮和口袋。

整条街道上排列着低矮的单层木屋商店，上方是波浪形的锡顶。

店内出售的商品琳琅满目，大米、花生、面粉、洗发露，甚至还有可口可乐和啤酒。这里没有任何秩序——至少我完全无法看出来。

似乎每隔一家商店就会有一间茶馆，客人们在门口蜷缩着，坐在小木凳上。他们头上裹着红色和绿色的毛巾。男人们下半身穿着的并不是裤子，而是类似于围带裙的笼基。

在我的前方，一群女人把黄色的膏状物涂在了脸颊、眉毛和鼻子上，抽着长长的深绿色小雪茄。她们的身材非常苗条，但是看上去却并不单薄，举手投足之间的优雅与轻盈与我的父亲一模一样，这也正是一直以来我对他的敬佩之处。

她们盯着我看的方式也很奇怪，直勾勾地盯着我的脸庞和眼睛，同时又面带微笑。我无从得知这种微笑到底意味着什么。一点点的笑意竟然也可以令人感到如此毛骨悚然。

也有人向我点头致意。为什么？他们认识我吗？他们都和吴巴一样，期待着我的到来吗？我尽量不去看他们。我走在主街道上，尽力加快了步伐，而我的双眼只是一直盯着远处某个似有似无的小点。

我开始想念我的家乡纽约了，想念喧闹的交通，想念道路上行人冷漠的脸庞，相互之间漠不关心。我想回去，只有在纽约，我才熟悉应该如何行走，知道怎样的举止合适。

主街道延伸了将近一百米之后便开始分岔。我已然忘记了旅馆的位置。我所能够看到的只有巨大的三角梅，高度甚至超过了它们遮住的小屋。地面干燥，人行道上满是尘土，坑坑洼洼，深得可以装下篮球。无论我的视线移到哪里，一切都感觉陌生而又可怕。

“温小姐，温小姐。”有人喊道。

我几乎不敢完全转过身去，只是回头看了看。身后站着一名年轻男子，他让我想起了旅馆中的侍者、仰光机场的搬运工、出租车上的司机，还有茶馆里的服务员。

“您在找什么吗，温小姐？需要帮忙吗？”

“不用了，谢谢。”我说道，我并不愿意向这位陌生人求助，“是的……我住的旅馆。”我希望能够赶快找个地方藏起来，要是可以藏在今早入住的旅馆房间之中，那该有多好啊。

“在山上呢，从这里往右拐。不用五分钟就可以到了。”他回答道。

“谢谢你。”

“希望您在我们这儿玩得愉快。欢迎来到格劳。”他说道。他站着一动不动，面带微笑，而我便把头转了过来。

回到旅馆之中，我悄声无息而又敏捷迅速地经过微笑着的前台服务员，爬上宽大的木质楼梯来到二楼，躺到了床上。

从纽约到仰光的整个行程，花了超过七十二个钟头。接下来的一整夜和半个白天里，我又坐在摇摇晃晃的大巴上。车里面挤满了臭气熏天的乘客，他们穿着肮脏的笼基和特敏、褴褛的T恤、破旧的塑料拖鞋。车上还有唧唧喳喳的小鸡和号叫不停的小猪。二十多个小时走过的路根本一点儿也不像路。要是你问我，我只能说它是干涸的河床。最后，我终于从首都仰光来到了这个偏远的小山村。

我早就该睡觉了。太阳已经落山，夜幕也降临了。房间之中变得有些昏暗。我的箱子放在另一张床上，还没有打开。我环视着四周，视线不停地来回移动着，似乎我还需要提醒自己究竟身在何处。一台破旧的木扇从天花板上垂了下来，高高地悬挂于我的头顶上。这个房间很大，简约的布置让我感觉置身于寺院之中一样。房门的旁边有一个简朴的柜子，窗户的边上有一套桌椅，两张床之间还有个小小的床头柜。墙面粉刷得很白，没有任何装饰品，没有图画，也没有镜子。陈旧的木地板早已被磨得光滑。唯一的奢侈品便是一台小型的韩国进口冰箱，但是，它并没有在运转。晚风习习，从敞开着的窗口吹了进来。

在暮色笼罩中，几个小时已经过去了。与明亮的白天相比，此时此刻，我感觉自己与老头的相遇更加荒谬可笑，更加不可思议。我对此事的记忆已经有些模糊朦胧。幽灵般的影像不时地浮现在我的脑海之中，我无法解释清楚这些影像到底是什么，它们也没有任何意义。我努力地去回想。他穿着白色泛黄的T恤，绿色的笼基，橡胶人字拖。他剃了个平头，头发花白浓密。他的脸庞布满了皱纹。我说不出他有多大年纪。六十，也可能是七十。然而，他嘴角也同样带着一抹微笑，我完全捉摸不透它的意味。是轻蔑嘲讽，还是同情怜悯？他到底想从我的身上得到些什么？

金钱。否则还可能是其他的什么呢？尽管他并没有直接向我索取，但是，他的牙齿和T恤就已经清清楚楚地表明了他的意图。我明白他是如何做到的了。他可以从旅馆获知我的名字。他很可能是在与前台的服务员一起搞鬼。这个狡猾奸诈的老头，还妄图激发起我的好奇心，给我留下深刻的印象，然后再给我占卜。他是个算命先生。不，不，他应该是个占星师。我可不吃这一套。他就是在浪费自己的时间。

他是不是说了些什么来证明他确实认识我的父亲？据他所说，我的父亲曾经告诉过他："我并不是宗教人士，但是，吴巴，爱情是我唯一真正信仰的力量。"我的父亲根本不可能有这样的想法，更不可能大声地说出来，而且还是面对着一个陌生人，这是最不可能发生的。或许我也只是在骗自己。我自以为懂得父亲的想法和感受，这样的前提假设不是更加可笑吗？我究竟有多了解他呢？尽管我自认为了解父亲，但是他怎么可能会突然就这样消失了，甚至没有留下任何消息呢？他怎么可能抛弃妻子儿女，没有任何解释，从此杳无音讯了呢？

警察说，他在曼谷消失了踪迹。他可能是在泰国被劫杀了。

或许他在暹罗海湾的事故中遇难了？还是他希望换个环境，享受两个星期的宁静悠闲时光呢？也许他去了海边，在游泳的时候不小心溺水身亡了。这是我们家人的猜测，至少也是警方给出的解释。

调查组怀疑我的父亲有双重身份。我母亲坚持说，她完全不了解他头二十年的生活，但是，调查组的人员并不相信，他们认为这种说法相当的荒谬。一开始他们甚至怀疑母亲与父亲的突然消失有关，要么就是共犯，要么就是行凶者。直到最后，所有一切都变得明晰，整个过程并没有涉及任何高额赔偿的保险，即便父亲被宣告死亡，也不会有任何人从中获利。这个时候，调查组才停止了怀疑。父亲很可能还有另外的一面，隐藏在很久以前他生命中那神秘的头二十年之中，甚至连我们——他的家人也无从得知。

第三章

我对他的记忆仍然还停留在四年前。那是我刚刚从法学院毕业后的第二天早晨。前一天晚上，我和同学们一起在外庆祝毕业，我甚至还有点儿不想归家。而这一天早上，不知道为什么，我希望能以儿时惯例带来的安全感作为开始。我希望能够享受那种安全感。再一次地享受它。

或许我已经有了某种预感。

我的父亲很早就把我叫醒了，他穿着老式的灰色外套，戴着棕色的博尔萨利诺宽檐帽，就站在我的床脚。在我还很小的时候，我经常看着他穿成这样去上班。每天早晨，我都会站在窗边和他挥手道别，有时候我也会哭鼻子，因为我并不希望他离开。即便在许多年以后，他的司机就在门外等着，他只需要走三步路就可以穿过人行道坐上豪华轿车，他却总是还穿着外套，戴着帽子。那个时候，他从来都不愿意改变自己衣着的款式，他只是定期买回来新的外套和帽子，而且还都是宽檐帽。他有六顶帽子：两顶黑色，两顶棕色和两顶蓝色。后来，他再也无法找到这种款式的外套，甚至在纽约最保守的男装店里也没有，他便开始定制。

宽檐帽简直就是他的护身符。一开始，他买了一顶这种意大利式的帽子，戴着去参加了第一次的求职面试。最后，他得到了这份工作。当时，这顶帽子是他极高品味的显著象征。然而，很多年过去了，宽檐帽似乎已经过时了，甚至还有些古怪，父亲看起来像极了二十世纪五十年代电影中的临时演员。那个时候，我已经十多岁，父亲对穿着的选择让我感觉难堪不已。他看上去完全与时代脱节，他甚至在与我朋友的母亲打招呼时还会鞠躬。当他到学校接我的时候，其他孩子都在偷偷地发笑。他从来不穿运动鞋、牛仔裤和运动衫。他看不上美国人休闲的穿着方式，他说这只是为了迎合对舒服的渴求，这只是一种人类低层次的本能而已。

父亲就站在我的床边，轻声地呼唤着我的名字。他说他在波士顿有会面，不知道什么时候才能回来，也许不止几天。这让我感觉很奇怪，因为他工作上的时间安排一向都非常精准，就如同他的腕表一样。除此之外，尽管他经常坐飞机到波士顿去，但是他却从来没有在那里过夜。可是，我实在是太累了，并没有太在意。他亲吻了我的额头，然后说道：“我爱你，小家伙。永远不要忘记。听到没有？”

我迷迷糊糊地点了点头。“我也爱你。”

我翻了个身，把头埋在枕头里，继续睡着了。自此以后，我就再也没有见到过他了。

我们一开始发现有些不对劲，是在当天早上十点钟之后不久。我睡过了头，来到了厨房之中。母亲正在等着我吃早餐。她坐在阳台上，匆匆地翻阅着《时尚》杂志，身旁还放着一杯咖啡。我们俩都还穿着睡衣。桌上摆好了暖暖的肉桂卷，还有新鲜出炉的百吉饼。我坐在自己的座位上，背靠着墙壁，双脚搭在椅子的边缘上，手臂紧紧地抱着膝盖，小口地喝着橙汁，与母亲讨论着我暑假的计划。这个时候，电话铃响了。是父亲的秘书苏珊打来的，她想问问我父亲是不是生病了。

他约好十点钟会面的客人——毋庸置疑，这是个非常重要的会面——想知道他究竟在哪里。没有任何人提到波士顿。

母亲和苏珊都觉得一定是突然发生了什么事情。此时，他可能还在开会，所以不能打电话。再过几个小时，他肯定会和我们联系的。

母亲和我吃完了早餐。我感觉有些担心，但是她却十分镇静，我也就放松了下来。早餐之后，我们一起去做了美容，再经过中央公园来到了波道夫·古德曼百货商店。当时，纽约正值空气最清新的时节，而且还能够感受到初夏的温暖。公园中散发着除草过后的气味，人们躺在绵羊草坪上晒着太阳，一群光着膀子的年轻人在玩飞盘游戏，两位中年人手牵手踩着滑轮从我们面前经过。

母亲带着我走。在波道夫·古德曼百货商店，她给我买了一条黄色的碎花连衣裙。接着，不出我所料，我们又来到了广场酒店喝茶。

我对这间酒店并没有特别的感情。对我而言，这里人为的法式文艺复兴风格太过于梦幻花哨，太过于矫揉造作。但是，在很久以前我就已经明白了，要劝说母亲到其他的地方去喝茶只会徒劳无用。她喜欢这里的大堂，高高的天花板和四周的墙壁都以石膏粉饰，柱子做工精湛而且装饰华丽，如同用冰块雕刻而成一般。她很享受这里服务员们的装腔作势，她也喜欢法国领班用法语向她问好。我们坐在蛋糕、糖果和冰淇淋的小餐柜旁，两边都是棕榈树。两位小提琴师徘徊着演奏维也纳华尔兹舞曲。母亲点了鱼子酱煎饼和两杯香槟。

“有什么值得庆祝的吗？”我问道。

“庆祝你毕业了啊，亲爱的。”

我们尝了尝鱼子酱煎饼，太咸了，而香槟又不够凉。母亲向着服务员招手示意。

“算了吧，妈妈，”我说道，“一切都挺好的。”

“根本就不好。”她用温和的语气对我说道，就好像我对这些什么都不懂一样。

她批评了服务员，他一边不停地道歉，一边收回了我们刚刚所点的菜肴。母亲的声音听起来平静却又尖锐。有时候，她的声音会让我感觉非常害怕，但是今天，它听上去只是让我有些不舒服而已。

她看着我。“如果他不收走，你会把它们全吃光的，对吗？”

我点了点头。

“你的父亲也是这样。你们俩在很多方面都非常相似。”

“为什么这么说呢？”我问道。这句话听起来可不像是夸奖。

“是因为你们谦虚？”她问道，“内向？担心会引发冲突？还是骄傲自大？”

“这和骄傲自大有什么关系呢？”

“你们俩都一样，从来都不愿意应付服务员。”她说道。我不明白为什么她的声音之中隐隐带着愤怒。这似乎与香槟不够凉、煎饼太咸都没有关系。“你们觉得这样做太麻烦了，完全不值得。我认为，这就是骄傲自大。”

“这只是因为我觉得不那么重要而已。”我说道。其实，我并没有完全说实话。无论在餐馆，酒店，还是商场，要是让我指出点儿什么错误，我都会感觉非常难为情。尽管我表面上装作无所谓，心里却相当在乎。每一次，我都会恨自己太过于软弱，事后反而越想越生气。而父亲却完全不同。在这些情况之下，他的沉默并不是装出来的。他真的觉得无所谓。每次有人插队站到他的前面，他只是微笑。他也从来不会数找回来的零钱，而母亲却要将每一分钱都数得清清楚楚。我非常羡慕父亲的沉着镇静。母亲根本就无法理解他。母亲对自己和所有人要求都非常严格，而父亲只是对自己有所要求而已。

“你买到的东西是不是物有所值，这对你来说怎么会不重要呢？我完全无法理解。”

“就这样算了，行不行？”我问道，不只是请求，而是恳求，“你难道就不担心爸爸吗？”

“不担心。我应该担心他吗？”

我仔细地回忆着，我想知道母亲的镇定自若究竟是不是装出来的。我们俩谁也没有提到父亲失约的会面。她也没有打电话到他的办公室，询问是否有任何他的消息。为什么她能够如此确定父亲没有遭遇到什么意外呢？还是因为她根本就不关心？还是因为多年以来，她就一直清楚这一切终将发生？那天，尽管她故作镇定，但是却也夹杂着如释重负，甚至带着欣喜，就像是她预感已久的不可避免的灾难最后终于来临了。

“知名华尔街律师消失无影无踪”，父亲消失之后没几天，《纽约时报》就进行了报道。在接下来的日子里，形形色色的猜测也铺满了各种报纸的版面。是客户为了报仇而实施的谋杀？是惊险的绑架？是不是与好莱坞有关？在头两个星期之中，警方得到的所有发现只是让案情变得更加错综复杂了。父亲消失的那天清晨，他确实驾车去了肯尼迪国际机场。然而，他的目的地并不是波士顿，而是洛杉矶。他在机场购买了机票，没有托运任何行李。他又从洛杉矶起飞，乘坐联合航空公司 888 号航班的头等舱飞往香港。一位乘务员还记得他，因为他没有喝香槟，也没有读报纸，而是在看智利诗人巴勃鲁·聂鲁达的诗集。据这位乘务员描述，我的父亲十分沉着，而且格外优雅。他吃得并不多，没怎么睡觉，也没有看电影，而是把大部分时间都用来看书。

接着，父亲在香港半岛酒店的 218 房间度过了一夜，从客房服务点了咖喱鸡和矿泉水。据酒店的服务员称，他一直都没有离开过房间。第二天，他乘坐国泰航空公司 615 号航班飞往曼谷，又在文华东方大酒店住了一夜。他并没有故意隐瞒自己的行踪。他住的都是以前出差时曾经住过的酒店，还用信用卡支付了所有的账单，似乎他清楚地知道，这将成为他此次旅程的终点，至少未来的调查者也会认为是这样的。四个星期之后，一名建筑工人在曼谷机场附近拾到了他的护照。

一系列的证据都表明，他并没有离开过曼谷。警察检查了所有从曼谷出发航班的乘客名单，完全没有出现他的名字。调查组的人员甚至还推测他在曼谷办了假护照，然后以假名飞往其他地方。几位泰国航空公司的乘务员都声称曾经见过他，有人说他在飞往伦敦的班机上，有人说他去的是巴黎，也有人说他去的是金边。这些线索都没有给调查带来任何实质性的进展。

根据移民局的资料显示，父亲于一九四二年办理了学生签证，从缅甸来到了美国。他在纽约学习法律，于一九五九年加入了美国国籍。在出生地一栏，他填写的是缅甸首都仰光，缅甸曾经也是英国的殖民地。联邦调查局与美国驻缅甸大使馆所进行的调查也一无所获。在缅甸，温是一个非常普遍的姓氏，似乎根本没有人了解我父亲的家庭。

第四章

因此，在我们的生命之中，一定会有灾难性的转折点，我们熟悉的世界似乎突然间就不复存在了。在某个时刻，随着心脏一次有节律的跳动，我们就可能瞬间变成另外的一个人：当恋人坦言他爱上了别人，必须离开的时候；当我们埋葬父亲母亲或者亲朋好友的时候；当医生诊断出我们患上了严重脑癌的时候。

这样的时刻会不会只是长期发展而成的戏剧性结局？如果我们没有忽视种种的迹象，认真地进行分析，说不定我们早就能够预见到这样的结局了。

如果这些转折点都是真实的，我们又是否能够意识到它们已经发生了呢？还是必须在过了很长时间以后，我们才会恍然大悟，感觉到不对劲？

我以前从来没有思考过这些问题，我也不知道答案。然而，不管怎么说，父亲的消失，就正是这样的问题。我爱父亲，我也很想念他，但是，在过去的四年里，即便他仍然还与我们在一起，我的生活也不会发生任何的变化，任何一个我做出的重要决定也不会改变——至少这也是我以前的想法。

大约在一个星期以前，晚上八点刚过，我下班回到了住处，保安却在电梯门口叫住了我。屋外正下着倾盆大雨。我的鞋已经湿透了。我快要冻僵了，迫不及待地想马上赶回家里去。

“这是什么？”我不耐烦地问道。

“你的包裹。”他回答。

透过大厅巨大的玻璃窗，我瞟了一眼外面的街道。汽车尾灯在湿漉漉的柏油路上闪烁着。我多么渴望能够洗个热水澡，喝杯热茶。保安递给我一个袋子，里面装着鞋盒大小的棕色包裹。我用手臂夹着它，乘坐电梯回到了我三十五楼的公寓。这是我从法学院毕业之前不久，父亲为我买的。

我打开电话答录，有两条留言。桌上还堆着许多账单和垃圾邮件。家里隐隐散发着清洁剂的气味，于是，我推开了阳台门。外面还在下着雨，云层把天空压得很低，我几乎无法看清楚东河的对岸。在我的脚下，则是第二大道和皇后区大桥上车水马龙的景象。

我洗了个热水澡，把包裹从袋子里取了出来。我立刻就认出了母亲的字迹。有时候，她还会寄贺卡和剪报给我，因为她觉得我一定会很喜欢，至少我也应该喜欢。她很讨厌电话答录，邮寄便成了她留言的方式，尽管她也很长时间没有给我寄过包裹了。在这个包裹之中，有许多父亲的老照片，一些陈旧的文件和资料，还有母亲写的几行字：

朱莉娅：

我在清理阁楼的时候发现了这个盒子。它掉在了一个中国式梳妆台的背后。也许你会对这些东西很感兴趣。我们四个人最后的合影也一并寄给你了。我已经不再需要它们了。记得给我打电话。

你的妈妈，

茱迪思

我把所有的东西都铺在桌面上。最上方是在我毕业那天拍的全家福。我站着父母两人的中间，兴高采烈地挽着他们俩的手臂。哥哥就站在我的身后，双手搭在我的肩膀上。母亲对着镜头骄傲地微笑着。父亲也在笑。多么完美幸福的家庭啊。照片怎么可能会骗人呢？但是，有谁会料到这竟然成了我们四个人的最后一张合影，更糟糕的是，长期以来，其中的一个人竟然一直在密谋着出逃。母亲寄给我的还有两本过期护照，父亲的入籍证书，以及几本注满小标记的日历。波士顿、华盛顿、洛杉矶、迈阿密、伦敦、香港、巴黎……在那些年间，父亲不止一次地到世界各地出差。他一开始从底层做起，最后成为公司的八名合伙人之一。作为一名律师，他很早就开始涉足娱乐产业，他为好莱坞的公司提供咨询服务，包括电影合同，收购兼并等等，甚至连有些大牌巨星也是他的客户。

我从来没有真正地明白，为什么他在事业上能够取得如此巨大的成功。他努力工作，但是却从来没有流露出一丝个人野心。他并不虚荣，从来没有想过要利用客户的名声从中牟利。他的名字从来没有在报纸的八卦专栏上出现过。而且他也从来不参加任何的聚会，甚至包括母亲和她的朋友们举办的大型慈善舞会。通常来说，外来的移民都希望能够尽快地融入，而我的父亲似乎却无此需求。他一点儿也不合群，与大家想象中的名律师完全不同。或许就正是这种特质让他获得了信任，成为抢手的大律师：他沉着冷静，毫不造作，不拘小节，直率坦诚。但是有时候，他的有些行为也会让商业伙伴与为数不多的好友们感觉到不舒服。比如说，他的记忆力特别好，而且对不同人性格的判断也准确得惊人。仅凭匆匆一瞥，他就几乎能够记住所有一切。他还可以一字不差地说出几年之前写过的便签与信件的内容。在与人谈话的初始，他都会闭上眼睛，专注于对方的声音，如同陶醉于歌声之中一般。

因此，他似乎就能够准确地判断出对方的心理状态，他们是否有信心，他们说的是真是假。假设这种技能是可以学会的，那么是谁，在何时何地教会他的呢？无论我怎么求他，他都不肯告诉我。在我的一生之中，我撒过的谎从来就没有成功地蒙骗到他，一次也没有。

包裹中年代最久的日历是一九六〇年的。我快速地翻了翻，上面只是写着一些商务预约，陌生的名字、时间和地点，仅此而已。它的中间还夹着一张父亲手写的便条：

人究竟能够活多久？
一千个日夜抑或一个春秋？
一个星期抑或几个世纪？
人离世需要多长时间？
“永远”是什么含义？
——巴勃鲁·聂鲁达

接着我发现，在日历的最后一页夹着一个薄薄的蓝色航空信封，折成了整齐的小长方形。我把信封拿出来展开。信上写的是：

米米（收）
环路38号
掸邦，格劳
缅甸

我有些犹豫了。这张朴素的蓝色薄纸是否就是解开父亲所有秘密的钥匙呢？我拿着这封信，走到了煤气灶的旁边。我可以将它付之一炬，一瞬间，火焰就能够让这张薄纸化为灰烬。我打开煤气灶，煤气开始嗞嗞作响，自动点火器咔嗒一声，火焰便开始燃烧了起来。我握着信封，将它向着火焰靠近。只要我的手稍微一动，我们的家庭便可以重新回归平静了。我已经记不清我在煤气灶前站了多长时间，我只记得自己突然间就开始哭泣，泪水顺着我的脸颊流了下来。我并不知道自己为什么要哭，但是泪水不停地涌了出来，越来越多，越来越快，直到某个时刻，我才突然意识到自己已经躺在了床上，像个小女孩一样号啕大哭。

当我苏醒过来的时候，床头柜上的闹钟显示是五点二十分。我依然还沉浸在深深的悲伤之中。没过多长时间，我便已经记不清自己悲伤的原因了，只希望所有一切都是一场梦。我坐到了桌子的边上，轻轻地打开了这封信，似乎它会像肥皂泡一样突然间破裂在我的手心。

1955年4月24日
纽约

我亲爱的米米：

距离最后一次听你的心跳，已经过去了五千八百六十四天。你知道这是多少小时，多少分钟吗？你知道鸟儿不能歌唱，花儿不能开放将会有多么的悲哀吗？还有鱼儿离开了水又会是多么的可怜呢？

要写信给你实在是太艰难了，米米。我给你写过许多封信，但是我都没有寄出去。你不知道的事情，我要怎么样才能够告诉你呢？就好像我们必须有墨水和纸张，必须用信件和言语才能够进行交流一样。这140 736个小时你一直和我在一起，是的，已经有这么长的时间了。你会一直和我在一起，直到我们再次相聚。（请原谅我又再次说了如此显而易见的事实。）等到时机成熟的时候，我就会回来。最美好的言语听起来也平淡乏味。有些人必须通过言语，必须彼此看到、听到、接触到对方才能够变得亲密无间。也有人必须通过证明，甚至是确认爱情存在才能得以心安，他们的生活是多么枯燥无趣啊。我知道，这些话语是你永远都无法看到的。但是，一直以来，无论我写的是什么，你都能够完全理解的。实际上，这些信是写给我自己的，这仅仅只是我微不足道的尝试，希望能够平息我对你的思念。

我把信又看了第二遍，第三遍，最后才又把它折起来，塞到了信封里。我看了看时间：这是周六早晨，七点刚过。屋外的雨已经停了，乌云慢慢地散开，露出了深蓝色的天空，曼哈顿也正在渐渐地苏醒过来了。太阳升了起来，越过了东河。今天将会是寒冷而美好的一天。

我撕下一张纸，想写下点儿记录，分析一下当前的情况，然后再找出解决的办法，就像我在办公室里所做的工作一样。但是，我一个字也写不出来，我已经没有退路了。似乎有人已经为我做好了决定，尽管我根本无法说出来究竟是谁。

我的心里清楚地记着联合航空公司的电话。下一班去仰光的飞机将于周日起飞，经停香港和曼谷。我还必须在曼谷办理签证，那么在下周三我就能够乘坐泰国航空公司的航班飞往缅甸了。

“返程票呢？”

我想了一会儿。

“先不订吧。”

接着，我给母亲打了个电话。

第五章

我到达的时候，母亲一边喝着咖啡，一边翻阅着《泰晤士报》。

“我明天要出远门了。”我的声音听起来比我原先所担心的还要胆怯，“我要去缅甸了。”

“别荒唐了。”她说道，视线却仍然还是没有离开报纸。

在我的一生之中，一旦母亲说了这样的话，便总是能够让我哑口无言。我喝了一小口矿泉水，看着母亲。她灰色的头发又剪短了，还染成了深金色。短发让她看起来更加年轻，也更加严肃了。这些年以来，她的鼻子变得更加尖挺了。她的上唇深陷下去，几乎快要看不到了，而嘴角又向下弯，使得她的整个面部看起来十分痛苦而忧伤。她的蓝眼睛早已失去了我儿时记忆中的奕奕神采。是因为上了年纪吗？还是因为缺爱的女人就是这副模样？至少她没有得到自己所需要和希冀的爱情。是不是她早就知道米米的存在，只是一直不愿意告诉她的孩子们呢？她抿了一口咖啡，我看不透她的表情。

“你要去多长时间？”

“我不知道。”

“那你的工作怎么办？”

“我不知道。”

“你是在拿工作冒险。”

母亲说得没错。我根本就不知道米米是谁，她在哪里，也不知道她在我父亲的生命里扮演了什么样的角色，更不知道她是否还尚在人世。我只知道一个人名，一个村庄多年以前的地址，我甚至都不知道它的具体位置。我并不是行事冲动的人。比起本能直觉，我更相信头脑和智力。

沉默。

“你去到那里希望能够找到些什么？”她问道。

“真相。”我回答。这应该是陈述句，但听起来更像是疑问句。

“谁的真相？他的真相，还是你的真相？我现在只用三句话就可以告诉你关于我的一切真相。如果你愿意听的话。”她的声音听起来疲惫而无力。

“我想知道爸爸出什么事情了。”

“那又有什么关系呢？”

“或许他还活着。”

“好吧，即便他还活着。但是，难道你不觉得，要是他不想断绝与我们之间的关系，他就会主动与我们联系吗？”

她看到了我一脸惊讶的表情，又继续说道：“还是你想像侦探一样去进行调查呢？”

我摇了摇头，看着她。

“你究竟想知道些什么？”

“真相。”

她慢慢地放下了报纸，盯着我看了很长时间：“你的父亲在消失以前很久就已经离开我了。他背叛了我，不止是一次两次。我们结婚三十五年以来，他每一天、每个小时都在背叛着我。他并没有任何情人悄悄地陪着他外出，也没有以加班为理由与情人共度良宵。我不知道他是不是有外遇。我也无所谓。但是，他没有能够兑现自己的承诺。他曾经向我许下承诺。为了我，他皈依了天主教。在婚礼上，他也重复过了神父的誓词：‘无论顺境还是逆境……’但是，他却根本没有做到。他的信仰是假的，他对我的爱也是假的。他从来就没有真心真意地对待过我，朱莉娅，甚至是在顺境之中也没有。”她停了一会儿。

“你是不是觉得我从来就没有询问过他的过去？你真的觉得我根本不在意他生命中的头二十年吗？我第一次问他的时候，他安抚我，温柔而会意地看着我，我根本无法抗拒。他承诺说，总有一天会把一切都告诉我的。这还是在我们结婚之前，我选择了相信他。后来，我又缠着他追问。我痛哭流泪，甚至还以离婚相威胁。我告诉他，我要搬出家去，除非他不再向我隐藏秘密才会回来。他就说他爱我，难道这还不够吗？但是，怎么会有人信誓旦旦地表示爱一个人，却又不愿意与她分享所有一切，包括他的过去呢？

“在你出生之后，我在他的一本书中找到了一封陈旧的信件，是他在我们婚礼之前不久写的。这是写给一个缅甸女人的情书。他想向我解释，但是，我一个字也不想听。这的确有些不合常理，朱莉娅，但是，事情已经发展到了如此境地，承认与坦白都已经没有任何意义了。如果它们出现得太早，我们都会深受打击，因为我们都还没有做好准备去迎接它们，接受它们。然而，如果它们出现得太迟，我们已经错过了机会，怀疑和失望已经积累得过多，大门也早已紧紧地闭上了。不管是哪种情况，想要重拾亲密，最好的办法就只有保持距离。我的情况则是出现得太迟。我对他的故事早已不再感兴趣——它们无法再拉近我们之间的距离，反而只会让我们都伤得更深。我对他说，如果再让我发现类似的信件，无论是多久以前写的，我都会坚决地离开他，他就再也见不到我和孩子们了。自此以后，我真的再也没有发现其他什么了，尽管每隔几个星期，我还是会彻底地仔细检查他的所有物品。”

她又顿了一会儿，将一杯水一饮而尽，凝视着我。我试着握住她的手，但是她却躲开了，她只是不停地摇头。这，也来得太迟了。

“我要怎么样做才能够保护自己呢？我要怎么样做才能够让他为自己的所作所为付出代价呢？我决定同样地保守自己的秘密。渐渐地，我和他之间的交流越来越少，我也从来不愿意把我的想法和感受告诉他，他也从来不会过问。在他看来，要是我想跟他说点儿什么，分享点儿什么，我一定就会说出来的。于是一直以来，我们就这样各自活在自己的世界之中，没有任何的交集，直到他消失的那一天。”

她站起身来，又倒了一杯水，在厨房里徘徊了一会儿，才又坐了下来。我仍然没有作声。

“我们刚刚认识的时候，我还很年轻，还不满二十二岁，而且天真无邪。那是在一个朋友的生日聚会。我看到他从大门口走了进来，个子瘦高，嘴唇饱满，似乎总是在轻轻地微笑着。他英俊帅气，女孩子们都非常地喜欢他，完全不在意他是否愿意接受。或许他自己根本没有意识到，自己居然会这么受欢迎。要是任何一个我的女性朋友能够与他交往，她都一定会欣喜若狂的。他的鼻梁坚挺，额头宽大，脸颊狭窄，使得他的整个面庞看起来端正帅气，吸引了所有人。他的黑框圆眼镜又更加衬托了他好看的眼睛。他举止潇洒，脸孔与声音都透着翩翩的风度，他的气质甚至给我的父母亲都留下了深刻的印象。对他们而言，他绝对是个完美女婿的不二人选——学历又高，头脑又好，举止也挑不出什么毛病，自信满满但却又不狂妄自大——只可惜他不是白人。即便在他们临终之际，他们仍然没有原谅我嫁给了一个‘有色人’。这是我有生以来第一次真正地违抗了他们，也是最后一次。

“你知道的，”她说道，“我并不是喜欢违抗父母之命的人。我只是违规了一次，但我却必须用一辈子来偿还。”

她告诉我，其实父亲并不愿意和她结婚。

“起初他说我们彼此都不是特别了解，我们应该再等一等，直到相互之间都有了更深的了解。后来他又说我们都还太年轻，不能着急。婚礼之前不久，他又再次提醒了我，他不能够以我所希冀和需要的方式来爱我。

“但是，我并没有放在心上。我不相信。他的勉强踌躇，他的犹豫不决，反而更加坚定了我的决心。我只要他，就要他，不想要其他的任何人。刚结婚的头几个月里，我怀疑他在缅甸还有一个妻子，但是，他却说自己从来没有结过婚。这就是他所告诉我的，有关他在祖国那么多年的所有一切。不过，那个时候我的确对此也不感兴趣。我坚信，随着时间的流逝，他终究也会抵御不了我以及我的感情。毕竟，缅甸离我们是如此的遥远。

“每天早上醒来，每天晚上睡着，我才是那个一直陪在他身边的人，”她说道，“我就是想征服他。是因为我的虚荣心受挫？还是因为我原本是来自体面家庭的规矩孩子，但却违抗了父母之命？还有什么比嫁给一个深色皮肤的人更令他们难以接受呢？我不知道。我至今也不知道。

“许多年以来，我一直都在努力地寻找着这些问题的答案，最后都以失败告终了。也许还有许多其他的原因吧。等我意识到我根本无法改变你父亲的时候，已经太迟了。一开始，我们还在一起，只是因为你和你的哥哥。后来，我们也失去了分开的勇气。至少我是这样的。至于你的父亲，我真的不知道他的动机究竟是什么。

“如果你想去缅甸，那就去吧。”她精疲力竭地说道，“等你回来，我什么都不会过问的，你也不要告诉我任何的事情。无论你在那里找到了什么，我都已经不再感兴趣了。”

我在第二天早晨离开了。去机场的出租车就正好停在了我家的门口。这是一个寒冷而清朗的早晨。司机在车前走来走去，他呼出的气在寒风中凝结成了白雾。保安帮我把行李提到车边，然后装进了后备箱。我感觉不是特别舒服。我的内心充满了恐惧、焦虑以及哀伤。我从来就没有意识到，母亲在她的婚姻中竟然如此不快乐。我想起了前一天她对我说过的一句话："你的父亲在消失以前很久就已经离开我了。"那么我呢？我在思索着。父亲是在多久以前离开我的呢？

第六章

尽管我还没有摆脱极度虚弱和疲惫不堪的状态，我还是在床上睁着眼躺了很长时间，睡得极少。这些问题一直在困扰着我，让我久久不得安宁。在夜里，我多次被惊醒，在床上坐了起来，看了看我身边的旅行小闹钟。两点半，三点十分，三点四十。

到了清晨，我依然感觉不舒服。时间一分一秒地过去了，我还是没有睡着。我头疼欲裂，心脏在剧烈地跳动着，就如同有人在对着我的胸腔施压一样。我在纽约的时候就常常会遇到这种情况，尤其是在有重要会议或谈判的前一天夜里。

一阵微风从敞开着的窗口吹了进来，清晨的丝丝寒意渐渐侵袭了我的肌肤。房间里的气味变得清新凉爽，而且还充满了异域情调。对我而言，这一切都是如此陌生。

屋外，天已大亮。我起身走到了窗边：深蓝色的天空中万里无云。太阳仍然还在山峰背后的某个地方迟疑着。旅馆前的草坪上有大树、鲜花、灌木丛，仿佛童话故事中的场景一样，它们的颜色都比我以前所见过的更为浓烈奔放，甚至连虞美人看上去也更加的红艳。

这里不能洗热水澡。

餐厅里的墙壁和天花板上都镶着深色的木条，近乎黑色。靠窗的一张桌子已经铺好了——我是这间旅馆中唯一的客人。

服务员走了过来，深鞠一躬。他告诉我可以选择茶或咖啡，煎蛋或炒蛋。他从来没有听说过什么是玉米片，这里也没有香肠和奶酪。

“煎蛋还是炒蛋？”他又再次重复道。

“炒蛋，”我说道，“还有咖啡。”

我看着他走出了这间大屋子另一端的旋转门。他的步伐轻盈，我几乎无法听到任何脚步声。在我看来，他的双脚似乎是离地几寸，整个身体在上空飘浮着。

餐厅里只有我一个人。周遭的寂静让我觉得很不舒服。我感觉空空的桌椅似乎都长上了眼睛，一直在盯着我看，监视着我的一举一动和每一次呼吸。对于这样的寂静，我还是不太适应。他们泡咖啡要多长时间？煎蛋要多长时间？为什么我没有听到厨房里传来任何声响呢？这个地方真是让我感到压抑。我觉得这里变得愈加诡异了，我甚至在想可不可以像打开电器音量一样来调节这里的寂静。然而，似乎是为了回应我的问题，寂静每一分每一秒都在不断地加剧，最后还刺痛了我的耳朵，让我无法忍受。我清了清嗓子，用刀子轻轻地敲打着盘子，于是，我便能够听到些许的声响了。

我站起身来，走到通往花园的门前，推开门踏了出去。屋外，微风正在轻轻地吹着。树叶的沙沙声，蜜蜂的嗡嗡声，蚱蜢的唧唧声从来没有像此刻一样，听上去如此的舒心。

早餐终于端了上来，咖啡只是微温，鸡蛋也炒煳了。服务员就站在角落，微笑着向我点头致意。我吃着炒煳了的鸡蛋，喝着微温的咖啡，同样也微笑着点头回应他。我又点了一杯咖啡，翻了翻我的旅行指南。关于格劳的介绍几乎还不到一页。

格劳坐落于掸邦高原西部，是深受英国人喜爱的山区休养胜地。如今的格劳是一个宁静祥和的小镇，而且还留有殖民地气息。格劳海拔四千三百英尺，气候舒适凉爽，是在松竹林徒步旅行的理想之地，同时还可以领略到掸邦山脉与河谷的宜人风光。

特有的人口组合融合了掸族、缅族和多种山区部落民族，缅甸与印度的穆斯林以及尼泊尔人（曾经加入英国军队的廓尔喀人），他们中大多数人都上过教会学校。二十世纪七十年代前，一直都有美国的传教士在学校中进行教学。现今，仍有许多老年人只会说英语。

三塔和集市作为旅游胜地，被重点标了出来。指南中还明显标出了一家缅甸餐馆，一家中国餐馆，一家尼泊尔餐馆，一个电影院以及几家茶馆。我住的这间旅馆属于都铎式风格，是一位英国人设计的。在殖民时期，它也曾经是当地主要的建筑之一。但是，格劳也有许多其他的小旅馆和招待所，“以满足不同的消费需求”。

吃完早餐之后，我来到了花园里，坐在一棵松树下的木椅上。清晨的寒意已经渐渐地散尽。太阳出来了，温度也升高了许多。空气中充满了甜蜜而浓烈的气息。

我的调查应该要从哪里开始呢？我唯一的线索就是蓝色薄信封上的地址：

米米（收）
环路38号
掸邦，格劳
缅甸

距离现在已经将近四十年了。

我急需一辆车，以及一位熟悉当地情况的本地人。其他还需要什么呢？

我在笔记本上列了一张清单：

租车，雇司机

找导游

查看电话簿

买地图

寻找地址

询问邻居及警察

询问警察有关父亲的下落

询问市长及当地人口办

或许可以尝试着找一找其他的美国人或英国人

带上父亲的照片到茶馆、旅馆及饭店进行询问

到所有旅馆、俱乐部等了解情况

平时在与客户进行会议或谈判之前，我也总是以这种方式来进行准备，先列出清单，再做全面系统的调研。我熟悉这种做法，也觉得它很可靠。

旅馆给我推荐了一名还能够同时兼任导游的司机。此时，他正带着两名丹麦游客在游玩，但是未来的几天都会有空。他今天晚上八点钟左右会到旅馆来和我见个面。我应该等着他，尽管这就意味着我的调查要推迟到明天才可以开始。然而，即便吴巴真的是个骗子，向他打听一下那个地址对我也不会有任何损失。看样子，他这一辈子都是在格劳度过的。

正午刚过，我决定出去跑跑步。长途跋涉之后，我的身体特别渴

望能够得到一些锻炼。这里的确很温暖，而且山区干燥的空气与微风让人感觉热得并不难受。我的体力很好，我经常会在纽约的中央公园中跑上几英里，甚至是在最闷热潮湿的夏天夜晚也不曾间断。

体育运动确实对我大有裨益，它使我重新获得了自由。我已经不再理会那些盯着我看的人了。我没有必要躲着他们，因为我只忙于加快自己的步伐。我感觉自己似乎能够避开一切诡异而可怕的事物，似乎我可以去观察别人，但是别人却无法看到我。我跑进小村庄，穿过主街道，路过了一座清真寺和一座宝塔，以大弧形绕着集市跑，途中还遇到了牛车、马车以及一些年轻的僧人。只有在不断奔跑着的时候，我才意识到当地人那种慢条斯理、不慌不忙的生活节奏，尽管他们所有人都步履轻盈、脚步轻快。这个时候，我已经做好准备要和他们进行一番较量了。我可以调节自己的步调，我完全没有必要去遵循他们的速度。

洗完澡，我躺在床上休息。我感觉好多了。但是，在去茶馆的路上，我的双腿仍然还是感到疲乏不堪。我甚至可以清楚地感觉到自己迈出的每一步。我很紧张，又很激动，不知道将会发生什么。我并不喜欢惊喜。吴巴会告诉我些什么呢？他的话语又有多大的可信度？我打算要问他一些具体的问题。如果他的回答自相矛盾，含糊不清，我就一定会马上离开的。

吴巴已经在茶馆里等着我了。他站起身来，鞠了个躬，拉住了我的双手。他的皮肤很柔软，手掌温暖而舒适。他点了两杯茶和一些点心。过了一会儿，他闭上了眼睛，深吸一口气，又再次讲述起他的故事来。

第七章

格劳的十二月份非常寒冷。深蓝色的天空中没有一丝云彩。太阳从地平线的这头慢慢地挪到了那头，但是已经不再升至高空，散发出真正的温暖。空气凉爽而清新，只有最敏感的人才仍然能够察觉到热带雨季浓烈而甜蜜的气息。在雨季之中，村庄和山谷上方的云层把天空压得很低，雨水突然间就从天而降，下个不停，似乎想要拯救这个干涸而饥渴的世界。格劳的雨季炎热而潮湿。集市中弥漫着腐肉的气味，一群群的黑苍蝇栖息在牛羊的内脏和头骨上。整个地球似乎都在流汗。虫子也从穴巢里爬了出来。缓缓的溪水变成了湍急的洪流，一不注意就会卷走小猪、小羊，甚至还有小孩子，将他们的尸体一直推到谷底。

不过，对格劳的人们来说，十二月是一种短暂的解脱。十二月的日子里，夜晚寒冷，白天凉爽，甚是幸运。但是，米娅却觉得十二月非常虚伪。

她坐在家门前的木凳上，视线穿过了田地与山谷，看着远处的山顶。空气清透，她感觉自己正透过望远镜，可以一直看到世界的尽头。她并不相信天气。尽管她从来没有在十二月见到过云朵，但她还是觉得这个时候也有可能下倾盆大雨。还有台风，尽管在她的记忆之中，从来没有台风能够从孟加拉湾成功地向格劳周边的山区挺进，但她却仍然觉得台风袭来并不是没有可能的。只要任何一个地方出现台风，就会击垮米娅内心的防线。还有地震预报也一样。甚至是像今天这样的日子，风平浪静，毫无灾难的预兆，米娅也无法完全放心。或许也就是在这样的日子里，她尤其感觉不安。她认为，满足是非常危险的，信心更是她无法承担的奢侈品。她从心底便深知，对她而言，根本不存在平静与轻松。整个世界都是如此。她的生活也是如此。

她在十七年之前便获得了教训，那是一个炎热的八月天，她和双胞胎弟弟正在河边玩耍，他却在光滑的石头上踩滑了。他失去了平衡，双臂乱挥，困惑无助，仿佛倒扣着的玻璃杯中乱窜的苍蝇一般。接着，他掉进水里，被河流卷走了——这成了他永无止境的旅程。她一直站在岸边，但是却无能为力。她还看到他的脸庞再次从水里浮了出来，但是，这也是她最后一次见到他了。

神父会说这是上帝的旨意，这是上帝正在以其无尽的智慧来考验这家人的忠诚。神的旨意总是十分神秘，难以揣测。

而佛教的僧人则认为男孩的不幸与他的前世有关。他几辈子前的某一世肯定做了什么可怕的事情，今世的死亡便是他的报应。

不幸发生之后的第二天，当地的一位占星师也给出了他的解释：孩子们去北边玩耍，而他们在出生日期和八月的周六是不宜这样做的。他们发生了意外也是意料之中的。如果早点儿问了他，说不定他还可以提醒他们。生命就是如此之简单，又如此之复杂。

她生命的一部分也随着弟弟一起走了，当时并没有举行葬礼。她的家人甚至也无暇顾及。她的父母都是农民，忙着收割播种，忙着照顾其他的四个孩子。对于这个家庭来说，每天晚上的餐桌上能够吃到米饭和些许蔬菜，就已经是相当的不容易了。

米娅只剩下了半条命，她感觉十分孤独。在接下来的几年里，她努力地调整着自己失衡的世界。每天下午，她都会去到河边，坐在最后一次见到弟弟的地方，等待着他再次浮出水面。河水无情地夺走了他的生命，但是却从来没有归还。每天晚上睡觉之前，她都会给弟弟说说当天的情况，她知道，他是能够听到的。他们曾经睡在一张草席上，现在她便睡在他原先睡过的那一边，盖着他的毯子，多年之后，她的鼻子仍然还能够闻得到他的气息。

她不愿意帮助母亲去河边洗衣服。实际上，她避免与各种各样的水接触，洗澡的时候也必须有父母的陪伴，就好像她会溺死在水桶里。她在特定的日子穿特定的衣服，到十五岁之前她在周六都拒绝开口说话，她还一直坚持着在周日进行斋戒。她给自己编了一张错综复杂的网，囊括了不同的例行活动，她整个人就这样被完全包住了。

例行活动给人安全感。在以前，米娅一家人一年才会去咨询一次占星师，自从弟弟离世之后，他们几乎每个星期都会去向他请教。他们就跪在他的身旁，仔细地聆听着他所说的每一个词语。他们遵循他的指示，迫切地渴望受到保护，不再经受世上任何的伤害。米娅比她的父母亲更甚，她把占星师的所有话语都记在了心中。她是在周四出生的，她在周六就必须特别小心，因为噩运可能会降临，尤其是在四月、八月、十二月。为了不冒险，她从来都不在周六出门，直到一个四月的周六，厨房里火灶旁的毯子突然起火了。火焰熊熊地燃烧着，短短几分钟之内，它不仅吞噬了整个小木屋，而且也吞噬了米娅的最后一丝信心，她再也不相信世界上还有安全的地方了。

此时此刻，想到这些，她就感到惊恐万分。火苗在厨房中燃烧着，她站了起来。在她的面前有一个小桶，水面上覆盖着一层易碎的薄冰。她踢了一脚，看着细屑的碎冰融进了水中。

她深吸了一口气，用双手护住肚子，低下头看着自己的身体。她年轻漂亮，尽管她从来没有这样想过，也从来没有人这样说过。她乌黑的长发编成辫子，差不多垂到了腰间。她的黑眼珠又大又圆，双唇饱满，脸庞看上去楚楚动人。她的手指修长，四肢瘦削紧实。她的肚子圆鼓鼓的，大得连她自己都觉得陌生，即便已经过了几个月，她还是没有完全适应。她感觉肚子里又踢又敲，最终她才意识到：它们又来了。

它们是昨天晚上开始出现的，每次的间隔是一小时。而现在，它们每隔几分钟就会狠狠地向米娅袭来。洪水已经冲破了防线，越来越多，越来越高，越来越大。她努力地想去抓住些什么，把手、树枝、石头。但是，她什么也没有摸到。她不想要这个孩子，不想在今天把他生下来，只要是十二月的周六都不行。

她的邻居已经生下了四个孩子，她觉得米娅生孩子一定很容易，尤其还是第一胎。米娅自己却什么也记不清楚了，她在另外一个世界之中度过了好几个小时，她的手脚都不听使唤，她的身体也不再属于自己了。这个时候，她变成了一道巨大的伤口。她看到了厚厚的乌云，还有一只蝴蝶停歇在她的额头上。她看到了洪流中的弟弟，和最后一次见到他的情景一模一样。她在脑海里浮想联翩，思绪如同在风中飘浮摇曳着的羽毛。她的孩子。在周六出生。这是预兆吗？这是弟弟的重生吗？

她听到了婴儿的啼哭。并非低声呜咽，而是大胆怒号。有人告诉她，是个男孩。米娅睁开了双眼，努力地寻找着弟弟。不，绝不是这个丑陋干瘪、浑身污血的小东西。他扭曲的小头小脸上还透露出了无助。

米娅完全不知道婴儿需要什么。她第一次当妈妈，根本没有任何经验。她所拥有的爱早已消失得一干二净了，在很久以前那个炎热的八月天就已经被冲走了。

第八章

大家都觉得，在她儿子出生的头几天，米娅的确是已经尽力了。她按照邻居教给她的方法去做。她把儿子抱在自己丰满的怀里，给他喂奶。当他烦躁不安的时候，她轻轻地摇着他哄他入睡，或者是一直抱着他四处走动。她到村里去买东西的时候，就用抱被裹着他，紧紧贴着自己的身体。夜晚，她睡在丈夫与孩子之间，听着婴儿的呼吸声，几次短促的呼吸之后会有一次突然变得微弱，她希望自己能够有所感觉。在给他喂奶的时候，在他皱皱的小手抓住她手指的时候，她总是希望能够有所感觉——她希望这种感觉能够填满她内心的空白。不管是什么样的感觉都可以。

她翻了个身，紧紧地抱住了他，力度不是特别轻，也不是特别重。她抱得越来越紧了，他那双棕色的大眼睛正在看着她，充满了惊恐。米娅仍然还是没有任何的感觉。母子之间就如同相斥的磁铁一般——她抱得越紧，就越是难以触碰到他。

这说不定只是时间早晚的问题。她或许还有机会，母性给予的本能或许会逐渐发展成为好感，而好感又会逐渐发展成为爱的奇迹。若不是那次死鸡事件的发生，这所有一切都还是有可能的。

孩子出生的两周以后，又到了周六。太阳才刚刚升起来，米娅就走到了院子里，想取出一些木柴到厨房里生火。那是一个清冷的早晨，米娅的脚步非常快。她走到了屋后，想找点柴火与木棍。但是，一只死鸡就躺在了柴垛的正前方。她差点儿就踩了上去。在十二点左右，也正好是孩子出生的时刻，她又找到了第二只。没过多久，她就又找到了第三只、第四只，下午还找到了另外一只公鸡的尸体。她的丈夫看着这些尸体，但是却无能为力，也不知道为什么。前一天晚上，它们还精力充沛，在屋子的周围昂首阔步，咯咯叫个不停。而且周围也没有任何迹象表明小鸡是被猫狗咬伤的，更不用说是老虎了。米娅对灾难的来临深信不疑。鸡群的大量死亡又再次验证了她最大的忧虑与恐惧。这就如同十二月间突如其来的暴雨，不，比这还要可怕，如同台风，如同地震，她一直都对灾难忧心忡忡，但是却又悄悄地期盼着它的到来。她的儿子身上被下了诅咒，他就是不祥的预兆。占星师早就已经预言过了。她就不应该在周六把孩子生下来，更不应该是十二月的周六。

在接下来的几天里，周围邻居家的几十只鸡也同样莫名其妙地死掉了，但是，这并没有给米娅带来任何慰藉。相反，她对糟糕可怕的结果更加深信不疑了。这个时候，她明白了，这还只是开始，这个男孩带来的噩运甚至还会蔓延到其他人家。

她整夜地睡不着觉，担心着下一个灾难即将要来临了。她知道，这只是时间早晚的问题。对她而言，她儿子任何一次轻微的咳嗽、喘息、叹气，听起来都像是地平线上轰鸣的雷声。每次只要他微微一动，她就吓得不敢乱动，捂着自己的耳朵。似乎他的呼吸就正是预兆了灾难悄然而至的脚步。

一个星期之后，她没有奶水了。她的乳房松弛地垂在胸前，如同泄了气的气球一般。邻居的一位朋友，正好也刚刚生了孩子，就帮助她喂奶。儿子不在家的每一分钟，米娅都高兴得欢天喜地。她想与丈夫好好地谈一谈——不能再任由事态发展下去了，他们必须想个办法。

第九章

钦貌[1]觉得，对于此时存在的问题，妻子有些夸大了。当然，他也相信星宿的力量。大家都知道，一个人出生的日期、时间，甚至精确到分钟，都会影响到他一生的发展，这几乎是毫无疑问的。生命中有些细微之处必须用心观察，有些日子人不能太过活跃，还有些规矩必须严格恪守，这样才能够躲避灾难。在这些方面，钦貌与妻子意见完全一致。没有人会愿意在十二月的周六生孩子，这也是理所应当的。大家都知道，在这个时候，星宿并不会对孩子展现出笑容，因此，他们以后就会活得非常辛苦，他们的灵魂也很难振翅高飞。每户人家都有某个叔叔、阿姨，至少也是邻居或者邻居的朋友，曾经听说过有人的亲戚就出生在这些不祥的日子里，结果一辈子都只能像败犬一般偷偷摸摸地过日子，还会发育不良，如同阴性植物一样矮小。他的儿子可能也会过得很艰辛，钦貌对此并没有抱以太多的期望，但是，仅仅只是凭儿子的出生日期就直接断定他被诅咒了，这未免有些言过其实（实际上，即便是死鸡事件也并没有让他太过于担忧，当然，他也不会把自己的真实想法告诉妻子）。当米娅提出要去咨询占星师的时候，钦貌欣然同意了，不只是因为他不喜欢拒绝别人，而且他也希望这位老者

① 缅甸男子一般都自称“貌”。

能够用他的智慧来宽慰妻子。如果真的有星宿印证了她的担忧，那么即便做不到防患于未然，占星师至少也能够给出建议，告诉他们应该怎么样来削弱威胁孩子的灾难。

占星师就住在村子边上一个没什么特点的小木屋之中。他家的房子极其简陋，完全看不出他在村里拥有着如此高的威望。在这里，任何一家人在盖房子之前，都必须得首先问问他选址好不好，动工第一天的星象是否吉利。在举行婚礼之前，小两口或是他们的父母也要首先来向他请教，最终才能够确定新郎新娘的星座是否适合，是否匹配。占星师还能够从星象中获知最适合打猎和去往首都的良辰吉日。多年以来，他的预言都相当准确，许多人甚至从掸邦的其他偏远角落赶过来找他。他的声誉极佳。有种说法还没有得到证实，但却一直在流传：许多住在格劳的英国人，尽管他们公然讥讽缅甸的占星术是种迷信，却仍然经常来咨询他。

整个屋子面积很小，老者盘着腿坐在正中央。钦貌觉得，占星师的头部很圆，就如同满月一般。他的眼睛、鼻子、嘴巴都同样生得美观匀称，只是一对硕大的招风耳破坏了整个脸庞的完美比例。没有人知道他的具体年纪，甚至连村里上了年纪的人们也说对他年轻时候完全没有印象，于是，大家都估计他应该已经超过八十岁了。他也从来没有提起过自己的任何事情。他的面容与精神状态似乎也抵御了年龄的考验。很久以来，他的声音一直都温柔而低沉，他的听觉和视力也非常好，与二十岁的年轻人不分上下。尽管岁月的皱纹爬满了脸庞，但是他却与一般的老年人有所不同，他的皮肤一点儿也没有松弛。

钦貌和米娅在门槛处鞠了个躬，踌躇不决着。米娅从小就常常坐在这位老者的对面，她完全记不清已经来过多少次了。但是，每一次来到这里，她的身体都会有某种感觉。不是熟悉，而是尊敬。甚至是敬畏。

钦貌还是第一次来到占星师的家里，他的尊重之中也掺杂着几分好奇。他的父母总是独自来请教占星师，并没有带上他。即便在他与米娅结婚之前，也同样是他们俩来向占星师咨询他们挑选的这个儿媳妇究竟适不适合。

钦貌第二次鞠躬之前，眼光扫视了整个屋子，地板和墙壁都是深色的柚木。有两扇窗户敞开着，尘埃在射进屋内的光线里肆意飞扬着。阳光在地上投下了两个长方形的影子，它们在被岁月磨得光滑的木地板上闪耀着。这亮光似乎有种魔力，让钦貌心生恐惧。接着，他看到了一尊木雕佛像，浑身闪烁着金色的光芒。钦貌这辈子还从来没有见过这么好看的佛像。他单膝跪下，屈身鞠躬，直到额头贴到了地板上。佛像前摆放着两个花篮和一个装满贡品的盘子。还有人精心地把四个橙子堆成了金字塔形。橙子的边上还有两个香蕉、一个木瓜以及巧妙堆起来的茶叶。墙壁上贴着白纸，上面写满了许多微小的数字和文字。房间的四个角落都摆放着灌满沙土的小花瓶，几炷香在其中慢慢燃烧着。

老者点了点头。钦貌和米娅就跪在他面前的两张草席之上。米娅什么也无法听清楚，只是感觉到了自己的心脏在剧烈地跳动着。这个时候，轮到钦貌说话和提问了。在来到这里之前，米娅就已经把整个过程跟他说得一清二楚了。他们结婚还不到一年，但是她深知丈夫性格内向。他是个闷葫芦，整个晚上也说不出几句话来。她从来没有见过他不高兴、发脾气或者是大发雷霆。就连他心中的兴奋与满足之感也很难让人察觉。他的脸上总是洋溢着一抹微笑，这便是他唯一表露情感的方式。

他并不懒惰，相反，他也算是村子里数一数二勤劳的农民了。通常在破晓之前，他就已经开始在田地里耕作，这比其他人都要早得多。然而，他的生命就如同一条平静而安稳的河流，大体上早已注定如此了。

想要做出巨大的改变，必然都只能以失败告终。钦貌勤劳努力但却没有勃勃雄心，求知欲强但却不爱提问，欢喜快乐但却毫无感染力。

“尊敬的大人，”在长时间的沉默之后，米娅终于听到了丈夫低声地说道，“我们是来寻求您的建议的。”

老者点了点头。

“我们的儿子于三周前的周六出生，我们想知道他是不是被灾难所威胁。”

老者拿起了一支粉笔和一块小石板，询问了孩子出生的具体日期和时刻。

“十二月三日，早上十一点四十分。”钦貌回答道。

占星师在小方格里写下了一些数字，便开始了占卜。他有时会添加进更多的数字和符号，有时又会删掉一些，还在不同的线条上画出了一些整圆和半圆，看上去如同乐谱一般，似乎他就正在以这种方式谱写着这个孩子的命运。

几分钟过后，他把石板放到了一边，抬起头来看着米娅和钦貌。脸上完全没有一丝笑容。

“这个孩子将给父母带来痛苦，”他说道，“巨大的痛苦。”

突然间，米娅感觉自己坠入了深渊。她被一直往下拽着，但是，没有人来拯救她，也没有任何可以攀扶的地方。没有人伸出手，也没有树枝可以让她抓住。她听到了老者和丈夫的声音，但是却已经无法听清楚他们说话的内容。他们的声音相当模糊，就如同从远处传来，似乎是来自另一间屋子，另一个世界。巨大的痛苦……巨大的痛苦……

“究竟是什么样的痛苦呢？”钦貌问道。

“各种各样的痛苦，尤其是身体方面。”老者回答。

他又再次拿起石板，继续书写着进行占卜。

“在他的头上。”他最后说道。

“头上的哪个部位呢？”钦貌问道，一个字一个字缓缓地吐了出来，似乎每一个字都是由许多不同部件艰难费力地构建起来的。回想过往，他或许会深感惊讶，自己原来有着如此强烈的好奇心，而且也会不断地进行追问，这可一点儿也不像他的性格。

老者又看了看石板，它能够揭示出宇宙的所有秘密。它是一本生死之书，也是一本爱情之书。孩子就是父母所获得的爱的礼物，老者可以告诉父母他所能够看到的一切，还可以说出孩子可能拥有的特殊才能和潜在的力量。然而，他知道米娅根本没有在用心听，而钦貌又无法理解。于是，他回答道：“他的眼睛。”

米娅并没有记住这段对话。接着，在回家的路上，她的丈夫一直在滔滔不绝，她从来没有听他这样说过话，她发现自己也根本无法听明白。那几个字就如同苍蝇一样在她的脑海里不断地嗡嗡盘旋着，巨大的痛苦。

在接下来的几个月之中，钦貌不止一次地尝试着想向妻子解释，占星师确实提到痛苦，甚至是巨大的痛苦，但主要是身体方面的，他并没有说这是诅咒，也没有说这会预示着灾难。然而，她根本听不进去。他从她的眼神里看了出来，从她对待儿子的方式上看了出来。她只是抱着他，但却又不愿意抚摸他。她只是看着他，但却又对他视而不见。

儿子丁温活不过二十一天，因为他的整个生命已经被注定了，被诅咒了，被惩罚了，至少在米娅看来便是如此。现在的问题就只是，她要怎么样才能够平静地走到最后。

对她而言，这实在是非常难以忍受的。

第十章

既然星宿已经显示，孩子的命运早已被注定，米娅就睡得稍微安稳些了。她明白自己的期许。在家里，只有噩运与不幸才能够让她感觉舒服；欢乐与愉悦反而让她感觉紧张，让她感觉陌生。她并没有必要用虚幻的希望来折磨自己。她的心灵并不受幻觉侵蚀，她没有梦想，也不会想入非非。只有这样，她才安心。

于是，在请教过占星师之后的日子里，反而是钦貌躺在睡熟的妻儿身边时，久久不能入睡，最可怕的灾难性的想法一直浮现在他的脑海之中。或许是老者错了呢？真的存在命运这种事情，是我们无法逃脱的吗？如果我们不能够掌握自己的命运，那么还有谁可以呢？他一点儿也不愿意相信星宿。

当天晚上，“米娅，米娅，”他一边叫着，一边起身坐在了床上。妻子就躺在他的身边，睡得正香。

“米娅。”听起来就仿佛咒语一般。

她睁开了眼睛。

那是个晴朗无云的夜晚，圆月高挂，暗淡的月光从窗外射了进来。透过微光，钦貌看到了妻子脸庞的轮廓、眼部的动作，还有她那小巧的鼻子。他在想，她是多么的漂亮啊，尽管以前他从来没有这样认为过。

他们结婚仅仅是因为米娅是父母为他挑选的。父母信誓旦旦地说，他和米娅一定会日久生情的。他相信了，一方面，因为他总是顺从父母的意思，另一方面，因为他自己对爱情也只是一知半解。他认为，爱情就是一份礼物，是有些人能够得到而另外一些人未必能够得到的恩赐。任何人都没有权利去主动争取爱情。

“米娅，我们必须，我们应该，我们不能……”他有很多的话想对她说。

“我知道，钦貌，”她也坐了起来，“我知道。”

她爬到他的身边，双臂围住了他的头，紧紧地将他抱在了胸前。米娅很少会这样做，对她而言，温柔亲密与清晨的热水、离别时的微笑一样，都是如此的奢侈。她觉得，温柔亲密只属于梦想家，以及有着大把时间、精力与情感的人。但是，她并不属于这两类人。

米娅觉得，她清楚丈夫的心里在想些什么，她也能够理解。通过他的心跳，他身体的颤动，他双臂给她的拥抱，她感觉到了，他需要的只是时间。他仍然深信，他们可以进行自我保护，或许还有机会去改变已成定局的形势。

钦貌躺在她的怀里不停地说着话。声音不大，也不是要说给她听。她一个字也听不明白。他在喃喃自语，语速很快，毫无停歇。他的轻言细语听上去有些不满，愤怒，甚至还带有威胁性，但是又带着几分恳求与怀疑，他的话语滔滔不绝，永远都不会干涸。似乎他正面对着一个奄奄一息的人，只有他不停地说话，才能够让对方保持清醒。

他希望能够为了儿子而努力。他告诉自己，每个人的生活都有希望，就他的儿子而言，他，钦貌，一定会去探寻所有的可能性，来实现儿子生活中的希望。如果这样的努力也无法让妻子帮忙，那么他也认了。

这就是他想对她说的话，也是他早晨要做的第一件事情，甚至还在早餐之前就必须做。接着，他又沉沉睡去了。

然而，他从来都没有好好把握住讨论的时机，无论是在早餐之前，还是在晚上结束了一整天的劳作之后。

第二天夜里，他仔细地回忆着去拜访占星师的所有细节。占星师的家出现在了他的眼前，一开始还有些模糊，接着就越来越清晰了，如同云雾散开，风景便显露了出来。他看到了屋子、蜡烛、香柱，还有揭示人生所有秘密的石板。伟大的爱之书。他听到了老者说话的声音，在脑海中逐字逐句慢慢地回想着。老者并没有提到诅咒。于是，钦貌决定要与妻子好好地谈一谈，就在明天一大早。但是，他却一直都没有等到机会。

许多个夜晚就这样过去了，日子也一天天地过去了。如果钦貌不是这样的性格，他就不会一直在等待着机会。他会自己去寻找机会，并好好地加以把握。但是，以他的本性，他是不可能这样做的。他必须突破极限，他自身的极限，但是，他并不是英雄，他做不到。他只是有想法而已，没过多久，他就感觉气力被耗光了，精疲力竭。他的抵抗已经没有用，他又陷入了矛盾之中，一个又一个的疑问如同腐肉上的老鼠与秃鹰一般，将他整个人吞噬了。星宿的预言非常准确。十二月的周六。各种各样巨大的痛苦，已然清晰地呈现出来了。

死鸡事件后不久，一位姑姥姥去世了，这是在孩子出生的八个星期之后。但是，这位姑姥姥确实年岁已高，久病缠身，许多年以来一直都没有离开过她住的小屋。一瞬间，钦貌想把这些事实都告诉妻子。但是，就只有那么一瞬间。当他看到妻子眼神的时候，又不愿意去反驳她。

于是，他也不愿再多管儿子的生活了，他安慰自己，这个孩子毕竟只是他和米娅所生下的第一个孩子，他们还会有许多的孩子，而且并不是所有其他的孩子都会出生在十二月、四月或者八月的周六。他把土地租了出去，来到一个英国人的高尔夫球场做园丁兼杂役。这份工作的收入比种地更高，而且还可以让他躲避自己的家，甚至包括农民在田地里几乎无事可做的干燥农闲时节。因为高尔夫球一年四季都可以打。

米娅则埋头做家务。他们一家人住在一间用木头和土坯搭建而成的小屋之中，而前方便是钦貌一位远方亲戚的双层豪华别墅。它矗立在村子里的山顶上，和格劳大多数殖民者的房子一样，同样是都铎式风格的。在干燥的季节里，这个小镇会变得特别受欢迎。这个时候，仰光与曼德勒的温度可能会攀升至四十摄氏度左右，而格劳海拔四千多英尺，对于天气炎热的平原和三角洲地带的人们来说，这里正是绝佳的避暑胜地。有些英国人退休之后就留在了缅甸，其中有人便搬到了像格劳这样的山区休养胜地。一位英国军官建造了这栋别墅，以作为自己退休之后的居所。然而，就在他退休两个星期以后，他上山猎虎的时候，却不幸遇难了。

他的遗孀就把别墅卖给了钦貌的这位远房亲戚，他是仰光的贩米大亨，赚得钵满盂丰，而且也广受尊敬。在被印度裔支配的市场上，他是少数能够获得成功的缅甸人，也是整个国家最富裕的本国人之一。对他而言，这栋别墅并没有任何的实用价值。他已经将它买下六年了，但是却从没有来看过一眼。但是，这栋别墅是他财富和地位的象征，一提到它，便能够给他在首都的商业伙伴都留下深刻的印象。而米娅和钦貌的责任就是看管好这栋房产，对它进行打扫，似乎它的主人随时都会来到。从儿子出生的那天起，米娅便决定要全身心地投入这项任务。每天她都会擦洗木地板，似乎想要把它擦得如同镜子般闪亮。她早晨擦拭一遍架台，夜晚还会再擦拭一遍，尽管在其间的十二个小时里并没有任何尘埃落到了上面。每个星期，她都会清洗玻璃窗，用剪刀修理草坪，这可比剪草机要彻底、精细得多。她也会修剪茂盛浓密的三角梅，认真仔细地照料着整个花圃。

米娅看到两名警察正在朝山上走来。她就站在厨房的边上洗胡萝卜。又是一个寒冷而清朗的十二月天，米娅在紧张地忙碌着。她花了太多时间来擦洗二楼的地板，此时此刻，她非常担心下午无法完成厨房里的清洁工作。要是主人明天就回来了，他一定会觉得整栋别墅脏乱不堪，这样一来，这几年的工作便都白费了——因为他会认为是米娅没有给他看好房子。她看着别墅，心想，仅仅一天的杂乱无章就可以摧毁千百天的干净整洁啊。

两名警察穿着淡蓝色的制服来到了山上。然而，他们并没有走平时牛车经过的大路，这里偶尔还会有汽车驶过的，相反，他们却选择了狭窄蜿蜒的小道。小道穿过松树林与田地，一直延伸到了山顶。米娅看到他们向着她走了过来，看着他们的脸庞，她感觉自己内心的恐惧在不断地攀升。那天是丁温的六岁生日。她一直坚信，在他的每一个生日，她都必须做好准备去迎接任何形式的灾难。

在两次呼吸的间隔之间，她被恐惧所占据了，包括她的心灵，她的头脑，她的身体。她的肠胃在剧烈地收缩，如同被一双大手狠狠地拧着，越来越紧了。她痛苦地喘息着。她听到了自己的呜咽，她听到了自己的恳请，她听到了自己的乞求……希望这所有一切都不是真的。

两名警察打开大门，踏入院子，又关上了门。他们慢慢地向着米娅走了过来。在他们的步伐之中，她感觉到了几分勉强。他们每走一步，都如同狠狠地踢在她的身上一样。年轻的那位警察一直低着头，而年长的那位则看着她的眼睛。她认识他，以前曾经在村子里偶尔见到过。他们四目相对，在自己的心脏完成一次跳动的时间之后，米娅读懂了他的眼神。这就已经足够了。她对所有一切都已经非常清楚了，她知道吞噬她的恐惧与恶魔会匆匆袭来又会迅速地消失。她知道可怕的灾难又即将会降临到她的身上，但是并没有人能够改变，而且她生命中每一次经历的灾难都有所不同。灾难已经是第三次来临了，她已经无力去承担了。

两名警察就站在她的面前，年轻的那位还是不敢抬起头。

“你的丈夫出事了。”年长的那位说道。

“我知道。”米娅说道。

“他去世了。”

米娅什么也没有说。她没有坐下，也没有哭泣。她并没有瞬间爆发、号啕大哭。她什么也没有说。

警察们大概描述了一下事故发生的过程，一个高尔夫球被大风吹离了球场，正中钦貌的太阳穴，他当场死亡。英国人愿意负责善后的费用，再付一小部分补偿金——并非认罪，只是表示同情，仅此而已。米娅点了点头。

警察们离开以后，她转身寻找儿子。他独自一个人坐在屋后玩耍。身旁还放着一大堆松球。他在几米之外挖了个小洞，正在尝试着把松球扔到小洞里去。大部分都扔得太远，超过了目标。

米娅想把他叫过来，把父亲的死讯告诉他。但是，这有必要吗？或许他早就已经知道了。毕竟，灾难是他带来的。这个时候，米娅才意识到，这也是她第一次承认自己把灾难归咎于儿子。这不仅仅只是星宿不吉的安排，还有丁温，这个不起眼的黑发小男孩，眼神高深莫测，她从来就不知道他是否真的在看着她。她根本无法读懂他的眼神。正是他带来了不幸，引发了灾难。其他的孩子都在挖洞穴，捉迷藏，他却以同样的方式在创造着不幸与灾难。

无论如何，米娅都想要忘记这所有的一切。她不想再见到这个孩子了。

在接下来的一天半时间里，她的心中只有一个目标，这个目标推动着她，其他的一切都不再重要了。她成了服丧的寡妇，接受着亲朋好友的安慰之语。第二天，她举办了葬礼，她就站在丈夫敞开的墓穴之前，看着木棺消失在了土壤里。

后一天的清晨，她包好了为数不多的行李——几件罩衫和特敏，一双凉鞋，一把梳子，一个发夹，把它们都装进了一个旧高尔夫球袋里，这是丈夫曾经从俱乐部拿回来的。丁温安静地站在母亲的身旁看着她。

“我必须要离开几天。”她说道，并没有抬起头来。

她的儿子什么也没有说。

她离开家门。儿子追了出来。她转过身去，他又站着不动了。

“你不可以跟着我来。”她说道。

“你什么时候回来？”他问道。

“我很快就会回来的。”她说道。

米娅把身子转了回来，走向了花园的大门口。她听到身后传来了他轻轻的脚步声。她再次转过身去。

“难道你没有听到我说的话？”她提高嗓门，声音尖锐。

她的儿子点了点头。

“你就待在这里，”她指着一棵被拦腰砍断的松树桩说道，“你可以坐在这里等我。”

丁温跑到老树桩的边上，爬了上去。站在那里，他可以把通向家里的道路看得一清二楚。米娅又再次起程了，打开又关上了花园的大门，她并没有转身。她迅速地离开了，走上了通往下方村庄的小路。

丁温看着她走了。他看着她穿过了田地，进入了树林。这可真是个好地方啊。即便母亲从很远处回来，他也一定能够看到。

第十一章

丁温等待着。

他等待了一整天。他蹲在平坦的树桩之上，一点儿也感觉不到饥饿，也感觉不到口渴，甚至也感觉不到夜晚袭入山头与河谷的寒意。寒意如同小鸟拂过空地一般从他的身上掠过，但是却并没有让他感觉到寒冷。

第二天，他继续等待着。他看到夜幕慢慢地降了下来，又看到篱笆、灌木丛与田地从黑暗中渐渐地显露了出来。他一直盯着远方看，最远处还能够看到几棵大树。母亲会从那里回来，即使她离得很远，他也一眼就能够认出她的红夹克。到那个时候，他就可以从树桩上爬下来，翻过篱笆，朝着她飞奔过去。他一定会激动得号啕大哭，而她则会跪在地上，把他抱在怀里，紧紧地抱着。

在他独自一个人玩耍和幻想的时候，他经常会在心里描绘着这样的场景。尽管他的父母从来都没有弯下身把他抱起来过，即便他就站在他们的面前，搂着他们的大腿。他明显地感觉到，他们甚至不愿意触碰到他。这都是他的错，毫无疑问。这是惩罚，公平的惩罚，但是他并不清楚原因，他只是希望不管自己犯了什么错，赎罪期都能够尽早地结束。当冰冷僵硬的父亲被放入木棺，埋到地下深处的时候，他的这种愿望就变得愈加强烈了。他对母亲与母爱的热切渴望迫使他忍耐着，继续坐在树桩上等待，等待着那个小红点出现在地平线上。

第三天，一位邻居给他带来了水、米饭和蔬菜，问他要不要去她家里等。他用力地摇了摇头。似乎去到了她的家里，他便会失去母亲。所有的食物他都没有动。他只想留给母亲，等到她长途跋涉归来、饥饿难耐的时候，他们就能够一同分享了。

第四天，他只喝了一小口水。

第五天，素季来了，她是一位邻居的姐姐。她带来了一壶茶水，还有许多米饭和香蕉。他心中依然还是牵挂着母亲，也并没有吃下多少东西。他坚持不了多久的。很快了，素季说道。

第六天，他已经无法看清楚所有的树木了。森林变得模糊了起来，似乎他的眼睛里有异物一般。整片森林看起来就像一块幕布，在风中飘扬着，上面布满了斑驳的小红点。它们离他越来越近，变得越来越大，但它们并不是夹克，而是冲着他猛烈袭来的红球。它们吹着口哨从他的两旁和头上经过，离他如此之近，他甚至还能够清楚地感受到它们的路线。还有另外一些小球直直地朝着他飞了过来，只是在最后几米的地方失去了冲劲，砸到了他面前的地上。

第七天，他仍然还在坚守岗位，僵硬地蹲在树桩上，一动也不动。素季看到他的时候，以为他已经死了。他浑身冰冷惨白，如同白霜一般，在一月里，许多日子尤为寒冷，他家房前的草地上便会结满这种白霜。他的脸颊凹陷，身体就像一具空壳，一个毫无生机的椰子壳。当她继续向着他靠近的时候，才发现他仍然还有呼吸，衣服下瘦削的胸腔还在起伏着，就好像她从集市上买回来的小鱼一般，在厨房中努力地喘息着。

丁温并没有看见她，也没有听到她的到来。他周遭的世界蒙上了一层乳白色的浓雾，他确信，自己正在慢慢地消失。他的心脏在剧烈地跳动着。他还有气息，但是他的希望早已破灭了，让他感觉生不如死。

他感觉到，有一双手碰到了他，将他举了起来，抱着他离开了。

自此以后，素季便开始照顾他了。她上了年纪但是仍然充满活力，声音低沉，对于生命中发生的许多事情，她只是付之一笑，便抛之脑后。她唯一的孩子在出生的时候就过世了。第二年，她的丈夫又死于疟疾。丈夫去世以后，她不得不卖掉了自家的小屋，尽管它是不久之前才建好的。从那个时候开始，她就一直和亲戚们住在一起。但是，相比对她的欢迎，他们更多的是容忍。对亲戚们来说，她似乎是个想法稀奇古怪而又不讨喜的老妇，对生命与死亡的看法还十分怪异。与其他人不同的是，她并不去深究自己不幸的命运。她也不相信是星宿的不祥安排才导致了自己亲人的死亡。相反，她所失去的仅仅只是证明了命运是变幻莫测的，如果一个人热爱生活，就必须接受这个事实。当然，她也非常热爱生命，她只是不相信有命中注定这回事情。每个人都可以过得很幸福。她从来不敢大声地说出这种想法，但是大家都心知肚明。正是这样的想法，使她成为第一个支持丁温的人。

多年以来，她经常看着这位邻居家的儿子，觉得他浅棕色的皮肤非常漂亮，看上去与落地松针和桉树叶片的颜色一模一样。他的肤色比父母要浅得多。她看着这个小男孩长成了高挑瘦削的大男孩，羞涩得如同叫唤不停但却从不露面的猫头鹰一般，她也从来没有见到过他与其他的孩子一起嬉戏玩耍。

有一次，她在树林里遇到了他。她要去镇上，他就坐在松树下，看着一条绿色的小毛虫在手心爬来爬去。

“丁温，你在树林里做什么？”她问道。

“我在玩。”他回答，并没有抬起头来。

“为什么只有你自己一个人呢？”

“我并不是一个人。”

“你的朋友们呢？”

“都在这里。难道你没有看到吗？”

素季看了看四周。她没有看到任何一个人。

“没有看到。”她回答。

“甲虫啊，毛毛虫啊，蝴蝶啊，都是我的朋友。还有大树。它们是我最好的朋友。”

“大树？”她惊奇地问道。

“它们永远都不会离开。它们一直都会在这里，给我讲非常好听的故事。难道你没有朋友吗？”

“我当然有啦。”她回道。停了一小会儿，她又说道：“比如我的妹妹。”

“不，我说的是真正的朋友。”

“如果你指的是大树和动物的话，那么我没有这样的朋友。”

他抬起头来，素季一看到他的脸庞便被吓到了。是因为她以前从来没有真正地看过他吗？还是因为树林里的光线让他的脸变了样？他的脸像极了被切割过的石头，比例匀称，但是却毫无生气，让人心生恐惧。他们四目相对，他看着她，目光比一般的孩子更加严肃和犀利，她又一次被吓到了，因为她察觉到，这个孩子对生命的了解要远远超出他自身的年龄。没过多久，一抹微笑——带着渴望与温柔，是她从来没有见过的微笑——掠过了这张面无表情的脸庞。正是这微笑打动了她，给她留下了非常深刻的印象，即便许多天过去之后，她仍然还是无法忘记。无论是每天晚上闭上眼睛的时候，还是每天早上睁开眼睛的时候，她都还能够看到他的微笑。

“毛毛虫会变成蝴蝶，这是真的吗？”她正要离开的时候，他突然间问道。

“是的，没错。”

“那我们会变成什么呢？”

素季静静地站着，想了一会儿。

“我不知道。”

他们俩都没有说话。

“你见过动物哭吗？”他问道。

“没有。”她回答。

“那大树和花儿呢？”

“也没有。”

“我见过。它们会哭，只是并不流泪。”

“那你怎么知道它们在哭呢？”

“因为它们看起来很伤心。如果你凑近看，就可以看到。”

他站了起来，给她看了看手心的毛毛虫。“她在哭吗？”他问道。

素季仔细地看了一会儿这只小虫子。

“没有。”她最终做出了决定。

“没错，”他说道，“但你是猜的。”

“你怎么知道？”

他再次微笑，但是却没有说话，似乎答案显而易见。

在丁温母亲消失以后的几个星期里，素季一直照顾着他，呵护着他，他的身体也渐渐地恢复了健康。第一个月过去了，没有任何来自仰光和曼德勒的丁温家人的消息，素季便搬过来与他同住，允诺要好好地照顾他，好好地打扫他叔叔的别墅，一起等待着他母亲回来。丁温并没有拒绝。但是，他躲避得更加厉害了，甚至就连素季的活力与乐观也无法感染到他。他每天的情绪波动都非常大，有时候甚至每个小时都在变化。他可以连续几天都不说话，大部分时间还是独自一个人待在花园或者附近的树林里。在这样的日子里，傍晚时分，当他们俩围坐在厨房的火堆边上吃晚饭的时候，他也只是低着头，一言不发。

如果素季问起他在树林中玩了什么游戏，他透亮的眼睛便会一直盯着她看。

夜晚的景象却完全不同。睡梦中，他会爬到她的身边，依偎着她丰腴柔软的身躯。有时候，他会用力地抱住她，甚至还把她弄醒了。

有时候，他也会带着她来到花园和树林里，将他朋友大树的话告诉她。他给所有的大树都取了名字。他也会带回来许多甲虫、蜗牛，以及最美妙的蝴蝶给她看，蝴蝶就停在他的手上，只有当他高高举起手臂的时候才匆匆飞走了。动物们并不害怕他。

每天晚上睡觉之前，他都会叫素季讲故事。他躺在床上一动也不动，直到故事结束他才说道："再唱一首。"这个时候，素季会大笑着说道："我根本不是在唱歌啊。"

丁温便会说："你就是在唱歌。听起来就像一首歌。求你了，再唱一首吧。"

素季接着讲了一个又一个，她会一直讲下去，直到他睡着。

她觉得只有这样，他才真正能够听得进去她所说的话，而且能够真正地理解。实际上，他生活在离她非常近的另一个世界，她必须小心翼翼、充满尊敬地向它靠近。她自己也曾经经历过许多的悲伤，尝试过人生不同的滋味。她知道，自己绝对不能贸然闯入他避难的港湾。她亲眼看到许多人沦为了自己避难处所的囚徒，被自己的孤独所囚禁，一直到去世的时候也没有能够得到解脱。她希望丁温也能够明白她多年以来悟出的道理：时间无法治愈所有的伤痕，但是却能够大大地减轻伤痛。

第十二章

素季已经记不清楚她第一次注意到问题是在什么时候。是那天早上，她站在家门前的时候吗？当时，丁温就在篱笆的边上。她叫了他的名字，他四处乱看，不停地转着头，似乎是在寻找她。又或许是在几天之后的晚饭时间，他们蹲在厨房边的木板上吃着米饭。她指了指面前草地上不远处栖息着的小鸟给丁温看。

“哪里？”他问道。

“那里，就在石头旁边。”

“哦。”他说着，却朝着另一个方向点了点头。

他似乎一直都沿着同样的路线走，不管在院子里，屋子里，还是在家附近的草坪和田地上都一样。要是他脱离了熟悉的路线，便会被树枝和石头绊倒。当她把小碗和水杯递给他的时候，他伸出手，迟疑片刻才能够接到，虽然还不到一秒钟，但是这对她而言却比永远还要久。当他看一米以外的事物时，他就必须稍微眯着眼睛，如同他的视线要穿过清晨笼罩着整个山谷的浓雾，眺望着远方。

事实上，这到底是从什么时候开始的，丁温自己也不清楚。难道不是因为地平线上的山峰与云朵总是会有些模糊不清的吗？

母亲消失之后，他的情况愈加恶化了。有时候，他站在院子里，却再也无法看清楚树林了。一棵棵大树原本清楚明晰的线条全都混在了一起，融成一片棕绿相间的海洋，看上去距离非常遥远。在学校时，一道灰蒙蒙的薄雾逐渐把老师遮住了。他能够清楚地听到别人的声音，似乎他们就坐在他的身旁，但是他却无法看清楚。只要距离稍微有些远，不管是大树、田地、房屋，还是素季，他就都看不清楚了。

于是，丁温就不能再着重观察各种物体和它们的细节了。如今，他的世界里只剩下了颜色：绿色是树木，红色是房子，蓝色是天空，棕色是土地，紫色是三角梅，黑色则是围着院子的篱笆。这些颜色本身也并不是完全可靠的，它们也会逐渐地消失，最终，一张乳白色的幕布会从天而降，遮住他的双眼，使得几米之外的所有一切都变得模糊朦胧。于是，整个世界就在他的眼前消失了，仿佛燃尽的火焰一般四处消散，不会再散发出任何的光与热。

实际上，丁温从心底也承认，这并没有让自己感觉特别困扰。他并不惧怕永久的黑暗，也不害怕他曾经能够看到的画面会被任何其他事物所取代。他在想，即便自己是天生双目失明，他也不会失去太多。如果现在完全失明了，他也仍然不会觉得自己会有太大的损失。事实上，失明已经发生了。在他十岁生日的三天之后，他一觉醒来睁开眼睛，浓雾就已经吞噬了整个世界。

那天早晨，丁温躺在床上，一动不动，静静地呼吸着——吸气，接着又呼气。他闭上双眼，又再次睁开，还是什么也没有。他抬头看着最近还能够看到的天花板，但是却只看到了一个白色的洞穴。他坐了起来，不停地转着头四处乱看。木墙到哪里去了？上面还有锈迹斑斑的钉子呢。窗户呢？陈旧的桌子呢？上面还放着多年以前父亲在树林里找到的虎骨，丁温一直都好好地保存着。可是无论他看到哪里，都只有毫无特色、毫无层次的白色圆弧，它无穷无尽，似乎他的视线也没有了终点。

他知道，素季就躺在身旁。她还在睡着，但是很快便会苏醒过来。他能够从她的呼吸声中听出来。

外面天已大亮，他听到了鸟鸣声。他小心翼翼地爬了起来，用脚趾去触碰草席边缘。他碰到了素季的腿，轻轻地跨了过去。接着，他站在房间里，思考了一会儿厨房应该在哪个位置。他走了几步，顺利地找到了房门。他走进厨房，绕过火灶，穿过摆放着锡碗的橱柜，来到了院子中。他一次也没有被绊到，甚至也没有伸出双手来探路。他在门外站了一会儿，感觉到阳光照在自己的脸庞上。他还沉浸在自信之中，这便是在一团浓雾的无人之境中行走的信心。

然而，他忘记了还有小木凳。他的脸摔到了坚硬的地面上，胫骨疼痛无比，他大叫了一声。此时此刻，他的脸庞被拉扯着，脸上到处沾满了唾液与鲜血。

他就这样趴在地上，一动也不动。似乎有什么东西蹿到了他的脸颊上，爬过鼻子，爬上额头，最后又钻进了头发里。毛毛虫的速度应该没有这么快。或许是蚂蚁？还是甲虫？他不知道,他开始轻轻地啜泣，但是却没有流泪，就像动物一样。他不希望再被别人看到自己哭泣的样子。

他伸出双手在地上摸索着，感受着地面的凹凸不平，手指触碰到了地面上微小的起伏，如同在探索未知的地带一样。地面如此粗糙，石头遍布，坑坑洼洼。以前他怎么就从来没有注意到呢？他用拇指和食指捻着一根小树枝，似乎他能够看到一样。他记忆中树枝的形象，以及其他所有的视觉影像最终都会消失吗？自此以后，他是不是只能通过回忆与想象的窗口来看世界了呢？

他努力地聆听着。地面在低声哼哼，轻柔吟唱，但是几乎无法听清楚。

素季把他扶了起来。

“凳子就在你的面前呢。”她说道。她只是告诉他事实，并无指责之意。

她端来清水，拿来毛巾。他漱了漱口，她帮他把脸洗干净了。她沉重的呼吸透露出了内心的担忧与恐惧。

“是不是很疼？”她问道。

他点了点头。他在唾液中尝到了鲜血酸涩的味道。

“跟我到厨房里来。”她说着，便站起身来给他引路。

丁温仍然坐着不动，他无法确定方向。几秒钟过后，素季又从厨房走了出来。

“你怎么不进来？”

她连忙带着他去镇上就医，一路上失声痛哭。许多年以后，格劳的人们仍然会讲起这件事情，所有听到哭声的人都被吓坏了。

主街道尽头医院里的医生也感到十分困惑。双目失明，这么小的年纪，没有任何外伤，仅此而已。他从来没有听说过这样的事情。他也只能推测，这应该不是脑瘤，因为面前的病人并没有头晕和头疼的症状。或许是神经或者基因的紊乱吧，医生搞不清楚真实的病因，所以也无法给出具体的治疗方案。丁温已经无药可救了。最好的办法就是希望他的视力能够神奇地恢复，正如他的失明一样。

第十三章

在刚刚失明的头几个月里，丁温努力地挣扎着，希望能够找回自己的世界——家、院子、附近的田地。他坐在院子里、篱笆边、松树桩上、鳄梨树下、罂粟花前，一坐就是好几个小时，尝试着去探索所有的地方。每一棵大树是不是也像人一样有着自己独特的气味呢？屋后花园里的气味闻起来是不是和过去有所不同呢？

他用脚步丈量自己走过的路程，计算着距离，在心里画出一幅地图，囊括了手脚能够触碰到的所有一切．每丛灌木，每棵大树，每块石头。他希望能够将它们都记下来，因为它们可以代替他的眼睛。有了它们的帮助，他就能够在遮住双眼的浓雾中重新建立起秩序了。

然而，这并不奏效。

第二天，没有任何事物还会停留在他记忆中的位置。似乎一夜之间，有人又故意重新打乱了它们的秩序。这个世界上并没有固定的位置，所有一切事物都在不断地变化与移动。

医生向素季保证，其他感官最终会弥补视觉的缺失。盲人们会学着去利用自己的耳朵、鼻子和双手，这样一来，经过一段时间的适应与调整，他们就能够恢复以前的生活了。

丁温的情况似乎正好相反。他被熟悉已久的石头绊倒了。他还撞到了自己曾经爬过的大树与它的丫枝。即便是在家里，他也会碰到门柱和墙壁。有两次，他差点儿就踩到火灶里了，幸亏素季及时喊住了他。

几个星期以后，他又来到了镇上。对他而言，这是失明之后的第一次外出冒险，但是，他差点儿就被车撞到了。他站在路边，听到马达正向着他逐渐地逼近。他听到了说话声、脚步声、马的鼻息声。他听到了小鸟和小鸡的叫声，还听到一头牛在排泄。但是，对他而言，所有这些声响都没有任何意义，他还是不知道应该往哪里走。他觉得，耳朵的用处不如鼻子和双手那么大，鼻子至少还能够闻到烟味，而双手还能够提醒他前方的障碍。他没有一天不受伤，膝盖拉伤，皮肤淤青，头上长包，双手和肘部擦伤。

丁温在学校里尤感困难。学校有来自意大利的修女和神父，他们让他坐到了教室的前排，还经常询问他是否能够跟得上课程，但是，他却越来越不明白他们讲课的内容。在他们面前，他觉得自己孤独无比。他能够听到他们的声音，能够感受到他们的呼吸，但是他什么也无法看清楚。他们就站在他的身旁，近在咫尺，但是他却感觉他们在千里之外，根本无法触碰到。

与其他孩子的近距离接触更是令丁温难以忍受。他们的声音让他感觉紧张，他们的笑声一直在他耳边回荡，直到夜晚，他躺在床上的时候仍然还是响个不停。当其他孩子都跑到教堂旁边的院子里嬉戏玩耍的时候，他只能坐在樱桃树下的长凳上，就像被绳子绑在上面了一样。他听到的所有脚步，所有尖叫，所有大笑，尽管对他而言并不重要，但是却让他感觉，自己被绳子勒得越来越紧。

素季并不知道，丁温是不是真的无法看清楚眼前的世界，还是他在故意让自己躲避得远远的。如果他想逃离，他究竟想走多远呢？他的耳朵最终会不会也失聪呢？还有他的鼻子呢？他漂亮修长的手指也会失去感觉，退化成麻木无用的摆设吗？尽管他身材瘦削，他却非常坚强，甚至比他自己想象的还要坚强得多。这么多年以来，她早已对他非常了解了。毋庸置疑，他有能力一直躲避到世界的尽头。这个孩子可以让自己的心脏结束跳动，要是他有此想法的话，就和他的失明一样。在她内心深处，她觉得，他总有一天会选择以自尽的方式来了却自己的性命。

第十四章

吴巴沉默了。

他讲了多长时间？三个小时？四个？还是五个？我一直看着他，直到现在我才突然意识到，其他所有的客人都已经离开了，桌子都空了，整个茶馆里静悄悄的。四周没有任何声响，只能够听到一个男人轻轻的鼾声，从摆放糕点的玻璃柜背后传了过来。他的喘息嘶嘶作响，如同茶壶上方翻滚着的蒸汽。吴巴和我的桌上点着两根蜡烛。我感觉到自己在不停地颤抖。茶馆里其他的地方都一片漆黑。

“你不相信我，朱莉娅？”

“我不相信童话。”

“这是童话？”

“如果你确实像你自己所说的那样了解我，你理应知道我并不相信魔法，或者任何超凡的力量，甚至还包括上帝。尤其是星宿和星座。有人抛弃了自己的孩子，就仅仅是因为孩子出生时星星的位置？他们疯了吧。”

我深吸了一口气。我好像被激怒了。我努力地使自己平静下来。我并不想让他看到我发火。

“你一定已经去过了很多地方，朱莉娅，而我几乎没怎么离开过我们的村庄。我也曾经出过远门，但是，最远也只是去到我们掸邦不大的首府而已，坐马车还需要花一整天的时间。我最后一次出远门也已经是很多年以前的事情了，而你几乎已经走遍世界了吧，我怎么敢反驳你呢？”

他的谦卑让我感觉更加生气。

“如果你这样说，”他继续说道，“那么我也很高兴地看到，在你的世界里，你认为没有父母不爱自己的孩子，不管是出于什么原因也不会改变。或许只有愚昧无知、缺乏教养的人们才会那样做，这又进一步地证实了我们的落后，但是我只想请求你能够更加宽容一些。

“当然，我不是有意要为难你。但是，对我们来说，这不仅仅只是星宿的问题。”

他看了看我，又沉默了。

“我走了六千英里才来到这里，不是为了来听故事的。我的父亲到底在哪里？”

“请你耐心点儿。这就是你父亲的故事。”

“那你说，你的证据是什么？如果我的父亲曾经双目失明，你难道不觉得我们，他的家人，一定会知道的吗？他肯定会告诉我们的。”

“你的语气非常肯定啊。”

他知道其实我并不确定。

我告诉他，我并不喜欢内省。或许我就是从来不看心理医生的少数纽约人之一。我并不喜欢从童年中寻找所有问题的根源，我也看不起这样做的人。我再次强调，我并不相信父亲曾经双目失明，但是，我讲的时间越长，就越觉得自己的话并没有什么说服力。吴巴一边听着，一边点了点头。似乎他完全知道我想说些什么，而且也完全同意我的观点。我说完之后，他只想知道心理医生究竟是什么。

他抿了一口茶。

“朱莉娅，恐怕我现在必须得离开了。这么长时间以来一直在说话，我已经有些不习惯了。通常，我一整天都只是安安静静地待着。我都一把年纪了，也没有太多话可说。我知道，你想问我有关米米的事情，你的父亲还曾经给她写过信。你想知道她是谁，住在哪里，她在你父亲的生命中扮演了什么样的角色，或许她也影响了你的生活。”他站起身来，鞠了个躬，“我送你到街上吧。”

我们走到了门口。我比吴巴整整高出一个头，但是，他看上去并不瘦小。相反，我显得太高大了。他健步如飞，让我感觉自己笨拙而僵硬。

“你还能找的到回旅馆的路吗？”

我点了点头。

“如果你愿意的话，明天早饭过后我可以到旅馆来接你，带你到我的家里去。那里会清净许多的。我还有些照片要给你看。”

他又再次鞠了个躬，然后就转身离开了。

我走在街道上，突然间又听到了他的声音从身后传来。他低声地说道：“你的父亲，朱莉娅，他就在这里，非常近。你看到了吗？”

我转过身去，但是吴巴早已消失在了夜色之中。

第十五章

回到旅馆中，我在床上躺了下来。我回到了四五岁的时候：父亲就坐在我的床沿。整个房间漆成了粉红色。高高的天花板上吊着装饰物，是黑黄相间的条纹蜜蜂。床边有两个柜子，装满了我的图书、拼图和其他玩具。房间里还有一辆童车，里面睡着三个布娃娃。我的床上也摆满了毛绒玩具：黄兔子赫比，每年在复活节都会给我带来巧克力彩蛋；长颈鹿多多，我很羡慕它的长脖子；猩猩阿里卡，我知道屋里没人的时候，它会四处行走；还有两只斑点狗，一只小猫，一头大象，三只小熊，以及一只大维尼熊。

德洛丽丝是我最喜欢的布娃娃，她披散着黑发，此时就躺在我的怀里。她只剩下一只手了，另外一只是哥哥为了找我算账而切掉的。这是纽约温暖而舒适的夏夜。父亲打开窗户，一阵微风从窗口吹入了房间，头顶上的蜜蜂便开始翩翩起舞。

父亲头发乌黑，眼眸明亮，肤色微深，尖挺的鼻子上架着厚厚的黑框圆眼镜。许多年以后，我看到了甘地的图片，发现他们俩看上去惊人的相似。

他屈下身来，面带微笑，呼吸有力。我听到了他的声音，比一般人的声音更加动听。听上去就像乐器，类似小提琴、竖琴。他从来不会大声说话，我也从来没有听到过他大喊大叫。他的声音能够给予我支持和慰藉，它能够保护着我，伴我入眠。当它叫醒我的时候，我会面带微笑苏醒过来。它还能够让我的内心平静下来，这世上没有其他任何的人或事可以做到，直至今日也同样如此。

那天，在中央公园里，我骑着刚买的自行车，突然间失去了平衡，头砸到了石头上。鲜血如同开了闸的水流一般，从两道伤口急剧地涌了出来。救护车把我送到了十七大街的医院里。医生用绷带帮我包扎，但血却还是渗出了纱布，顺着我的脸颊和脖子流淌了下来。我还记得救护车的呜呜声，母亲焦急的神情，还有那位浓眉大眼的年轻医生。他给我缝合了伤口，但是血却还是没有止住。

我还记得的另外一件事情，便是父亲就坐在我的身旁。我在医院里听到了他的声音。他握住了我的手，抚摸着我的头发，给我讲故事。不到一分钟，我就感觉红色的血流很快就止住了。似乎他的声音轻轻地栖息在我的伤口之上，将它们盖住，止住了血流。

父亲所讲的故事结局都不完满。母亲不喜欢这些故事。残忍野蛮，她说道。不是所有的童话都是这样吗？父亲问道。是的，母亲承认，但是你的故事混乱怪异，根本没有道德感，完全不适合小孩子。

然而，我却非常喜欢这些故事，正是因为它们怪异，与我以前听过读过的其他寓言故事截然不同。他所讲的都是缅甸的故事，让我对他过去神秘的生活也有了点滴的了解。或许这就是我如此着迷的原因吧。

我最喜欢的便是《王子、公主与鳄鱼的故事》。父亲一遍又一遍地给我讲，甚至我都已经牢记下了所有句子，所有词语，所有停顿，所有变调。

从前，有一个美丽的公主，她住在一条大河的岸边。她与她的父母，也就是国王和王后，一起住在一座旧宫殿里。宫殿的墙壁又厚又高，里面阴冷、黑暗、安静。她没有兄弟姐妹，于是在宫殿里，她觉得很孤独。她的父母连一句话也不和她说。而她的仆人们也只会说“是，公主殿下”和“不，公主殿下”。整个宫殿里，没有人和她说话，也没有人和她玩。她非常无聊，心中充满了渴望。时间慢慢地过去了，她真的变成了寂寞悲伤的公主。她已经记不清楚最后一次笑是在什么时候了，有时她甚至会怀疑自己已经忘记怎么笑了。这个时候，她就会对着镜子，努力地微笑，她的脸却被扭曲成了怪相，但是这看上去一点儿也不好笑。当她觉得心里非常难过而又难以忍受的时候，她就会走到河边去，坐到一棵无花果树下，听河水的哗哗声，听小鸟和知了的歌唱……她喜欢阳光撒在波浪上时呈现出的星星点点的光芒。这个时候，她的心情就会变得好多了，她希望能够有一个让她开怀大笑的朋友。

河对岸住着另外一位国王，他的严厉苛刻是举国闻名的。他的臣民们从来都不敢懈怠，也不敢有所幻想。农民在田地里勤劳耕耘，工匠在作坊里辛苦劳作。为了知道臣民们是不是真的在努力工作，国王会派人到全国进行检查。如果有谁被抓到在工作中偷懒，就要被罚用竹杖打十下，甚至连国王的儿子也不例外。这位王子必须从早到晚地学习，天天如此。国王将全国声望最高的学者都召集到了宫殿中，来教王子读书。他希望能够把儿子培养成最聪明的王子。

可是，有一天，王子悄悄地溜出王宫去了。他跳上小马，骑到了河边，看到了坐在对岸的公主。她乌黑的长发上插满了黄色的花朵。王子从来没有见过这么漂亮的女孩，这个时候，他头脑中只有一个愿望：他要渡过河去。

但是，这里没有桥，也没有船只。事实上，这两个国王相互之间都非常仇视对方，所以，他们并不允许自己的臣民踏上对方的领土。任何违犯禁令的人都要被处死。除此以外，这条河里还有许许多多的鳄鱼，正在等待着贸然闯入的渔夫和农民。

一开始，王子想游到对岸去，可是，水才没过膝盖，鳄鱼们就张着血盆大口游了过来。幸好王子又及时地回到了岸上。如果他不能够与公主说话，至少他还可以看着她。

从此以后，王子每天都会悄悄地来到河边。他坐在岩石上，充满渴望地看着对面的公主。几个星期过去了，几个月也过去了。终于有一天，一只鳄鱼朝着他游了过来。

“我已经注意你很长时间了，亲爱的王子，”它说道，“我知道你并不是很开心，我也很同情你。我愿意帮助你。”

“可是你要怎么帮助我呢？”王子吃惊地问道。

“爬到我的背上来吧，我可以把你驮到对岸去。”

王子充满警惕地看着鳄鱼。

“你是在骗我吧，”他说道，“你们这些鳄鱼都贪得无厌，你们从来没有让任何人活着从河里出来过。”

“并不是所有鳄鱼都这样，”鳄鱼回答道，“相信我。”

王子犹豫了。

“相信我。”鳄鱼又再次说道。

王子没有其他的办法。如果他想去到美丽的公主身边，他就只能相信鳄鱼。他便爬到了鳄鱼的背上，鳄鱼果然没有骗他，把他带到了对岸。

当王子突然出现在公主面前的时候，她几乎不敢相信自己的眼睛。她自己也经常在看着王子，暗自希望他能够渡过河来。王子感觉有些尴尬，不知道应该说些什么。他结结巴巴、含糊不清地说着话，他们俩都忍不住大笑了起来。公主已经很长很长时间都没有笑过了，但是现在，她笑得非常开心。时间一到，王子又该回去了，公主变得十分伤心，恳求他留下来。

“不行，”他说道，“要是我父亲知道了我们在一起，他一定会大发雷霆的。他肯定会把我关起来，我就再也不能来到河边了。但是，我向你保证，我一定会再回来的。”

于是，好心的鳄鱼又把王子驮回了河对岸。

第二天，公主等啊等，心中又再次充满了渴望。她几乎快要放弃希望的时候，才又看到王子骑着白马来了。鳄鱼也在对岸，再次好心地为他们提供了帮助。从那天开始，王子和公主每天都能够相见。

其他的鳄鱼们都非常生气。有一天，它们在河中央挡住了鳄鱼和王子的去路。“把他交给我们，把他交给我们！”它们大声地喊叫着，张大嘴巴，向王子扑了过来。

“让我们过去。”好心的鳄鱼咆哮着，竭尽全力迅速地向前游去。可是，不过一会儿，他们又被其他的鳄鱼给包围住了。“爬到我的嘴里来，”鳄鱼冲着它的这位人类朋友大声地喊道，“在里面，你会很安全的。”它尽力地张大了嘴巴，王子便爬了进去。但是，其他的鳄鱼们还是一直紧盯着他们不放。不管它游到哪里，它们都紧紧地跟着它，一直等待着机会。它们在想，王子终究还是会爬出来的。但是，好心的鳄鱼十分有耐心，几个小时过去了，其他的鳄鱼们终于都放弃希望游走了。于是，好心的鳄鱼爬回到岸边，张开了嘴巴。王子却一动也不动。鳄鱼拼命摇晃着身体，大声地喊道：“我的朋友，我的朋友，快跑出来啊，有多快就跑多快。”

王子仍然还是没有动。

这个时候，对岸的公主也在大喊着：“我亲爱的王子，求你了，快出来啊。”

可是，这一切都没有用，王子已经死了。他在朋友的嘴里被闷死了。

公主终于明白是怎么回事了。突然间，她瘫倒在了地上，在绝望中死去了。

尽管两位国王并没有商量过，但是他们都决定不埋葬孩子的尸体，而是在河岸边进行火化。碰巧，葬礼都在同一天的同一时刻开始举行。这两位国王相互诅咒威胁，相互指责，把孩子们的不幸怪罪在对方的头上。

不久之后，火苗就开始咆哮，两具尸体都被点燃了。突然间，火焰变小了。那是一个风平浪静的日子，但两条巨大有力的烟柱直直地冲向了天空。突然间,周围都安静了下来。火焰没有了噼噼啪啪的声响，只是静静地燃烧着。河水没有了汩汩声。甚至连国王们也沉默了。

这个时候，动物们开始歌唱了。首先是鳄鱼。

但是，鳄鱼并不会唱歌啊，每天晚上，我都会在这里提出疑问。

它们当然是会唱歌的,父亲轻声地回答道。只有你让它们唱的时候，它们才会唱。你必须要安安静静的，才能够听到它们的歌声。

那么大象也会唱歌吗?

大象也会。

接下来还有谁呢?

蛇和蜥蜴。小狗也开始唱了,接着是小猫、狮子、豹子。还有大象、小马、猩猩也加入进来了。当然还有小鸟。所有动物都齐声歌唱,事实上，这可比它们以前唱的要好听多了。突然间，不知道为什么，两条烟柱逐渐地靠近。动物们唱得越是响亮，烟柱就靠得越近。最后，它们就像恋人一样，相互拥抱着，变成了一条烟柱。

我合上了双眼，一边聆听着我的动物们，一边想：父亲说的没错，它们的确会唱歌。它们正在轻声吟唱着，伴我入眠。

母亲不喜欢这个故事，因为它的结局并不完满。但是，父亲却觉得这个结局确实是完满的。他们之间有着非常大的分歧。

我自己也不知道，这样的结局究竟算不算完满。

第二部

第一章

对我而言，夜晚的静谧是一种折磨。我躺在旅馆的床上，渴望能够听到熟悉的嘈杂声响——汽车的喇叭声、消防警报声、隔壁公寓传来的饶舌音乐和电视节目声、电梯铃声……但是，在这里什么也听不到，甚至连其他客人踩着楼梯的嘎吱声响也没有，而且走廊里也没有一丁点儿的脚步声。

不知过了多长时间，我听到了吴巴的声音。他的声音如同无形的入侵者，在房间里四处徘徊着，从桌子边上传来，从柜子之中传来，听上去又似乎是从我旁边的床上传来。他的故事在我脑海里挥之不去。我想起了丁温。即便几个小时已经过去了，我还是不能把他和父亲等同起来。但是，这究竟有多重要呢？我们有多了解自己的父母？他们又有多了解我们呢？如果我们甚至连一出生就陪伴着我们的人都不了解——我们不了解他们，他们也不了解我们——那么我们还了解谁呢？从这个角度来看，我是不是可以认为每个人都可能做出任何事，甚至是最令人发指的犯罪行为呢？我们真正可以依靠的是什么？是谁？是什么样的真理？有没有可以让我无条件信赖的人呢？这样的人会出现吗？

即便是睡梦之中，我也无法释怀。我梦见了这个丁温。他摔倒了，他已经双目失明，躺在我面前的地上大哭。我想把他扶起来，于是，我弯下腰去。然而，尽管他身材瘦小，令人不可思议的是，他却非常重。我抓住了他的双手，想用力把他拉起来。我用双臂抱着他瘦小的身躯，但我就像在试图搬起一头沉重的铁牛。我跪在他的身旁，通常，当我看到有倒在路边血流不止的车祸受伤者时，我就会这样做。我安慰着他，向他保证马上就会有人来救他。他恳请我不要走，不要丢下他一个人不管。突然间，父亲就站到了我们的身边。他把丁温扶了起来，在他的耳边轻声地说了几句话。最终，在父亲的怀抱里，丁温得到了慰藉。他把头靠在父亲的肩膀上，轻轻抽泣，渐渐睡着了。接着，他俩就转身离开了。

当我苏醒过来的时候，感觉空气很暖和，隐隐还能够闻得到香甜的气息，仿佛新鲜出炉的棉花糖一般。我听到了屋外的虫鸣，还有两名男子在我窗下交谈的声音。我站起身来的时候觉得小腿酸疼，但是又感觉比前一天好多了。长时间的睡眠让我感觉舒服了许多。早晨气温很高，洗冷水澡也没有那么难受了。甚至连咖啡的味道也比前一天更加好，更加温暖。我又想起了自己此行的目的，一瞬间，我突然觉得自己已经准备好要去寻找米米了，但却又有什么东西在阻止着我——吴巴的故事——它在我的身上施了魔法。

我坐在旅馆门前，一动也不动，看着一位老人在用长剪刀修剪草坪。花圃中的小苍兰、剑兰和淡黄色兰花竞相开放，其中数虞美人最为娇艳。再远些的地方，弯弯的树枝上缀满成百上千朵各色的木槿花，有红色、白色和粉色。草坪的中间有棵梨树，树下的草坪上撒满了雪白的花瓣。更远处有两棵棕榈树和一棵结满果实的鳄梨树。还有许多其他的植物，比如豌豆、白萝卜、胡萝卜、草莓、山莓等等。

十点刚过，吴巴就来接我了。我看着他从远处走了过来。他沿着街道一直走，和一位骑自行车的人打了个招呼，最后向着旅馆走来。

为了避免自己动作幅度过大，他双手稍稍提起了笼基，就像穿着长裙的女子要跨过泥潭一样。他见到我时面带微笑，颇有意味地眨了眨眼睛，就好像我们已经认识了许多年，而且前一天我们也并没有不欢而散。

“早上好，朱莉娅。昨夜就寝可安稳？”他问道。

他古旧的表达方式让我忍不住笑了出来。

“你炯炯有神的双眼是多么漂亮啊。跟你父亲简直一模一样！你饱满的嘴唇，洁白的牙齿，也是从他那里遗传来的吧。请原谅我的啰嗦。并不是因为我嘴笨，而是因为你实在太美了，我才会变得这么啰嗦。”

他的赞美让我感觉有些尴尬。我们走到街道上，转入了一条通向河流的小路。小路两旁的树木枝繁叶茂，鲜花娇艳怒放，与旅馆的花园一样。一路上都是椰枣树和芒果树，还有高高的结满黄色果实的香蕉树。温暖的空气中还可以闻到茉莉花的清新与成熟水果的香气。

妇女们站在河里，水刚好没过膝盖。她们一边清洗衣服，一边放声高歌。她们把洗好的衣服和笼基都晾在岩石上，在太阳下晒干。几位妇女与吴巴打了招呼，充满好奇地看着我。我们走过一座小木桥，爬上河对岸的筑堤，沿着陡峭的小路一直走到了山顶，一路上都还可以听到妇女们的歌声。

当我看到远处的河谷与山峰时，我感觉有些不舒服。这与明信片上的风景大不一样。斜坡上只有几棵稀稀疏疏的小松树。树间的草早已被烧焦，变成了棕色。

“过去，站在这里，你就可以看到一整片茂密的松树林，”吴巴说，似乎他已经看透了我的心思，“七十年代，日本人来到这里，把所有的树木全都砍光了。”

我本来想问问为什么他们允许日本人这样做，有没有人阻止，最后还是决定保持沉默。

我们缓缓地走着，经过了年岁已久、破旧不堪的英国庄园，以及阴暗肮脏、没有窗户的小屋，墙壁凹凸不平，是用干燥的树叶和茅草编织而成的。最后，我们在为数不多的一间木屋前停了下来。它由近乎黑色的柚木搭建而成，其下由五英尺高的桩柱支撑着，还有波浪形的锡顶与狭窄的门廊。一头小猪在屋下到处乱窜，小鸡在院子里四处乱跑。

吴巴带着我走上门廊的台阶，进入一间大屋子之中，这里的四扇窗户都没有装上玻璃。家具看起来非常陈旧，应该是很久以前的殖民时期留下来的。弹簧从棕色皮椅的座位上伸了出来，旁边有两张破旧的沙发，一张咖啡桌，还有一个深色的柜子。一幅伦敦塔的油画就挂在椅子正上方的墙壁上。

“请别客气。我去沏点儿茶。”吴巴说完便离开了。

我正打算坐下来的时候，听到了一阵奇怪的嗡嗡声。一小群蜜蜂从一扇窗户飞到了敞开着的柜子里，接着又原路返回。这时，我才发现最顶层的架子上有个蜂巢，比足球还要大。我小心翼翼地退到屋子的另一个角落坐下，静静地坐着，不敢乱动。

“你不怕蜜蜂吧？”吴巴问道。他手里拿着一壶茶和两个茶杯，走了过来。

“我只怕黄蜂。”我撒了个谎。

“我的蜜蜂是不会叮人的。”

“你是说它们从来都没有叮过人？”

“有区别吗？”

“你要蜂蜜做什么呢？”

“什么蜂蜜？”

“蜜蜂的蜂蜜啊。”

吴巴看了看我：“我从来不动蜂蜜。那是属于蜜蜂的。”

我小心翼翼地盯着蜜蜂飞舞的路线看了看。他说的是真的吗？“那你为什么不把蜂巢挪走？”

他大笑：“我为什么要把它们赶走？它们又不会伤害到我。相反，它们选择了我的家，我感到十分荣幸。我们相安无事，共处了五年。我们缅甸人相信蜜蜂能够带来好运。”

“真的吗？”

“蜜蜂搬进来的第二年，你的父亲回来了。而现在，你也坐在了我的对面。”

他又微笑着倒茶。

“我们的故事讲到哪里了？丁温双目失明了，素季正在努力地帮助他，对吗？”

于是，他又开始继续讲故事了。

第二章

雨水滴滴答答地打在波浪形的锡顶之上，整座房子如同被乱石砸中了一般。丁温躲到了厨房最深处的角落之中。他并不喜欢倾盆大雨——雨水打在屋顶上的声响太吵，它们从天而降，猛烈的力量让他感到非常紧张。他听到了素季的声音，但是雨声太大，他无法听清楚她在说些什么。

“你到底在哪里？”她把头探进了厨房，再次喊道，“快出来，我们走吧。雨很快就会停的。”

素季说得很对，她几乎每次都能够准确地判断天气情况。她说，热带暴风雨即将来临的时候，她的肚子和耳朵会有所感觉，一开始是发烫，接着会有点儿痒，最后变得奇痒无比，这个时候，第一滴雨水也落下来了。从很久以前开始，丁温就已经不再怀疑她的预报了。他们站在房屋门前，不到两分钟，雨就已经停了，只是还可以听到雨水从屋檐和树叶上滴下来的声音，还有院子的小沟里哗哗的流水声。

素季拉着他的手。地面变得滑溜溜的，他每走一步，都会有泥水渗入脚趾之间。时间尚早，七点刚过。太阳穿过云层，舒服地照在他的脸庞上。但是，太阳的温度很快便会升高，晒着他的皮肤，一团团白色的蒸汽将会从地面升起，最终又变成雨水落下来浸润着大地。他们缓缓地走在泥泞的道路上，经过了许多的人家，从中传来了早晨的声响：婴儿的哭闹声，小狗的吠叫声，锡壶的叮当声。

她想把他带到镇上的一个寺院去，那里的方丈叫吴眉。他们已经认识很长时间了，她相信他能够帮得上忙。吴眉或许是素季唯一信任的人，她觉得他们俩志趣相投。要不是有他，她根本就无法走出女儿和丈夫去世的阴影。吴眉本人年纪也很大，可能已经八十多岁了，素季也不是特别清楚。几年以前，吴眉双目失明了，现在，他每天早晨都要给一小群当地的孩子上课。素季希望，他也能够保护丁温，循循善诱，带着他走出黑暗的包围，把曾经对她讲过的道理教给他：生命与痛苦是相互交织在一起的。在每个人的生命之中，病痛都是难免的，无一例外。我们终将老去，终将面对死亡。这些都是人类生存的准则和条件。这些话吴眉曾经对她说过。世界上的所有人，无论身处何地，无论时代如何变迁，都必须遵守这些准则。因此，没有任何外部力量能够减轻一个人所感受到的痛苦与悲伤，只能依靠自身的努力。尽管如此，吴眉一遍又一遍地对她说，生命仍然是一份不可蔑视的礼物。生命，他说，是一份充满神秘的礼物，痛苦与快乐错综复杂地交织在了一起，只想拥有后者而不愿经历前者的念头注定失败。

这座寺院就在主街道的旁边，四周被高高的石墙围了起来。石墙背后便是六座白色小塔，装饰着彩色的飘带与小巧的金铃。为了不受洪水侵袭，庙宇底下由近十英尺高的桩柱支撑着。多年以来，主建筑物周围又建起了许多附属建筑。整座寺院的正中央，矗立着一座七层的四角宝塔，它是窄窄的金顶塔，从四面八方都能够看得到。它的墙壁由松木搭成，经过长期阳光的照射，略微发棕，而每一层顶上的木瓦也有些发黑了。入口处的正对面，稍显昏暗的殿堂之中，一尊几乎接近天花板的木雕大佛披着斗篷正襟危坐，身上还铺满了金箔。他脚下的桌子上摆满了贡品：茶叶、鲜花、香蕉、芒果和橙子。这尊大佛像身后的墙架上还有几十尊小佛像，微微闪着金光，有些穿着黄色的佛袍，还有些撑着红色、白色、金色的纸伞。当然，丁温什么也看不到。

素季拉着他的手穿过了宽敞的庭院，院子里有两个和尚在用扫帚清扫着潮湿的地面，最后，他们俩来到了中间的楼梯前。刚洗好的深红色僧袍搭在一根线上晾着。寺院周围传来了柴火燃烧的声响，空气中还可以闻到烟火的气味。

吴眉盘着腿坐在殿堂尽头的座位上，一动也不动，瘦削的双手合拢置于腿上。他面前的矮桌上摆放着一壶茶，一个小茶杯，还有一盘炒瓜子。他的头剃得光亮，双眼深陷于眼窝之中，脸颊瘦削但却并没有凹陷进去。每次见到他，素季都会稍微心生敬畏。对她而言，他的容貌看上去直率而坦诚。他纤瘦但并不孱弱，脸上有皱纹但并不憔悴。他心里所想的一切都清清楚楚地写在脸上，完全没有任何额外累赘的痕迹。

素季不禁回想起了第一次见到吴眉时的情境。他从首都来到了格劳，刚下火车，站在车站前。这已经是二十五年以前的事情了。她走在去集市的路上，他光着双脚，向她微笑。甚至在那个时候，他的脸庞就已经给她留下了深刻的印象。他向她问路，出于好奇，她一直陪着他走到了寺院。一路上，他们便开始交谈，也建立起了友谊。在接下来的几年里，吴眉还会偶尔给素季讲起他的童年，他的年轻时代，以及他皈依佛门之前的生活。他并没有说很多，都只是一些故事的片段，素季将它们重新进行了整理，渐渐地拼凑成一幅完整的充满矛盾的画面。

他来自仰光的一个富有之家，家里拥有许多间碾米厂。他家祖上原本是印度的少数民族，一八五二年英国占领了缅甸三角洲地区之后便来到了仰光。他的父亲作为一家之长，作风专制，脾气暴躁，家人们都害怕他，因为他可能突然间就大发雷霆。孩子们都对他避之不及，妻子则身患重病，甚至连仰光的英国医生也无法诊断。在他们的第三个孩子出生之后，父亲厌倦了常年多病的妻子，便派船将她和两个小儿子送到加尔各答的亲戚家里去。那里的医疗条件相当优越，他说道。吴眉是大儿子，未来必须继承家业，于是，他被迫留在了父亲的身边。要不是每隔几个月便会有来自加尔各答的信件，父亲恐怕早就将他的这些家人遗忘了。信上说母亲恢复得很好，马上就可以回来了。每次读到这里，吴眉的心中就又充满了难以形容的喜悦与希望。然而，很多年过去，来信也越来越少了，吴眉才最终意识到，他在仰光港码头目送着母亲和弟弟离开的时刻，已经成为了他们的最后一次见面。当时他还只有七岁，他站在岸边，看着开往印度的船渐渐地远去了。

于是，家里的仆人和保姆便把他带大了，尤其是厨师和园丁，他从学会走路开始，就一直寻求他们的陪伴。吴眉是个安静乖巧甚至有些沉默寡言的孩子。他身上有种特殊的能力，便是感知别人的愿望，并尽全力去帮助他们实现。

那个时候，他最喜欢的就是在花园里玩耍。园丁专门在花园的最深处给他划了一块地，吴眉努力地用心耕耘着。而当他的父亲知道这件事情以后，就把所有植物都连根拔起，还把土壤也翻了个底朝天。他说，花园里的事情是仆人和女孩子做的。

吴眉没有说一个字，他默默地接受了，他从来都接受和听从父亲的每一句话。直到有一天，他还不到二十岁，父亲宣布了吴眉和航运巨头之女订婚的消息。这桩婚事对两边的生意和两个家庭都大有好处。紧接着，父亲便得知了儿子与厨师的女儿玛穆偷偷相好。这件事情本身并没有给他带来太大的困扰，他觉得这很正常。即便这个十六岁的女孩怀孕了，也可以有办法解决。但是，儿子却信誓旦旦地坚持说他爱这个女孩。这是多么的荒诞滑稽，不可原谅。当父亲听说这件事情的时候，他忍不住放声大笑了好几分钟，整栋房子都充斥着他的笑声。多年之后，园丁仍然肯定地说，当时，正是他的笑声让成百上千的花朵都凋零了。

吴眉简单坦率地告诉父亲，无论如何，他都不会娶这位父亲为他挑选的新娘。于是，父亲当天就把厨师和她的女儿赶走，送到了孟买的生意伙伴家里去，而且他还拒绝向儿子透露任何有关她们的下落。吴眉便离开了家门去寻找她们。在接下来的几年里，他不停地在东南亚地区的英国殖民地之间奔波。有一次，他感觉自己看到了玛穆，至少也听到了她的声音，那是在孟买港，他马上就要登上开往仰光的轮船了。他觉得似乎有人在喊着他的名字，但是，当他把头转过去的时候，看到的却只是陌生的面孔。远处的码头上，一群男人在激动地打着手势。一个孩子落水了。

几个月过去了，完全没有玛穆和她母亲的任何消息，吴眉愈加绝望和气愤了。一种说不清、道不明、看不透的愤怒，狠狠地向他袭来。他开始酗酒，频繁出入加尔各答与新加坡等地的妓院。他一个月通过贩卖鸦片赚的钱比他父亲一年赚的还要多，但又在非法赌博中全部都输了个精光。有一次，在从科伦坡回仰光的船上，他认识了一位古怪而健谈的孟买米商。一天晚上在甲板上，米商讲起了他家原来的缅甸厨师，还有她女儿和小孙子不幸的死亡——他们从码头上摔了下去，最后溺死了。当时，这位年轻姑娘试图追上一名正准备登上客船的男子。据目击者称，她误以为这名男子是她在仰光认识的人。后来，厨师做的饭简直难以下咽，米商没有办法，只好解雇了她。

吴眉从来没有告诉过素季，也没有向其他任何人提起过当天晚上他内心的煎熬。当轮船到达仰光以后，他扔下了所有的行李，直接从港口奔向瑞光大金塔脚下的瑞景寺。他在寺里修行了几年，之后又去了锡金、尼泊尔、西藏，向许多得道高僧学习佛经的真谛。他在印度大吉岭的一座小寺院里住了二十多年，最终又决定来到格劳，因为这是玛穆出生的地方。这对年轻的恋人曾经在昏暗的地窖里，杂乱的花园中，还有仆人的房间里偷偷地约会。他们梦想着来到格劳，计划带着孩子私奔。在以后的日子里，尽管吴眉不停地在各地奔波，但是他却从来不敢去观光，只是潜心学习。现在，他认为时机已经成熟了。他已经五十多岁了，他希望最后能葬身于格劳。

此时，丁温拉着素季的手，站到了吴眉的面前。素季带着他穿过殿堂，跪了下来。丁温松开了她的手，他们俩都屈下身去，直到双手和额头都贴到了地板上。

老者聚精会神地听素季讲述丁温的故事。他偶尔也会稍微晃动上半身，重复着某些单音字。素季讲完之后，他沉默了很长时间。最后，他转向了丁温。在素季讲述的整个时间里，丁温都只是蜷缩着，一言未发。

吴眉说起话来语速很慢，话语简短。他介绍了僧人们的生活，他们没有家庭和财产，只有僧袍和钵盂，也就是他们随身携带着的碗，用来装放获得的施舍物。他说，每天早晨日出之后，小沙弥们就要走到街道上去。他们会默默地站在某户人家的门口，或是在某间房屋前驻足，无论是获得什么施舍，他们都会满怀感恩地接受。他还提到，在一位年轻僧人的帮助下，他在教孩子们阅读、写作和算术。然而，实际上，他的主要目的仍然还是要传递生活教会他的道理：一个人最宝贵的财富就是他自己内心的智慧。

丁温跪在这位老者的面前，一动也不动，专心地聆听着。他并不是被吴眉的话语和句子所触动，而是被他的声音打动了。他的语调温和轻柔，充满韵律，美妙又让人舒服，如同寺院中的小金铃轻声地响起，只需一阵微风，它们就会开始吟唱。吴眉的声音让丁温想起了清晨的鸟鸣，还有夜晚素季睡在他身旁时安静平稳的呼吸。他不只是听到了这个声音，他的皮肤也仿佛手一般触摸到了它。此时此刻，他只想把自己全部身体的重量都交付给它，还有他灵魂的重量。紧接着，丁温突然看到了这个声音，看到它如烟一般从火焰里升到了空气之中，在整个殿堂内蔓延着，轻轻地飘来飘去，它如同被一只无形的手所牵引，旋转着，舞动着，最后渐渐地四处消散了。这样奇妙的事情还是第一次发生，但是，它在以后还会更加频繁地出现。

在回家的路上，丁温和素季都没有说一句话。他拉着她的手，温暖而柔软。

第二天早晨，太阳还没有升起来，素季便带着丁温赶往寺院，丁温感到非常焦虑不安。在未来的几个星期里，他将与僧人们一起度过。他还将拿到一件僧袍，与其他的小沙弥一起外出，到附近去化缘。他越想越不舒服，每走一步，他的恐惧就又增添了几分。即便在熟悉的地方，他仅仅只走了短短的几米就会被绊倒，他怎么可能在镇上找得到路呢？他叫素季干脆不要管他，就让他自己一个人安安静静的好了。他喜欢待在家里，躺在草席上，或者是坐在厨房角落的凳子上，唯有这两个地方才能够让他觉得安全，至少也不会受到威胁。

素季并没有回应他。他极不情愿地跟着她来到了镇上，一路上，他都在故意拖延着脚步。素季感觉，自己牵着的就是一头倔强的动物。突然间，他们听到寺院里传来了孩子们的歌声，他们便停下了脚步。这歌声让丁温平静了下来，就像是有人在抚摸着他的脸蛋和肚皮，安慰着他。他一动不动地站着，仔细地聆听。歌声里还掺杂着树叶轻微的沙沙声响，但是，这又不仅只是普通的树叶响动。丁温发现，树叶和人一样，每一片都有自己独特的音质。而且树叶的声响也和颜料一样，都有着不同的调子。他听到纽嫩的树枝在一起摩挲着，树叶相互轻抚着。他听到一片片的树叶轻轻地落到了面前的地上。即便有些树叶仍然还飘浮在空中，他也注意到，没有两片叶子的声响是完全相同的。他听到嗡嗡声、呼呼声、唧唧声、吱吱声、哧哧声、咕咕声。他突然产生一种大胆奇妙的想法。除了形状和色彩的世界之外，是不是还存在着一个与之平行的声音的世界呢？这里全是语音、声响、噪音、声调。这会不会是一个无形的感官世界？它就在我们周围，只是通常我们都难以触碰得到。这个世界甚至比有形的世界更加刺激，更加神秘呢？

许多年以后，丁温第一次坐在纽约的音乐厅里。当管弦乐队开始演奏，他又再次回想起了这个瞬间。当他听到幕后低沉的鼓声拉开序幕时，他几乎完全沉浸在了喜悦之中。接着，其他乐器也加入进来了，小提琴、中提琴、大提琴、双簧管、长笛，每一种乐器的声音都响了起来，正如同格劳某个夏日早晨的树叶一样。起先乐器只是单独演奏，接着形成了合奏，深深地震撼着他的感官，他满头大汗，气喘吁吁。

伴随着歌声，素季带着丁温向着寺院走去。他就像个醉汉一样跌跌撞撞地在她的身边走着。几分钟之后，他的心理又恢复到了原状，他的思绪来得快，去得也快。他听到了自己的脚步声、素季的气喘吁吁、孩子们的歌唱，还有公鸡的啼鸣，仅此而已。然而，他还是第一次品尝到了生命的滋味，它过于浓烈，差点儿就让他受伤了。有时候，这种滋味确实令人难以承受。

第三章

当他们到达寺院时，天刚蒙蒙亮。吴眉坐在殿堂里冥想，他的身边都是年长的僧人。一位年轻僧人坐在厨房边的小凳子上劈着干柴。两只小狗绕着他奔跑嬉戏。十二位小沙弥们刚剃了头，身着红色的僧袍，在楼梯的旁边站成了一排。他们向丁温问好，把他那身深红色的僧袍递给了素季，于是，她把僧袍穿在了他孱弱的身上。前一天晚上，她已经给他剃了头，而当她看到丁温站在其他小沙弥中间的时候，她突然再次发现他比实际年龄要高，模样俊俏。他的背影也与众不同。除此之外，他的脖颈修长，鼻子尖挺，鼻梁高度适中，牙齿洁白，如同她家门前的梨花。他的皮肤呈浅棕色，尽管多次摔倒和擦伤，整个身体只有膝盖上留下了两道伤疤。他的手掌狭窄，手指纤长优雅。而且没有人能够看得出来，他的双脚从来都没有穿过鞋。

尽管丁温个头高大，但是在素季看来，他就像一只脆弱的小鸡，在院子里惊恐地扑来扑去。他的眼神曾经打动过她，但是，她并不想同情他。她只想帮助他，同情根本毫无意义。

素季发现，自己也很舍不得离开丁温，即便只是几个星期而已，但是，吴眉也答应她，在这段时间里会好好照顾丁温的。吴眉认为，其他男孩的陪伴对他是大有益处的。大家一起冥想，一起上课，寺院里宁静的氛围与例行的活动都可以帮助他增强安全感和自信心。

小沙弥们把丁温带到了他们中间，让他一只手端着个黑色的钵盂，另一只手握着一根竹棍，整个队伍中站在他前面的小沙弥便拉住竹棍的另一端，他们打算以这种方式带着丁温一起四处行走。很快，这支小沙弥的队伍便开始起程了，他们迈着谨慎而细小的步伐，使得其中双目失明的那一位也能够跟得上。他们走出了大门向右转，缓缓地走在主街道上。尽管丁温可能没有注意到，但是他们一直都在努力地配合着他的速度。当他加快脚步的时候，他们也会走得更快。当他稍有迟疑，步伐减慢的时候，他们也就慢了下来。几乎每家每户门前都会站着一个人，不论男女。他们端着一锅米饭或者是蔬菜，那是他们在当天凌晨时分专门为僧人们烹制的。这支队伍一次又一次地停了下来。施主们会把僧人的钵盂装满，接着又恭敬地鞠躬。

丁温紧紧地握着自己的钵盂和竹棍。在他独自出门行走的时候，他已经习惯了手持长棍来探路。他会把长棍在面前来来回回地摆动着，就如同伸出双手一样去摸索地上是否有小坑、树枝和石头。但是，对他而言，此时手里握着的竹棍却什么也无法代替，他只能完全地依赖于前面的小沙弥。现在，他出门四处行走却没有了素季的陪伴，这让他感到很伤心。他想念她的双手、她的声音、她的大笑。这些小沙弥们却都很安静。当施主们把斋饭放入钵盂中的时候，他们会恭敬地说声“谢谢”，除此之外，就再无其他任何话语了。他们的沉默让他愈发感到难受。大约过了一个小时，丁温发现，他赤裸的双脚在沙质的地面上渐渐走得越来越稳当了。他没有蹒跚，也没有跌倒。街道上的崎岖不平并没有让他失去平衡。他的手稍稍放松了一些。他的步伐也迈得更大更快了。

回到寺院，他们扶着他走上了门廊的台阶。这里台面狭窄而且坡度很大，又没有扶手，丁温多么希望能够自己爬上去。但是，两位小沙弥拉着他的双手，还有一位在背后用力地推着他。丁温一步一步地挪动着，慢慢地摸索着向前走。

小沙弥们蹲在厨房的地板上，品尝着米饭和蔬菜。灶台里闪耀着火焰，火焰上方，水在乌黑破旧的壶中沸腾着。丁温坐在他们中间，不觉饥饿，只是感到疲惫无比。他说不出来是哪种压力更大：是长期的步行，还是必须一直依赖着前面的小沙弥。他精疲力竭，几乎没有认真听吴眉的课，在下午冥想的时候还睡着了，最后才被小沙弥们的笑声惊醒。

那天夜里，他躺在床上却还没有睡着。这时，他才又回忆起早晨那些美妙的声音。那只是一场梦吗？如果他的耳朵没有听错，那么此时那些声音又在哪里呢？为什么不管他怎么努力地集中精力，听到的都只是周围僧人们的鼾声呢？他希望能够再次找回几个小时之前感受到的浓烈之感，但是，他越是努力，听到的声响就越小，最后，甚至连身边的呼吸声和鼾声也仿佛是从遥远的地方传来一样。

在接下来的几个星期里，丁温尽全力去参加寺院里例行的活动。日子一天天过去了，握着竹棍的时候，他的信心大增，他渐渐地喜欢上了在镇上四处行走，丝毫不畏惧会摔倒在地或者是发生其他的意外。他学会了打扫院子和清洗衣服，许多个下午，他都在用大盆和搓衣板清洗着僧袍，直到冰冷的水让他的手指发疼。他还帮忙打扫厨房，劈柴的功夫相当了得——只要稍微摸一下木头，就可以告诉别人应该放在地上劈，还是放在石头上劈。没过多久，他不仅能够分辨出所有僧人的声音，还能够分清楚他们咂嘴、咳嗽、打嗝的声音，以及他们走过地面和木地板的脚步声。

最让丁温感到快乐的，便是与吴眉在一起的时光。男孩们屈膝围成半圆，丁温每次都跪在第一排，离吴眉的距离还不到两米。吴眉的声音依然充满了魔力，在他们第一次见面的时候就已经深深地打动了丁温。即便吴眉一言不发，让年轻的僧人协助他讲课，丁温仍然能够感觉到他的亲切。这让他更加坚定了信心。通常，下课以后，其他男孩都已经起身离开了，丁温依然还跪在地上。他慢慢地爬向吴眉，连续不断地向他提问。

“是什么原因导致你看不见的？”丁温有一天问道。

“谁说我看不见了？”

“素季。她说你失明了。”

“我？失明？的确，很多年之前我便失去了视觉。但是，这并不等于我已经失明了。”他顿了顿，接着又问道，“你呢？你失明了吗？”

丁温想了想：“我只能够分辨黑暗与光明，仅此而已。”

“你的鼻子有嗅觉吗？”

“当然有。”

“你的双手有触觉吗？”

“当然也有。”

“你的耳朵有听觉吗？”

“当然。”丁温犹豫了。他应该告诉吴眉吗？在过去的几个星期里，有时候，他感觉自己并没有总是在凭空想象事物的样子。“你还需要什么呢？”吴眉问道，“事物的真实本质是无法看到的。”他沉默了很久，接着又说道，“我们的感觉器官很喜欢把我们引向歧途，其中双眼是最具欺骗性的。我们太过于依赖它们了。我们以为自己已经看清了周围的世界，但是，我们感知到的仅仅只是表面现象而已。我们必须学会去探索事物的真实本质。从这个角度来说，眼睛帮不上什么忙，反而是种阻碍。它会分散我们的注意力，让我们很容易就受到迷惑。如果一个人太过于依赖视觉，那么他便会忽视自己的其他感官。我指的不仅仅是听觉和嗅觉，我说的还有我们身上潜在的没有名字的感官，我们可以将其称之为内心的指南针。”

吴眉伸出双手拉住丁温，丁温吃惊地发现吴眉的手非常温暖。“双目失明的人应该记住，”吴眉对他说道，“事物本身比它表面听上去要复杂得多，因此，你必须注意到每一个动作与每一次呼吸。只要我一不注意或是稍微分神，我的感觉就会将我引向歧途。它们会捉弄我，就像淘气的孩子渴望引起大人的注意一样。比如说，每当我变得急躁的时候，我就会希望所有事情都能加快进程，我自己的行为也会变得匆忙轻率。我很容易就会把茶水和汤汁洒泼。我不能完全听清楚别人所说的话，因为我心不在焉。还有我满怀愤怒的时候也一样。有一次，我因为一位年轻的僧人而生气，没过多久，我便踩到了厨房的火堆之上。我并没有听到火焰燃烧的声音，也没有闻到它的气味。愤怒让我的感官变得迟钝了。我们不应当把此归咎于眼睛和耳朵，丁温。是愤怒蒙蔽了我们。还有恐惧、嫉妒和怀疑。每当你生气和惧怕的时候，整个世界便会收缩，陷入一片混乱之中。不管是我们，还是视力完好的人都一样。只是他们还没有发现而已。一定要有耐心。”

丁温转向了吴眉。

“一定要有耐心。”他又再次说道。

吴眉想要站起身，丁温赶忙上去把他扶了起来。吴眉靠在丁温的肩膀上，两个人缓缓地走过殿堂，来到了走廊上。屋外正下着雨，并不是特别大，只是夏日里常见的轻柔温和的绵绵细雨。雨水从屋檐上滴到了他们的脚下。吴眉向前倾了倾身子，雨滴落到了他的光头上，也打湿了他的脖颈和后背。他把丁温也拉到了雨中。雨水顺着丁温的额头、脸颊、鼻子流淌了下来。他张开嘴巴，伸出舌头舔了舔。雨水感觉很温暖，又带着些许的咸味。

“所以你在怕什么？”吴眉问道。

“你为什么觉得我怕？”

“你的声音。”

当然，吴眉说得很对，但是丁温并不知道自己在怕什么。似乎恐惧一直都在，一直都跟着他，如影随行。有时候，恐惧十分微小，几乎难以察觉，他还能够将它完全控制住。但是，它也会增长，无限地膨胀，直到他的手心全是冷汗，变得湿漉漉的，直到他的身体不停地颤抖，如同患上了疟疾一般。

他们俩并肩站着，一言不发。鸽子在屋檐下咕咕直叫。沉默了几分钟之后，吴眉又再次问道：“你在怕什么？”

“我不知道，”丁温轻声地回答道，“我怕巨大的甲壳虫，它在我的梦中爬来爬去，折磨着我，直到把我惊醒。我怕树桩，我坐在上面，但又摔了下来，却一直碰不到地面。我怕恐惧的感觉。”

吴眉用双手抚摸着丁温的脸颊。

“我们每个人都清楚恐惧的感觉，”他说道，“非常清楚。它一直在我们身边游走，如同牛粪周围的苍蝇一样。它迫使动物们迅速地逃离，它们只好一直向前奔跑、飞行、游动，直到它们感觉已经脱离危险，或是因耗尽体力而倒下。人类并没有比动物更聪明。我们明知世上没有任何一个地方能够让我们躲避恐惧，但是，我们却仍然还是在努力地寻找着。我们为了财富和权力而奋斗。我们陷入了假想之中，认为自己比恐惧更为强大。我们想要控制和支配自己的孩子、妻子、邻居、朋友。野心与恐惧的相同之处便在于：它们都没有尽头。财富和权力正如同鸦片——我年轻的时候不止一次地尝试过——它们都根本不可能信守诺言。鸦片从来就没有给我带来永恒的快乐，它只会不断地向我索取，而且越来越多。金钱和权力无法战胜恐惧，只有一种力量比恐惧更为强大。”

那天晚上，丁温一动不动地躺在草席上。除了吴眉以外，其他所有僧人都睡在厨房旁边的一个大房间里。他们把草席铺在木地板上，盖着羊毛毯，蜷缩在被窝里。深夜的寒气从地板缝隙中钻了上来。丁温努力地聆听着。他听到了一只小狗在狂吠着，而另一只做出了回应。接着又来了第三只、第四只。厨房里的火堆仍然在轻声地燃烧着。小金铃在屋檐底下叮当作响，直到最终微风停止，它们才又变得静悄悄的了。丁温感觉到僧人们都接二连三地睡着了，他听到了他们的呼吸声变得越来越安静，越来越规律，一瞬间所有的声音都彻底消失了。静谧彻底地笼罩了整个房间，这是丁温从来没有感受过的，仿佛整个世界都消失了一般。丁温坠入了一个深渊，东倒西歪，身体不停地旋转着。他伸出了手臂，寻找可以攀扶的东西，树枝、扶手、小树，只要能够阻止他继续下落就可以了。但是，他什么也没有抓到。他不停地往下坠，越陷越深，直到他又再次听到身边的呼吸声，小狗的吠叫声，以及摩托车的咔嗒声。他是陷入梦境里了吗？还是他并没有睡着，只是在几秒钟里突然什么也听不到了？他双耳失聪了吗？仅此而已吗？他会不会像失去视觉一样也失去听觉呢？

他内心充满了恐惧，他想到了吴眉。只有一种力量比恐惧更为强大，吴眉安慰他说道。他一定能够找到的，除非他不愿意去寻找。

第四章

素季穿过了寺庙的庭院。在一棵无花果的树荫之下，六个僧人向她鞠躬问好。她一眼就看到了远处的丁温，他坐在台阶的最高一层上，膝盖上还放着一本厚厚的书。他用手指匆匆地翻动着书页，他的头微微前倾，嘴唇还在动着，就像是在自言自语。四年多以来，每天下午素季来到寺院接丁温回家的时候，都发现他在看书。过去几年来一直都是这样！就在上个星期，吴眉又再次肯定地说，丁温改变了很多，他很有天赋，也是班上最优秀最刻苦的学生。他集中精神的能力超凡，他的记忆力、想象力、推理能力都让吴眉感到震惊，他从来没有见过一个还不到十五岁的孩子能有如此出色的表现。只要是丁温学过的课文，许多天之后他还可以轻松自如、一字不漏地背诵出来。他只需要在头脑中思考几分钟就可以解决出数学难题，而其他孩子都必须花半个小时在石板上书写计算。吴眉十分器重丁温，过了一段时间之后，他开始在下午额外给丁温单独授课。他从箱子里拿出了许多本盲文的书籍，这是很多年以前一个英国人给他的。短短几个月，丁温便已经掌握了所有的盲文符号。他读完了这些年来吴眉收集的所有书，没过多久，他又读遍了寺院里所有的书籍。幸好吴眉与一位已经退役的英国军官是朋友，他的儿子天生双目失明，于是，丁温便能够读到源源不断的新书了。他如饥似渴地阅读着各种童话、传记、游记、历险记、戏剧，甚至还有哲学论文。几乎每天，他都会带一本新书回家，就在前一天晚上，素季又再次被他的喃喃低语吵醒了。黑暗中，她隐约看到他蹲在自己的身旁，膝盖上放着一本书，手指如同爱抚一般迅速地翻动着书页。同时，他也在轻声地念着指尖触到的每一句话。

"你在做什么？"她问道。

"旅行。"

她笑了笑，尽管她很疲惫。就在几天之前，他向她解释道，他不仅只是在看书，也是在旅行。书籍带着他到达了其他的国度与陌生的大陆，在它们的帮助下，他总是能够结识新的人们，甚至还与他们当中的许多人成为了朋友。

素季摇了摇头，因为撇开阅读来到真实的生活中，他明显就不是特别擅长交朋友。尽管在校的学习在许多方面都给了他很大的帮助，他依然冷漠而害羞。尽管他努力学习功课，但是，他与其他男孩的交往并不密切深入。他对所有的僧人都彬彬有礼，但是仍然还保持着一定的距离。素季越来越担心，没有人能够真正地了解他内心的想法。没有人，或许除了她和吴眉，但是她自己也不确定。不，其实丁温就活在自己的世界里。有时候，她却还担心他是否满足，他是否需要别人的陪伴，这些担心完全都是多余的。

素季站在台阶的最低一层，清了清嗓子。但是，丁温正在全神贯注地看书，他并没有注意到。她看着他，突然间第一次意识到他已经不再是个孩子了。他迅速地成长起来了，个头已经超过了其他的僧人。他的臂膀如同农夫，上臂有力，肩膀宽阔，而他的手指如同金匠，灵巧修长。从他的身材上，她能够看出来，他很快就会成长为一名青年男子。

"丁温。"她说道。

他把头转向了她。

“回家之前我还得去集市上买点儿东西。你想和我一块去吗？还是在这里等着我？”

“我在这里等着你吧。”他害怕货摊前熙熙攘攘的人群。太多人，太多陌生的声音和奇怪的气味，这些都会让他不知所措、跌跌撞撞。

“我很快就会回来的。”素季保证。

丁温站起身来。他身穿一条绿色的新笼基，用力地将腰部的结系紧，接着又穿过走廊，进入了寺院的殿堂。他正在向着厨房的火灶走去，这个时候，他突然听到了一阵陌生的声响。起先他以为是有人在随着时钟的滴答声敲击着木块，但是这样做未免太无趣也太麻烦了。这是一种与众不同的单调平淡的节奏。丁温静静地站着。他了解寺院里的每一间屋子，每一个角落，每一道横梁，但是，他从来没有听到过这样的声响。它是从哪里发出来的呢？是殿堂的中央吗？

他努力地聆听着。他向前走了一步又停了下来，仔细地聆听着。声响又再次出现了，比刚才更加响亮，更加清晰。这声响听起来像敲击声，低沉而温柔的敲击声。几秒钟过后，它又夹杂着厨房中僧人们缓缓的脚步声，他们的打嗝声与放屁声，地板的嘎吱作响，以及窗户微微震动的声音。屋檐下，鸽子在咕咕直叫。他头上也传来了一阵沙沙声：一只蟑螂或是甲虫在天花板上爬来爬去。墙壁上传来的唧唧声究竟又是什么呢？是一群苍蝇在同时摩擦着后腿吗？有东西从空中飘落了下来，这是一根羽毛。蛀虫在他的脚下啃噬着木地板。院子里，细小的沙粒被一阵微风卷至空中，接着又落回到了地上。远处传来了田地里牛的鼻息和集市上的嘈杂喧哗。对他而言，幕布似乎缓缓地拉开了，他曾经短暂经历过又迅速消失了的世界再次地呈现了出来。他渴望已久的无形的感官世界，此时又再次出现了。

然而，透过所有的噼啪声、嘎嘎声、喃喃声、咕咕声、滴答声、吱吱声，传来了那一阵清晰而又轻柔的敲击声，它缓慢、平静、均匀。似乎它就是世界上所有声响与音调的源泉。它突然变得响亮而动听。丁温转向它，踌躇不前。他能接近它吗？万一吓到它怎么办？他小心翼翼地抬起了一只脚。他屏住呼吸，仔细地聆听着，声响还在。他勇敢地跨出了第一步，接着又走出了第二步。他小心谨慎地迈着脚步，生怕会踩到它。他每走出一步之后，都会立刻停住，确保自己没有错过它。他越往前走，声响就越清晰。最后，他停下了脚步。它应该就在他的面前了。

“有人吗？”他轻声问道。

“是的。就在你的脚下。你就快要被我绊倒了。”

这是个女孩的声音。他并不熟悉。他凭空想象着她的面容。

“你是谁？叫什么名字？”

“米米。”

“你听到敲击的声响了吗？”

“没有。”

“它应该就在附近。”丁温跪了下来。这时，声响几乎就在他的耳边。“它越来越清晰了。这是一阵轻微的脉动。你真的没有听到吗？”

“没有。”

“闭上眼睛。”

米米闭上了眼睛。“什么也没有。”她一边说着，一边笑了起来。丁温向前倾了倾身子，脸颊感受到了她的呼吸。“我觉得它就在你的身上。”他向着她靠得更近了，把头埋在了她的怀里。

就是这个声响，她的心跳。

丁温自己的心跳开始变得剧烈起来。他感觉自己像是在偷听，在暗中打探着自己无权获知的消息。他感觉心中充满了恐惧，直到她用双手抚摸着他的脸颊。这双手的温暖在他浑身上下蔓延着，他希望她永远也不要将手拿开。他坐直了身板。“你的心跳。我听到的就是你的心跳。”

“从这么远的距离也能够听得到？”她再次笑了，但这并不是嘲弄。他从她的笑声中能够感受得到。这是可以信赖的笑声。

“你不相信我？”他问道。

“我不知道。也许吧。那我的心跳听起来是怎么样的呢？”

“美妙动听。不，比这还要美好。听起来就像是……”丁温结结巴巴地说道，他努力寻找着合适的词语，“我无法形容。”

“你的耳朵一定很敏锐吧。”

这句话很可能会让他觉得她在嘲笑他。但是，她的语气明确地显示出来，她并没有在嘲弄他。

“是的。不是。我并不知道我们是不是在用耳朵听。”

他们沉默了一会儿，谁也没有说话。他不知道应该说些什么。他担心她会站起身来跑开。也许他应该滔滔不绝地说，希望能够以自己的声音来吸引住她。只要他不停地说，米米可能就会留下来听着。

“我从来没有……”他在思考该怎么说，“在寺院里注意过你。”他终于说了出来。

“我已经见过你很多次了。”

一个洪亮的女声打断了她。“米米，你躲在哪里？”

“在殿堂里，妈妈。”

“我们得回家了。”

“我这就来。”

丁温听到她直起身来，但是却没有站起来。她伸出双手，迅速地捏了捏他的脸颊。

“我必须走了，再见。”她说道。他听到她离开了，但她并不是用脚走路，她是用四肢爬着走的。

第五章

丁温屈身坐在地板上，胸贴着大腿，头碰到了膝盖。他就只想整天整夜，日复一日这样坐着。似乎他稍微动一下，就会破坏他刚才所经历的一切。米米虽然已经离开了，但是她的心跳仍然还在陪伴着他。他思索着，倾听着，仿佛她就坐在他的身边一般。那其他的声音和响动呢？他抬起头来，从一边转向了另一边，仔细地倾听着周围的声响。屋顶上的沙沙声还在继续轻轻地响着。墙壁上的唧唧声和木地板里的啃噬声也还在。田地里水牛的鼻息，茶馆里客人们的笑声，丁温确信，自己能够清楚地听到所有这些声响。他小心翼翼地站起身来，依然沉浸在难以置信之中。他的听觉依然敏锐。所有声响，不管是熟悉的还是陌生的，都依然还在。有些很响亮，有些很安静，但是它们的力量与强度都没有减弱。它们能够帮助他在世界上找到自己的道路吗？

丁温行至门口，走下台阶，穿过院子。他想四处走走，在主街道上徘徊。他想去探索整个小镇，好好地听一听。新鲜而陌生的声音从四面八方向他涌了过来。整个世界充满了撞击、破裂、窸窣的声响。他听到嘶嘶声、咯咯声、吱吱声、呱呱声，但这些汹涌而至的声响并没有让他觉得恐惧。他感觉到，自己耳朵的作用和眼睛差不多。他想起自己曾经能够看得见整片森林，同时看到数十棵大树，数百条丫枝，数千片叶子与松针，还有长满花朵与灌木的草坪，这些风景都丝毫没有让他感到困惑。每一次，他的双眼只能着重于某些细节的风景，其他的风景就无法看清楚了。于是，随着瞳孔微小的转动，他就可以改变视野，着重于新的细节上，但同时也就不会错过其他的风景了。这也正是他现在所经历着的感受。他正倾听着不计其数的声响，他甚至都数不过来，然而，它们并不是混杂在一起的。失明之前，他能够注视着一片青草、一朵鲜花、一只小鸟。同样的，他现在也可以训练自己耳朵听辨的能力，让它们不费吹灰之力就能够辨别出不同的声音，并从中发现新的声响。

他沿着寺院的墙壁一直走，不时地停下脚步来倾听着。空气中充斥着各种各样的声响，他怎么也听不够。他听到街道尽头，一户人家传来了火焰熊熊燃烧的声音。有人在剥姜和蒜，把它们剁碎，再切大葱和番茄，还把米倒入了沸水之中。他在家中的时候便已熟知这些声音，他已经听惯了素季做饭的声响，尽管这户人家至少还在五十米以外，他却听得非常清楚。他的脑海中浮现出了一个形象——要是他只用眼睛看，反而无法看得如此的清晰——一名年轻女子在厨房中忙碌着，大汗淋漓。他听到身边一匹马的鼻息，一名男子把嚼过的槟榔吐到了地上。他还能听到许多其他的声响，但是它们究竟是什么呢？那些有韵律的唧唧声、哧哧声、呱呱声。即便他能够辨认出这些声响，但是，它们的源泉是什么，他还是一无所知。他听到了树枝被折断的声响，但这树枝是松树、鳄梨、无花果，还是三角梅呢？还有在他的脚下，到底是什么在沙沙作响？甲虫？蛇？老鼠？还是他从来没有想过可能会发出声响的东西呢？这个时候，他超凡的听觉也派不上用场了。他需要帮助。这些声响便是陌生语言的新词汇，他需要一个翻译。他需要的是一个忠实可靠的人，一个值得信赖的人，一个实话实说的人，一个不会因将他引入歧途而沾沾自喜的人。

此时，他已经走到了主街道上，他注意到的第一件事情，便是各种各样的声响从四面八方无穷无尽地向他涌了过来。他听到了所有路人的心跳。令他惊讶的是，他发现心跳声也正如人声一样，没有两个人是完全相同的。有人的心跳清脆响亮，如同小孩子的声音，而有人的心跳却低沉粗犷，像啄木鸟用喙在敲击着木头一样。有人的心跳听起来就像小鸡兴奋的咯咯声，还有的人心跳平稳均匀，让他想起叔叔家的挂钟，每天晚上，素季都要去上紧它的发条。

“丁温，你自己一个人在主街道上做什么？”这是素季，她来接他了。她非常震惊，他从她的声音中听了出来。

“我想，我可以走到角落，在那里去等着你。”他回答道。

她牵着他的手，他们沿着街道一直走，路过了茶馆和清真寺，在一座小塔背后转了个弯，缓缓地爬上了他们住的小山坡。素季在与他说着话，但是，丁温却并没有注意到她说话的内容，他在倾听着她的心跳。一开始，她的心跳听上去有些奇怪。它跳得并不规律，一下轻，一下重，与他所熟悉的素季的说话声形成了强烈对比，于是，他感觉到有些困惑。然而，过了几分钟之后，他便已经适应了这种节奏，觉得它与素季也颇为匹配，因为她的情绪和脾气，就像她的声音一样，有时候也会突然间发生变化。

回到家中，他迫不及待地想让素季帮忙。他坐在厨房的小凳上，仔细地聆听着。素季就在门外劈着柴，母鸡咯咯叫着在她的身旁跑来跑去。松树在风中摇曳着。几只小鸟在歌唱。这些都是他能够辨认出来的声响。接着，他又听到了一阵轻柔的沙沙声，或者它更像是奇怪的嗡嗡声、吱吱声？这是甲虫还是蜜蜂呢？如果素季能够帮助他找到这声响的来源，那么他便可以掌握声音这门陌生语言里的第一个新词汇了。

“素季，麻烦你过来一下，”他兴奋地大叫道。

她放下斧头，走到了厨房里来。“怎么了？”

“你有没有听到一阵嗡嗡声？”

他们都没有说话，静静地听了一会儿。他听到了素季的心跳，迅速而洪亮，从中他知道，她在努力地集中精力。她此时的心跳听上去和刚才他们上山的时候一模一样。

“我没有听到任何的嗡嗡声。”

“它是从我头顶上传来的，就在门的上方。你看到什么东西了吗？”

素季走到了门前，盯着天花板看了看。“没看到。”

“再凑近点儿仔细看。那里有什么吗？”

“什么也没有。只有木条、灰尘、泥土。你觉得应该有什么呢？”

“我也不知道，但声音就是从那里传来的。我觉得可能是在墙角吧，就在墙壁与屋顶交接的地方。”

素季凑得更近一些，又仔细地看了看墙壁。她并没有发现任何不寻常的地方。

“要不你站在凳子上。或许这样你就可以看得更加清楚了？”

她爬到了凳子上，仔细地检查着木条。说实话，她的视力并不是特别好，即便是近在咫尺的事物也开始渐渐变得模糊了，但是，她所能够看清楚的只是：在厨房不太干净的角落里，无论如何想象，都没有任何东西可以发出嗡嗡声，或者是其他的声响。只有一只肥大的蜘蛛在结网。仅此而已。

“什么都没有。相信我。”

丁温站了起来。他有些气馁。

“你愿意和我一起走到院子里去吗？”他问道。

他们站在房屋门前。他拉着她的手，努力集中精力去听一个陌生的声响：听起来像是在吮吸。

“你听到吮吸声了吗，素季？”

她明白，如果她也能够听到，这对他而言将会是多么的重要。但是，她确实没有听到任何人在吮吸或是喝什么东西。

“这里只有我们俩，丁温。没有人在院子里喝东西。”

“我说的不是人。我只是听到了像吮吸一样的声音。它离我们并不远。”

素季走了几步。

“再走远一点儿，再远一点点。”丁温在指引着她。

她继续往前走着，几乎来到了花园的篱笆边上。她跪在了地上，一句话也没有说。

“现在你能听到了吗？”这不是问题，而是请求，她一辈子都不会拒绝他的请求。但是，她的确什么也没有听到。

“没有。”

“你看到了什么？”

“篱笆，草地，泥巴，花朵，没有什么能够发出吮吸声。”她看了一眼黄色的兰花，有只蜜蜂在花蕊上盘旋着。最后，她又站起身来了。

第六章

他的脸上沾满了沙土，他还能够感觉到自己的嘴唇上和牙齿间也有沙灰。丁温躺在道路的尘土之中，如同一只仰面朝天的甲虫一般，倍感无助。他的眼泪就快要流下来了，并不是因为他真的受了伤，而是因为他感到羞愧与愤怒。那天，他告诉素季不用来接他了，他说想试试独自一个人从寺院走回家。他确信，多年以来，既然他已经走了这么多次，他一定能够找到回家的路。

他不知道自己是被什么绊倒了，石头，树根，还是雨水在地面冲积出来的小坑。此时此刻，他才明白自己犯了最莽撞草率的错误——过于自信。他不再小心谨慎了。他迈出步子的时候，精力不再集中，反而是心不在焉。他不知道视力完好的人是否真的能够分散精力，同时注意到许多不同的事情，或者这只是夸夸其谈。但是他却知道自己是无法做到的。最糟糕的是，他生气了，正是这种情绪常常会严重毁坏他的世界。吴眉说得很对。每一次，愤怒都会打乱自己的感官，他不是跌倒，便是撞到树干或墙壁上。丁温自己站了起来，用笼基擦了擦脸上的沙土,继续往前走着。他的脚步变得越来越不确定。每走一步，他都必须停一会儿。他小心翼翼地用竹棍探索着前方的道路，如同军人穿越敌人的领土一般。

他想尽快地回到家中。一开始，他还打算利用自己的耳朵进行更大范围的探索，发现新的声响并仔细地研究，他甚至还希望能够大胆地走进素季经常提及的集市里。但是现在，对于周围汹涌而至的声响，他的内心只剩下了惧怕。唧唧声、嘶嘶声、哧哧声、吱吱声……每一个声音都让他感到无比的恐惧。他不敢乱动，只希望能够尽快地逃离此地。但是，他还是必须自己去摸索前方的道路，沿着墙壁一步一步地往前挪，慢慢地在主街道上走着。他一直紧紧地握着竹棍，如同海上遇难者紧紧抓住求生的木板一样。他转向右边，发现自己已经走到斜坡上了。这个时候，一个陌生人在喊着了他的名字。

“丁温。丁温。”

他深吸了一口气。

“丁温。”

此时，他认出了这个声音。

“米米？”他问道。

“是的。”

“你在这里做什么呢？”

“我坐在小白塔的边上，等我哥哥。”

“他去哪里了？”

“每个星期，我们都会到集市上来卖土豆。一位住在山上的婶婶生病了，他现在去给她送大米和小鸡了。等会儿他就会回来找我的。”

丁温小心翼翼地摸索着，向着小白塔走了过去。他经常会被绊到，他甚至觉得是不是有人故意在他要走的路上放了石头和树枝。他只是希望自己不要在米米面前摔倒，这一定会非常丢脸。他听着竹棍的声音，知道自己已经到达塔边了，于是，他便坐到了她的身旁。接着，他听到了她的心跳，随着她每一次脉搏的跳动，他也渐渐地平静了下来。他无法想象出比这更加美妙动人的声响了。她的心跳非常与众不同，更加轻柔，也更加有韵律。她的心脏不是在跳动，而是在歌唱。

“你的衣服和笼基都弄脏了。你是不是摔倒了？”她问道。

“是的。不过还好。”

“你有没有受伤？”

“没有。”

丁温又重新拾回了自信。周围所有的声响又重归于熟悉。米米凑了过来。她身上的气味让他想起了雨季中第一场大雨淋过的松树。甜蜜但并不浓烈，又不失清新，薄薄地呈多层次散发开来。他们沉默了一段时间，丁温又再次大胆地仔细聆听着。他听到了一种轻柔的敲击声，或者是滴答声。这是从塔的另一面传来的。他应不应该问问米米是否也能够听到呢？如果她也能够听到，她是否愿意去看看究竟是什么东西呢？这样一来，以后他也知道应该如何辨别了。他还在犹豫着。要是她也能够听到，但是却什么也没有看到，那该怎么办呢？那他肯定会感觉非常的落寞，甚至比昨天和素季在一起的时候还要严重。而且，他也不想让米米觉得自己像个傻子。最好还是不要问吧。但是，他的好奇心又是如此的强烈。最终，他决定向她连续提问，看看她的反应。

“你听到滴答声了吗？”他犹豫着问道。

“没有。”

“确切地说，也不是滴答声。听起来就像是一种很微妙的敲击声。”他用指尖在竹棍上迅速地轻轻敲了几下，“就类似于这种声响。”

“我什么也没有听到。”

“你能去塔后面看一下吗？”

“那里除了灌木丛，什么也没有。”

“那灌木丛里呢？”此时，丁温难掩兴奋之情。要是她愿意帮忙就太好了，至少也能够解决一个谜团。

米米转过身去，爬到了塔的背后。那里的灌木丛茂密繁盛，锋利的小枝丫划破了她的脸。她没有发现任何东西可以发出丁温所描述的声音。她能够看到的只有一个鸟窝。“这里什么都没有。”

“把你看到的东西都一一告诉我。”丁温说道。

“树枝、叶子，还有一个破旧的鸟窝。”

丁温想了想。“鸟窝里有什么呢？”

“我不知道。它看上去已经废弃了。”

“声音绝对就是从鸟窝里发出来的。你能再凑近点儿看看吗？”

“不行。它太高了。在这里我没办法站起来。”

为什么她就不愿意站起来去看看鸟窝？它就在她的面前啊。只看一眼就够了。只要她的匆匆一瞥，他便能够清楚地知道，自己的听觉到底是不是可信。

她爬了回来，停在了拐角处。“你觉得里面应该有什么呢？”

他沉默了一会儿。她会相信他吗？她会嘲笑他吗？但是，他还有其他的选择吗？

“一个鸟蛋。我觉得这敲击声正是那只未孵化小鸟的心跳。”

米米笑了。“你是在开玩笑吧。没有人可以把声音听得这么清楚的。”

丁温什么也没说。他还能说些什么呢？

“如果你帮我一把，我可以看看你说的对不对，”米米沉默了一会儿又说道，“你能用背把我扛起来吗？”

丁温蹲了下来，米米用双臂环住了他的脖颈。丁温慢慢地站了起来。他还站不稳，身体摇摇晃晃的。

“是不是我太重了？”她问道。

“不是，你一点儿也不重。”并不是她的体重让他失去了平衡，而是他还不习惯把别人背在背上的感觉。她的双腿搭在他的腰间，他把双手放在背后撑着她。这样一来，他的手就不能拄着竹棍了，他对面前的道路一无所知。他的膝盖有些软了。

“别害怕。我来给你指路。”丁温迈出了小小的一步，“很好。继续走。当心，正前方有块石头。别害怕。”

丁温用左脚碰了碰这块石头，摸清楚它的具体位置之后，他的脚才又落在了地上，顺利地避开了。米米在他的后背上给他指路，他们在塔后摸索着。米米还用一只手拨开树枝，以防划伤他的脸。

“就是这里了。再走一步，再走一步。”他感觉到她用双手按住他的肩膀，把她自己撑了起来，努力地向上伸展，又屈身向前。他的心脏在剧烈地跳动着，他必须要花很大的力气才能够保持住平衡。

“有一个鸟蛋。但是并不大。”

“你确定吗？”

丁温毫不掩饰自己的兴奋喜悦之情。他又回到道路的边上蹲了下来，同样也是摇摇晃晃，很难保持平衡。米米为他的大门打开了一条缝隙。她把一束光芒带进了他黑暗的世界里。此时此刻，他最想做的事情莫过于背着米米四处奔跑，一起去探索研究他能够听到的所有声音与音调。现在，他已经知道了未孵化小鸟的心跳声，最终他将能够辨认蝴蝶振翅的声音，他也将会明白为什么周围会有汩汩的声响——即便附近根本就没有水流，还有为什么即便风平浪静，他也能够听到瑟瑟的响动声。有了米米的帮助，他就可以解开一个又一个的谜团，或许最终，一个声音的世界就将会渐渐地呈现出来了。

“米米，”丁温问道，“为什么你不愿意自己去看鸟窝呢？”

她拉着他的手，放到了她的小腿上。丁温从来没有感受过如此柔软的皮肤，它甚至比森林中的苔藓还要软，他曾经是多么喜欢用脸去蹭那些苔藓。他的手指顺着她的小腿慢慢地往下移，他摸到了她的脚踝，苗条纤细，但又怪异畸形。她的双脚向内弯曲，肌肉僵硬，根本无法行走。

第七章

雅达娜通常在想，女儿的诞生便是她生命之中最美妙的时刻了，尽管她并不是嫌弃其他的五个儿子。这或许是因为她觉得自己年龄已经太大，无法再怀孕了，但是她却又一直都渴望能有个女儿。或许是因为她现在已经三十八岁了，对于这个孩子的出生，她心中充满了感激：这可是独一无二、无与伦比的礼物。或许是因为这个孩子在她的腹中成长了九个月，她却从来没有感觉到任何身体上的不适。每天，她都会笔直地站立在田地里，闭上双眼，轻抚着腹部，心中充满了喜悦。夜晚，她躺在床上却时常无法入睡，她在感受着自己体内孩子蓬勃的成长，在她的子宫里，孩子翻来覆云，拳打脚踢。这就是世上最美妙的时刻。要是她是个容易动情的人，她肯定早就感动得落泪了。又或许是因为她永远也无法忘记女儿第一次睁开眼睛看着她时的情景，她的那双大眼睛呈深棕色，又略微带黑。她是多么的漂亮啊！她那浅棕色的皮肤比雅达娜其他孩子的都要柔嫩得多。她的头小而圆，完全没有因为出生时的拉扯而变形，而她的脸庞亦是匀称俊俏。甚至连接生婆也说，她从来没有接生过这么漂亮的孩子。于是，米米就躺在雅达娜的怀里，看着她的母亲。此时此刻，比起过去的九个月，雅达娜觉得自己对女儿的爱意更加深厚了。接着，孩子微微一笑。雅达娜以前从来没有见过这样的微笑，自此以后也再没有见过。于是，她的丈夫莫伊第一个发现了孩子下肢的残疾。他惊讶地大叫了一声，给妻子看女儿细小残疾的双脚。

“每个孩子都是与众不同的。”她对丈夫说道。对雅达娜而言，这件事情便已经结束了。在接下来的几个星期里，村里充斥着各种流言飞语，但是它们也并没有改变她的想法。人们都说，她女儿是一个苏格兰人的毛驴转世。在几个月之前，这头毛驴的两条前腿都断了，于是，它被人用枪打死了。人们还认为，这个孩子在世上活不了不久。邻居们都纷纷猜测，这个可怜的女孩是她家里应得的报应，因为最近几年以来，她家获得了大丰收，让他们有足够的收入盖起了上有锡顶下有支柱的新木屋。他们运气这么好，但是却从来没有付出过任何的代价。也有人断定，这个女孩将会给整个村子带来灾难，甚至还有人悄悄提议，应该把她丢弃到树林里去。雅达娜的夫家逼着她去向占星师请教。占星师可以清楚明确地告诉她，这个孩子即将会面临着怎样的灾难，她对孩子的照顾是不是太过于仁慈了。雅达娜根本不想理会。相比星宿，她总是更愿意相信自己的本能，这使得她没有丝毫的犹豫：她生出来的是一个非常特别，具有超凡能力的孩子。

大约过了一年之后，她的丈夫也才接受了这种观点。起初，他几乎都不敢碰自己的亲生女儿，还要与她保持着一定的距离，而且他也叮嘱儿子们不要靠近她。直到一天晚上，雅达娜厉声地呵斥他道：“瘸腿是不会传染的。”

他连忙安抚她，说道：“我知道。我知道。”

“那为什么快一年了，你甚至都不愿意正眼看看自己的亲生女儿呢？”她迅速地用手掀开了米米身上的毯子。

莫伊看了看女儿，又看了看妻子，目光又回到了女儿的身上。米米光着身子，就躺在他的面前。天气寒冷，她的身体打了个寒战，但是她并没有哭。她只是满怀期待地看着他。

“为什么？”雅达娜又再次重复道。

他伸出双手，摸了摸她小小的肚皮。他的指尖划过她孱弱的大腿与膝盖，一直往下，最后他把她的小脚托在掌心里。米米正在朝着他微笑。

米米的双眼让莫伊想起了与妻子第一次见面时她的眼神。女儿的微笑也有着同样的魔力，至今他都无法抵御。莫伊感到羞愧万分。

雅达娜又用毯子把孩子裹了起来，脱下上衣，给孩子喂奶。

莫伊突然间明白了，女儿不只继承了母亲漂亮的双眼，还继承了她知足、平和、开朗的性情。女儿从来不哭喊，也很少大声吵闹，彻夜都睡得十分安稳，让人感觉，她本人和周围的环境非常协调。

一年多以后，事情还是发生了变化，她第一次尝试着要自己站起身来。她爬到了屋前狭窄走廊的栏杆上。当时，莫伊与雅达娜就站在院子里，正在给小鸡和小猪喂食，他们看着女儿撑起身体爬到了直立的栏杆上。她尝试着用畸形的双脚支撑起自己的体重，短短的一瞬间，她站起来了，紧张地看着她的父母，但是，她马上就倒下了。她一次又一次地努力着，莫伊想跑过去帮助她，但是又不知道应该怎么做。雅达娜紧紧地拉住了他。“她的双脚不可能支撑她的体重。她必须认识到这一点。”她说道，因为她明白，这是没有人能够改变的事实。

米米并没有哭。她擦了擦眼睛又检查了一下栏杆，似乎是这木制栏杆的问题。她又再次尝试，努力让自己的身体保持住平衡。但是，她尝试了六次，最后还是又摔倒在地上，于是，她放弃了。她爬到台阶的旁边，坐直身子，看着她的父母微笑。这是她第一次也是最后一次尝试着站起来走路。自此以后，她便一直用四肢在屋子和院子里爬来爬去。她能够迅速地爬上走廊的台阶，甚至连她的父母也赶不上。她会追赶鸡群。炎炎夏日，当雨水浸湿了院子地面的时候，她就喜欢在柔软的泥土里打滚。她还喜欢与哥哥们玩捉迷藏，她会爬到院子最深处的角落里，那里很偏，几乎没有人能够找到她。

毫无疑问，米米一直都相当镇定。甚至是在后来，她更加清楚地明白了双脚也是很有用的，但她也并没有改变。有时候，她会坐在走廊上看着邻居家的孩子，他们或是在院子里嬉戏奔跑，或是爬到屋子边沿巨大的桉树上去。雅达娜感觉到，女儿已经接受了自己与生俱来的缺陷，然而，这并不等于她会悲观消沉，失去对生命的希望。相反，尽管她可能行动不便，身体的自由受到了限制，但是，从人生的其他方面来看，她的求知欲望和天赋才能都卓越非凡，远无止境。

最令人惊叹的便是她的声音。米米还在襁褓中的时候，大部分时间雅达娜都会背着她，紧紧地贴着自己的后背。雅达娜养成了个习惯，一边在田地里劳作，一边唱歌给女儿听。没过多久，米米几乎就已经记住了所有的歌曲，有时候，她们母女俩还会进行合唱。米米的歌声越来越动听了，在傍晚时分，这个七岁的小女孩会一边帮母亲做饭，一边放声歌唱，邻居们都会不约而同地坐到她家门口的地上，全神贯注静静地听着她的歌声。随着时间的流逝,她的听众也越来越多。很快，整个院子便都挤满了人，有些人只能站到院子外的道路上，或是坐到屋子边沿的大树上。听众中有些迷信的人甚至断言,米米的声音有魔力。他们经常谈起一位体弱多病，耳朵也不好使的老寡妇，她两年多都没有离开自己的小屋了，直到有天傍晚，她也加入到人群中来，开始翩翩起舞。还有住在路对面破旧窝棚里的男孩，大家都叫他小鱼。他的皮肤干燥，浑身上下布满了疹子和鱼鳞般的白屑。在米米唱了不到六个月的时候，小鱼也第一次在黄昏时分走出了家门，他身上所有的创伤都早已消失得一干二净了。

有时候，她跟随着母亲到集市上去卖土豆和大米，她的歌声便会吸引一大批人驻足。为了维持公共安全和秩序，两名警察不得不走过来请她停止。有一个爱尔兰的酒鬼，事实上他曾经在国家军队中获得过少校的军衔，此时他正在格劳度过自己的余生，便请求米米在他临终之际为他歌唱。米米也被邀请到婚礼与生日庆典唱歌，作为回报，他们家也得到了许多茶叶、小鸡和大米。正当莫伊开始认真考虑是否要把土地租出去，以米米的歌声为生的时候，米米突然对她的父母说，她不会再唱歌了。

他们就坐在院子里的木板上。尽管天色尚早，但是已经能够感受到夜晚的习习寒意了。雅达娜把一件厚外套披在了女儿的肩膀上。米米在石臼里研磨着黄香楝的树皮，雅达娜在洗着土豆和青葱。小猪在屋底下哼哼，水牛在花园门口排泄，他们坐的地方就能闻到臭味。莫伊觉得女儿只是在开玩笑。

"你为什么不想再唱歌了？"

"我觉得没什么意思了。"

"为什么这么说？出什么事情了？"

"没事。"

"可是你的歌声越来越动听了啊。"

"我不想再听到自己的歌声了。"

"你的意思是，你不会再唱歌了？"

"我想拯救自己的歌声。"

"拯救歌声？为什么？"莫伊非常困惑。

"我也不知道。"

莫伊知道，和女儿争辩是没有用的。她遗传了母亲的倔强。她很少会固执己见，但是，一旦她下定决心，别人就不可能再改变她的想法了。其实，莫伊内心还是挺佩服她的。

雅达娜非常清楚最近以来米米的改变。她刚满十四岁，身体上也渐渐开始出现女性的发育特征。她的声音日益变得愈加动听，但是变化不只如此。尽管她的五官长得越来越精致，双眼已经不再是脸庞上最突出的部位了，但是依然还像以前一样炯炯有神。她的皮肤呈现出如同酸角粉一样的浅棕色。尽管她用双臂支撑着身体，四处爬动，她的双臂并不厚实坚硬，也没有布满老茧，相反却修长苗条。她的手指敏捷灵活，当她帮忙做饭的时候，雅达娜几乎看不清她手上的动作。米米先把生姜去皮，接着又精心将它切成片或剁成末。两年前，雅达娜教会了米米织布，没过多久，米米的技术就已经超过她的母亲了。最重要的是，雅达娜非常欣赏女儿举手投足间的自信。在过去，雅达娜还曾经做过噩梦。她看到米米像动物一样爬过肮脏的地面和集市，周围的人都在大肆地嘲笑着她。有时候，她还梦见米米想乘坐火车去达西，她在站台上爬向自己的车厢，引擎却已经发出了长鸣。米米努力地爬着，越爬越快，却永远也追不上火车。

即便在白天，雅达娜也会为米米感到担忧。她已经长大成人了，可是她要怎么样迎接来到家里的客人呢？四肢着地，爬向他们吗？这将会是多么的丢脸啊！

然而现在，她几乎不敢相信女儿的平衡能力竟然如此的好，而且当她四处爬动的时候，她仍然能够自信满满。在她爬过的路上，没人会做出任何野蛮的羞辱举动。她只穿自己亲手缝制的最漂亮的特敏，尽管她穿着这些特敏在肮脏的地面上爬过，但是她并不会给人低贱卑微的感觉。当她爬动的时候，她会小心翼翼地先把一边的手和膝盖挪向前，再挪另一边。她浑身上下都散发出了尊严感，所有集市里的人都非常地尊敬她，主动给她让路。

第八章

迄今为止我了解的那个朱莉娅——我觉得我们之间的关系非常亲密——在这种情况下应该会猛然站起身来。她一定会勃然大怒。她会轻蔑地狠狠瞪吴巴一眼，拿上自己的背包，一声不吭便离开了；或者她会当着他的面嘲笑他，告诉他所有这些简直都是一派胡言，相当愚蠢，然后离开。

但是，我一动也没动。尽管我也有站起身的冲动，这种冲动却软弱无力，只是我自己某种下意识的反应而已。我不知道应该怎样来评价吴巴所讲的故事。我需要消化的内容实在太多了。我是不是应该相信，我父亲年轻的时候不仅只是双目失明，而且还曾经喜欢上了一个瘸子？是不是就因为这个女人，尽管父亲与我们，他的家人，在一起生活了近三十五年之后，最终还是离开了我们，毫无音讯？而且他们已经分开将近五十五年了。我觉得这一切都很怪异。可是，我又不禁想起了父亲曾经说过的一些话：不管事情本身好坏与否，没有人无法做到的事。这便是在我们得知母亲的一位堂兄和十六岁的保姆私通时，父亲所做出的反应。这位堂兄是虔诚的天主教徒，因此母亲一直都无法接受。沃尔特是不可能这么做的，她一遍又一遍地说道。父亲觉得那位堂兄是犯了错误。他似乎认为，每个人都可能会做出任何事情，至少他不会因为自认为了解一个人，便排除了所有他犯错误的可能性。而且，他也坚持认为，自己的世界观与痛苦的悲观者并不相同。相反，他说，对别人期望过高其实可能更加糟糕，要是他们达不到我们所设立的高标准，我们反而会更加失望，最终导致愤怒与蔑视，这便是人性的本质。

在吴巴所描述的许多父亲的特质和习惯之中，我渐渐地开始把他看清楚了。我感觉自己似乎在偷听着自己内心对立双方的争吵。一个声音是律师，她一直在怀疑，她想要证据。她在努力地寻找罪犯，她需要一位能够进行宣判的法官，或者这位法官至少也能够依靠自己的权威，为这场谜案画上句号。而另一个声音是我从来没有听过的。等等，它在哭泣，别跑开，别害怕。

“你一定饿了吧，”吴巴打断了我的思绪，“我擅自准备了一些食物。”他喊了个我听不懂的名字，一位年轻女性立刻从厨房里端着托盘走了出来。她轻鞠了一躬。吴巴站起身来，递给我两个有缺口的盘子。一个盘子里装着三张圆薄饼，另外一个装着米饭，棕色酱汁，还有几块鸡肉。接着，他又递给了我一块磨损严重的白餐布和一把弯曲的小勺子。

“缅甸咖喱鸡，味道很清淡。我们配着印度薄饼来吃。我希望这还符合你的口味。”

我看起来肯定是一脸怀疑。吴巴笑了笑，安慰我说道：“我已经跟邻居说了，让她在准备饭菜的时候，一定要特别注意清洁卫生。我知道，并不是我们所有的客人都能够适应我们的食物。其实我们自己也难免会受到影响。相信我，有时候，我也必须跑无数趟厕所。”

“这也算不上是安慰吧。”我大着胆子咬了一口面包。我在旅游指南上看到，我们要特别注意沙拉、水果、生水以及冰块。相反，面包和米饭相对而言并不会有太大问题。我把酱汁和米饭和在一起尝了尝。有点儿苦涩，又有种土味，不过味道还算好。鸡肉又太硬，我几乎嚼不动。

我们静静地吃了一会儿之后，我问道：“我的父亲在哪里？”我的语气听起来比我原本打算的要更加严肃与苛刻。这是律师的声音。

吴巴盯着我看了很长时间。他用最后一张薄饼将盘子抹了个精光。“你一直在向他靠近。难道你没有感觉吗？”他说着，用陈旧的餐布擦了擦嘴。他喝了一小口茶，向后倾靠在椅子上。“我只用一句话就能告诉你他在哪里。但是，既然你都已经等了这么长时间，四年多了，再多等几个小时又有什么区别呢？你不可能再有机会来这么清楚详细地了解你的父亲了。难道你不想知道他和米米之间的进展吗？她是怎么样改变了他的生活？为什么对他而言，她如此的重要？为什么她也改变了你的生活？”

吴巴并没有等着我回答。

第九章

素季立刻就发现，丁温发生了非常巨大的变化。她坐在花园的大门口等着他，她开始有些担心了。路况非常恶劣。两天前连续的大暴雨使得地面变软了，牛车一过，便在泥泞的路面上留下深深的印迹。太阳又把泥土晒干，现在的地面变得僵硬了，路上到处都坑坑洼洼的，即便是视力完好的人走起来也很艰难。让他独自一个人走回家来，而且在所有日子里就偏偏选择了今天，这是不是有些不太好呢？接着，她看到了丁温红绿相间的笼基与白色的上衣，慢慢地爬上山来了。但是，似乎走路的姿势又不大一样。他真的是丁温吗？

那天晚上，他滔滔不绝地说了许多话，他以前从来没有这样过。他给她讲了吴眉的所有细节，他还提到，独自一个人从寺院门口走上了街道是多么的兴奋激动，他不小心摔倒了，变得十分生气，但是，从今往后，他还是决定要自己一个人走回家来，不再需要她的帮助了。他也提到了声响，包括他听到了飘浮在空中的羽毛和竹叶，听到了如同歌声一般的心跳。素季为他的想象力而感到高兴。

然而，对于米米，他只字未提，因此，素季也对丁温的变化感到困惑不解。他通常都只会静静地蜷缩在角落里，好几个小时也一言不发，但是，今天却感觉坐立不安。他不停地在屋子和院子里走来走去。他突然开始对集市感兴趣，想知道为什么每隔五天才开一次，还反复地询问素季下一次开市的时间。时间一天天过去，他的食欲也越来越差了，第三天，他只喝了一点点的茶水。素季不知道该怎么办。丁温生病了，这是毫无疑问的，但是，他并没有说身体感觉到不舒服。他只是说他能够听到许多的声响，这渐渐也开始让素季感觉到不安。显而易见，他已经失去了理智。

丁温数着日子，甚至还数着小时和分钟，直到下一次开市的时间。一天的时间竟然也可以如此之长。地球围绕着自转轴自转一圈的时间，为什么比永恒还要长？时间慢慢地爬着，如同森林里的蜗牛缓缓地经过地面一样。他要怎么样才能够让时间走得更快一些呢？他向吴眉请教，吴眉只是笑了笑。

"耐心点儿，"他说道，"坐下来静静地冥想。时间就会变得不那么重要了。"

几年以来，冥想确实给丁温带来了许多的好处，但是现在却几乎不管用了。当他坐在寺院的僧人们之间、草坪上、家门前的树桩上的时候，他都试着去冥想。但是，不管他怎么努力，不管他身处何地，他还是能够听到她的心跳、她的声音。他触碰到了她的肌肤。他的后背感觉到了她的重量。

他的鼻子被她的气味所占据了。他永远无法忘记，她身上那种柔软而甜蜜的气息。集市日的前一天晚上，他根本无法入眠。他听到素季慢慢地躺到自己身旁的草席上，翻了个身，把被子拉到了耳根。没过多久，她便睡着了，心跳也渐渐地趋于平稳。她的心跳缓慢而均匀，似乎永远也不会停止。他自己的心脏却在剧烈地跳动着，狂野而猛烈。他甚至不清楚自己为什么会如此的兴奋。他仿佛置身于一个世界之中，在这里，人们不用眼睛也能够看到，行走也不需要依赖双脚。

当天早上，在所有的小摊与人群之中，他要怎么样才能够迅速地找到米米呢？根据素季的描述，丁温想象着，集市就如同一群小鸟栖息在田地里。这里有纷繁复杂的声响和气味。他想，集市上一定特别的拥挤，人们推来推去，没有人会留心给他让路的。奇怪的是，这种想法并没有让他感到恐惧，尽管他非常害怕人群。他确信自己很快就能够找到米米的。他能够辨认出她的心跳和气味。他能够听到她的声音，即便她只是小声地与哥哥耳语几句。

丁温在路边站了几分钟，一动也不动。他重新系紧了笼基。他的眉毛和鼻子上挂满了小小的汗珠。集市上的声响比他想象的要更加嘈杂和可怕，如同缓缓流淌的小溪被无比可怕而又无法逾越的湍流吞噬了。他要怎么样才能够保持自己的仪态呢？他不清楚小摊之间的路到底在哪里。他并不了解地面的坑坑洼洼。对他而言，所有的声音都是陌生的。

他迈出了一只脚，动作缓慢但又并不踌躇。他想让自己跟随着人潮一起向前移动。后面还有人在推攘着他，前面又有人的手臂顶到他的肋骨上。“看好你的脚。”一个男人冲他怒吼道。嚼着槟榔的人们咂了咂嘴唇，把渣吐到了地上。一个婴儿在呜咽着。他周围有着许多不同的心跳与声响，哧哧声、吱吱声、嘎嘎声、咯咯声、咕咕声，还有别人肚子里发出的隆隆声。所有的声音都非常响亮，他完全无法分辨清楚。但是，他一定能找到她的，对此他确信无疑。此时此刻，只有炎热还在困扰着他。或许他在寺院里喝的水太少了，而且他流的汗又比平时还要更多。他的上衣湿透了，他口干舌燥。突然间，他发现人潮已经分成了两拨，朝着不同的方向前进。他努力站稳脚跟，但是身后的推力实在是太大了。他只好跟着向右转的那一拨人潮继续向前走着。

“小心啊。”一个女人大声地喊叫道。他听到了破裂的声响，感觉到脚上和趾间沾到了某种柔软而潮湿的东西。是鸡蛋。

“你瞎了吗？”

他把脸转向了她。她才看到了他眼珠上乳白色的浓雾，惊讶地轻声赔礼道歉。丁温继续跟着人潮前移。这里一定是鱼摊。他闻到了鱼干咸咸的气味。接着，他又闻到了芫荽的异味、白毛茛酸辣的味道，他一吸气，这味道便直冲鼻腔，刺激着他的黏膜。他还闻到了肉桂、咖喱、辣椒、柠檬草以及生姜的味道，它们不时地与熟透的水果气味交织在一起，香甜浓烈却又让人发腻。

只要他稍微驻足，人们便不再推攘着他了。身后的人群绕开了他，似乎他们已经明白推攘是没有用的。丁温努力地聆听着。他终于听到了。如此柔弱，如此平稳。即便置身于世界上所有的噪音之中，他也能够听得到。他站在远处，但是感觉双手已经触碰到了她的肌肤。她的双臂就环着他的脖颈。他向着心跳声走了过去，它是从集市的一个偏僻角落里传来的。

第十章

米米就坐在集市偏僻的角落里，身旁还堆着许多土豆。为了遮阳，她左手撑着一柄圆形的小阳伞。伞是深红色的，近似僧袍的颜色。她穿着自己那身最漂亮的红绿相间的特敏，这是她昨天晚上才刚刚缝制好的。她乌黑的头发梳成了辫子。那天早晨，她让母亲在她的脸颊上涂了两个黄色的圆圈。稍大一些的女孩和女人都会这样打扮自己，但是米米却一直拒绝，直到现在才有所改变。母亲只是微微一笑，并没有过问太多。哥哥把米米背起来的时候，雅达娜亲吻了一下女儿的额头。的确，每次她们分别的时候，她都会这样做，但是，这次的吻有些不一样。米米感觉到了，但是她自己也无法说清楚究竟有什么区别。

此时此刻，她就坐在自己织的毯子上等待着。的确，在过去的四天里，她什么也没有做。不管是爬到院子里去捡鸡蛋，还是到屋后去摘草莓，不管是帮母亲做饭、拣选土豆，还是缝制特敏，她都在等待着，等待着集市日这一天，等待着丁温。

她从来就不介意等待。很久以前，她就已经明白了，对于无法行走而必须依靠他人帮助的人来说，人生自然是少不了等待的。等待已经与她的人生旋律紧密地交织缠绕在了一起，如果有事情突然发生，她反而还会觉得很困扰。对于行事匆匆的人，她有些困惑不解。等待的时间是平静安宁的，几秒钟，几分钟，有时候甚至是几个小时。通常，在这些时间里，她都是独自一个人待着。而她也需要这样的时间来休息，做好准备去应对各种各样的新变化。无论是去村子另一头的婶婶家，去田地里劳作一天，还是去集市上，她都在等待着。她不明白，为什么不管去到哪里，面对着什么样的人，哥哥们总是步伐匆匆，但是却从来没有觉得负担过重。如果她毫无预计，不需等待便被背到住在另外一个山头的朋友家中，她总得花些时间才能够真正地适应过来。每到一个地方，头几分钟她都只能保持沉默，似乎她的灵魂还在山谷之间缓缓地移动着。她认为，无论做任何事情都需要一定的时间。正如地球需要二十四个小时才能够围绕着自转轴自转一圈，需要三百六十五天才能够围绕太阳公转一周，因此，她认为，无论做任何事情都是需要一定时间的。于是，哥哥们给她取了个昵称，叫她小蜗牛。

最糟糕的是，有些英国人乘火车或汽车途经格劳，据说有些还是从远方的首都开来的。这些车辆经过村子的时候隆隆作响，可怕吵闹的喧哗声吓得小鸡到处逃窜，牛马四下躲闪，但是，米米并不畏惧这种声响。她也并不厌恶车辆后面排放出来的恶臭的尾气。她惧怕的是它们的速度。一个人可以缩短在不同地方，不同人事之间来回移动的时间，这真的有可能吗？为什么会有人心生这样的想法呢？

让米米感到高兴的是，离集市日还有四天的时间，即便她也非常希望第二天就能够再次见到丁温。等待就意味着她还有很多时间悠闲地想念他，仔细地回忆着他们最后一次会面的所有细节。这也是等待的好处之一，可以帮助她理清思绪。通常，一旦她让自己的思绪肆意泛滥，她的脑海中便会浮现出许许多多的影像，她小心谨慎地检视着每一幅画面，如同在辨别奇珍异宝和贵重金属的真假一般：她看到丁温向着她走了过来，看到自己爬到了他的背上，看到后来他坐到了她的身旁，看到他激动而兴奋地颤抖着。她觉得，丁温似乎已经做好了准备，要背上她共赴天涯，走在他们并不熟悉的小径上，四周的所有一切都是陌生的。

于是，在家里的时候，她会花很长的时间坐在走廊上，闭上双眼，尝试着去做丁温所做过的事情。她努力地聆听着。小猪在屋下嚎叫。小狗在打鼾。她还能够听到小鸟的鸣叫与邻居家的声响……但是她无法听到心跳声。她想问问丁温是不是有什么窍门，他能不能把这种倾听的技术传授给她。至少也让她掌握一些基本的入门知识。

她把鸟窝的故事告诉了最小的哥哥，但是，他只是嘲笑她。究竟是什么让她相信有人的听觉能够如此敏锐呢？或许有人早就提前告诉过他，鸟窝里面有一个蛋。丁温只是想给她留下深刻印象而已。

这让米米很生气，并不是因为哥哥，而是因为她自己。她早就应该知道的。世界上有些事情，是可以用双脚直立行走的人所不能理解的。他们也理所应当地认为，人们看世界就一定要用眼睛，而且脚步也一定能够战胜所有的距离。

第十一章

正午的太阳不偏不倚地照射着整个集市。丁温和米米躲在小阳伞下遮阳，互相靠得更近了。米米的哥哥把剩下的土豆装进了口袋里。他要先把土豆扛回家，再来接米米。

“我可以把米米背回家，这样你也就不用跑两趟了。”丁温说道。

哥哥看着米米，似乎在问这位盲人小弟弟怎么样才能够背着你上山。米米朝他点了点头：“别担心。”

哥哥把土豆扛在肩上，喃喃地说了一些无法理解的话语，便动身了。

“你介意我们从镇上绕着走吗？”丁温问道。

“随便你，”米米回答说，“是你背着我，而不是我背着你。”她笑着，把一只手臂搭在了他的脖颈上。他慢慢地站了起来。他们顺着一条小巷往下走，旁边停着几辆牛车和马车。路上的男男女女来回走动，把装满大米和土豆的口袋，以及盛满水果的竹篮搬到了车上。动物们也变得焦躁不安。马匹在大声嘶叫，跺着蹄子，刨着地面。牛在大口地喘息，不停地摇晃着身体，身上的铜铃也在叮当作响。丁温在想，它们一定是厌倦了太阳的照射和长时间的等待，它们也饿了吧。他还听到它们的肚子在咕咕直叫。牛车和马车随意地停放在路上，对丁温而言，许许多多陌生的声音一起筑成了一道围墙，他随时都可能会撞上去。有没有谁能够作为向导，帮助他避开最痛苦的灾难？至少在他精力集中的时候，有谁能够提醒他前方有凹陷、沟渠、石头、树枝、房屋、大树？此时此刻，他感觉自己就像在迷宫中爬行，但是高墙却挡住了他的去路。前方还有许多的拐角及墙沿在等待着他。在这个迷宫中，他很容易便会迷失方向。他怎么样才能够把米米安全地背回家呢？

以前，失明从来没有给他带来过如此大的困扰。他的膝盖发软，身体开始摇晃。他失去了方向感。他身处何地？他是在绕着原地转圈吗？他是在向着深渊走去吗？他要怎么样才可以确定，他迈出的下一步并不会成为最后一步呢？没过多久，他便觉得脚下的地面已经不复存在了。他可能会失去平衡，摇摇晃晃地往前走，最终步入他一直就惧怕的巨大虚无的空间里。

"当心。再走两步，你就会碰到一篮土豆了。"米米轻声地说道，她的声音就在他的耳旁。

"再往左一点点。很好。一直往前走。停下。"她轻轻地将他的肩膀拨向了右边。他犹豫了一会儿，接着把身体向右转了九十度。他们的正前方肯定有一头牛。它的心跳强劲有力，如同有时僧人们在寺院中敲击的弱音鼓一样。这头牛呼出的气息弄湿了他的皮肤。

"往前走？"

"是的，往前走。"他拖着脚步，不敢把脚抬起来。走了几步以后，她又轻轻地拉了拉他的左肩，于是，他又转向了左边。他撞上了某种木制的东西，被撞得生疼。

"对不起，这里有辆牛车。我还以为我们已经越过它了。你疼吗？"

他摇了摇头，继续缓缓地向前走着，直到她又再次轻轻拉了拉他的肩膀，他才又小心翼翼地改变了方向。

"把脚抬高，前面有袋米。"

他抬起左脚，用脚趾碰了碰米袋，向前迈了一大步。

“很好。”她说着，轻轻地抱了抱他。

他们继续走着，米米用自己轻柔的动作给丁温在街道上指路，仿佛在为湍流中的小船导航一般。每走过一道圆弧，每经过一个转弯，每克服一次障碍，丁温的脚步就变得更加坚定，更加自信。她的声音就近在耳畔，给予着他慰藉。他相信她的引导。尽管很多时候，他连自己的感观都不相信，此时他却发现自己竟然如此依赖着她的双眼。

她撩起自己的特敏给他的脖颈擦了擦汗。

“我是不是太重了？”她问道。

“一点儿也不重。”他怎么样才能够解释清楚？其实，有她在背上，他感觉步伐更加轻盈了。

“口渴吗？”

他点了点头。

“我们可以在那边买新鲜的甘蔗汁。”甘蔗汁很贵，但是米米的母亲允许她每个月在集市结束后喝一瓶，而且她也当然愿意买一瓶给丁温。他注意到，他们已经走到了一棵大树的树荫之下。“就在这里吧，”她说道，“把我放下来。”

他单膝跪在地上，她从他的背上慢慢地滑下来，坐到了果汁摊的木凳上。她又将另一把凳子放在了丁温的身后，拉了拉他的手。他毫无犹豫地就坐了下来。

他们坐在榕树巨大的树荫下，米米点了两瓶甘蔗汁。他听到了榨汁机中甘蔗被挤压的声音，听起来就像踏入厨房踩到蟑螂时发出的噼噼啪啪声。米米有没有注意到他的恐惧呢？这又有什么关系？她引导着他走出了迷宫。他们并没有撞到墙壁，也没有掉进深渊。她为他搭起了许多座桥梁，也推倒了许多堵墙壁。她简直就是一个魔术师。

米米喝了一小口甘蔗汁。她想象不出，还有什么能比这更美味。她看着丁温。她从来没有想到，一个双目失明的人，脸上还能够表现得如此开心。她微微一笑，他也微笑着回应。她甚至没有意识到，这原本应该是一件多么奇怪的事情啊。

“丁温，你现在可以听到什么？我的心跳吗？”米米问道。

“我可以听到你的心跳。”

“你能教教我吗？”

“教什么？”

“怎么样倾听心跳。”

“我不会教。”

“你试一试啊。”

“我不知道应该从哪里开始。”

“但是你知道怎么做。”

丁温想了想，“闭上你的眼睛。”米米闭上了眼睛，“你听到什么了？”

“人声，脚步声，马具上铃铛的叮当声。”

“除此之外就没有了？”

“好吧。我还听到了小鸟在鸣叫，有人在咳嗽，小孩在哭闹，但是，我根本就没有听到任何的心跳声。”

丁温没有说话。米米聆听得更加仔细了。几分钟之后，所有的声响都混杂在了一起，变得凌乱模糊，就如同沾满泪水的双眼无法看清楚面前的图片一般，她也无法听清楚所有的声响。她听到了血液在自己的耳朵里涌动着，但是，她听不到自己的心跳，更不用说丁温或是其他人的心跳了。

“或许是这里太吵了，”丁温沉默了很久才开口说道，“我们需要一个更加安静的地方。我们走吧，我们可以重新找个地方，如果我们只能听到鸟鸣、风声，还有自己的呼吸，那我们就可以再重新尝试一次了。”他背对着米米跪了下来。她抓住了他的双肩。他站起身来，她的双脚就搭在了他的肚皮前面。

他们走在一条更加安静的街道上。他的后颈能感受到她的呼吸。她的身体是多么轻盈啊。一只小狗正在屋檐下遮阳熟睡，他差点儿就踩了上去。

“对不起，我没有看到它。”她说道。

“我也没有看到。”他也说道。他们俩都笑了。

他们刚刚走过了火车站，米米就指引着他离开街道。“我知道一条小路。”她说道。他们走了几米，便来到了一个小山坡上，周围长满了木槿树。丁温闻到了它们过于浓郁的甜味，他认识这种气味。他迈开了脚步，发现将要开始走下坡路了。坡度并不是特别陡，但是也很容易就会让他失去平衡。

“或许倒着走会容易一些。”米米给出了个建议。她已经习惯了靠在哥哥们的背上，他们只需要几次迅速的跳跃就能冲下山坡去。丁温转过身来，开始小心翼翼地往下走。米米把一只手伸进树丛中，紧紧地抓着树枝。他们俩一起从坡上慢慢地往下滑，没过多久，丁温就感觉到脚下有石头。

“现在我们是在哪里？”他问道。

“我们就在铁路的路基上，”她给他解释说道，“我们可以走在铁路的木轨上面。我的哥哥们总是这样做的。”

他静静地站着，一动也不动。她或许还提到了曼德勒、仰光或者伦敦。迄今为止，铁路路基仍然是他无法到达的地方。他只是在学校里听其他的男孩们提起过。他们通常吹嘘，在等待黑色的蒸汽机车来临的时候，他们会大胆地在轨道上跑来跑去。他们会把松果或是奇形怪状的瓶盖放在轨道上，还为了证明自己的勇气，近距离地爬到疾驰的火车边上。丁温也曾经梦想着要加入他们。后来，他便放弃了所有的希望。铁路路基并不属于他的世界，而只属于那些视力完好的人。

这个时候，他自己也走在了轨道上。没过多久，他便发现有阵韵律在指引着他，使得他的每一步都可以自信地迈到木轨之上。在这里，他不用担心会撞到大树或者是灌木丛，也不用担心会被绊倒。他正在爬着梯子走出阴冷潮湿的洞穴，每走一步，世界就变得更加温暖，更加明亮。他的步伐越走越快，没过多久，他便跳过了几节木轨，开始奔跑。米米一直都没有说话。她闭着眼睛，紧紧地抓着丁温，随着他的跨越一起摇晃着身体，就像骑在马背上一样。丁温迈着大步，努力地全速前进。他已经不再担心木轨之间的距离了，他听到的只有自己的心跳声，这便是驱使他前进的击鼓声。这鼓声越来越响亮，越来越沉重，狂野而有力。这声响还翻越过了山岭，在山谷之中回荡着。他想，即便是蒸汽火车的声音也比不上它。

他终于停了下来，感觉如梦初醒。"对不起。"他气喘吁吁地说道。

"为什么？"米米问道。

"你不害怕吗？"

"害怕什么？"

他们躺在草地上，米米仰望着天空。时候不早了，太阳就快要落山了。除了清晨，米米觉得这便是一天当中最美丽的时刻了。此时的光线有所不同，变得更加明净了，大树、山峰、房屋的轮廓也比正午时分更加清晰分明。她喜欢夜晚的声音，也喜欢黄昏时分家门口柴火燃烧的气味。

"你知道心跳声听起来是怎么样的吗？"丁温问道。

米米在想，自己是否曾经听到过心跳声。"有一次，我把头埋在了我母亲的胸前，因为我想知道是什么东西在发出敲击声。但是，这已经是很久以前的事情了。"那个时候，她还以为在她母亲的胸腔里有只小动物，它希望被释放出来，所以才不停地敲击着她的肋骨。

第十二章

那天夜里，丁温久久不能入眠。接下来的第二天、第三天也依然如此。他躺在素季的身边，满脑子都在想着米米。他接连三天晚上都没有睡着，但是，他却并没有感觉到疲倦，反而觉得自己变得更加灵敏了，他的感官、思维、记忆都比以前更加敏锐了。他们共度了一个下午，他如获至宝，倍加珍惜这个下午。他清楚地记得他们之间的每一句对话，她的每一个声调，以及她的每一次心跳。

那天下午，米米就在他的背上，她的声音萦绕在他的耳旁，她的大腿缠在他的腰际，他第一次有了某种类似舒适安逸，又带着淡淡喜悦的感觉。对他而言，这种感觉实在是太陌生了，他甚至都不知道应该将其称为什么。幸福快乐，轻松愉快，开心有趣，这些都仅仅只是缺乏内容的词汇，毫无意义的言语。他这才意识到，每一天，自己都在耗费着很多能量。早晨在乳白色的浓雾中苏醒过来。在背弃自己的世界中四处摸索着道路。他突然感觉自己活得很孤独，甚至是难以忍受，尽管他身边的确还有着素季和吴眉的陪伴。他敬畏他们，信任他们，对他们所付出的关心爱护充满了无限感激。然而，无论他遇到的是谁，他仍然还是会觉得自己和对方之间有着一种难以名状的距离感。他经常和其他的僧人们一起围坐在寺院的火堆旁边，他多么希望能够获得某种归属感，希望自己也是某个组织，某个系统的一份子。他多么希望能够和别人获得同样的感受——喜爱，生气，甚至仅仅是好奇心。任何的感受都可以。但是，他只觉得内心空虚，他自己也不清楚为什么。即便有人触碰到了他，把手搭在他的肩膀上，伸出手来拉着他，丁温也无动于衷。似乎就正是蒙住了他双眼的迷雾，也渐渐地把他与整个世界隔离开来了。

但是，和米米在一起的时候就大为不同，她的眼睛能够帮助他看世界。在她的帮助下，他不再觉得自己是生活的局外人。她让他有了归属感。他属于集市，属于村庄，属于自己。

有了她，他开始真正地面向生活了。

在接下来的几个月里，每逢集市日，他俩都在一起度过，去探索格劳及其周边地区，如同去发现未知的岛屿一样。他们像科学家一样，逐街逐房一丝不苟地对整个小镇进行着调研。他们常常还会花很长的时间蜷伏在路边。因此，在探险的大部分时间里，他们仅仅只走过了一条街道或一小块草地而已。

随着时间的流逝，探索并解开这个新世界的秘密便成为他们例行的活动。他们走几步就会停下来，一言不发，一动不动。他们的沉默会持续几分钟、半小时，甚至是更长的时间。丁温在汲取着各种各样的声音、音调，还有响动。接着，他会详细地描述出他所听到的一切，而米米则会说出她所看到的事物。她就像画家一样，先为他描绘出大致粗略的轮廓，接着就越来越精确和细致。如果影像和声音的描述对不上，他们便会开始搜寻陌生声音的源头。她爬过灌木丛，穿过花圃和房屋，拆下墙壁上的石头又把它们装回原来的位置。她仔细地翻弄拨寻柴堆，用双手在草坪和田地里不停地挖刨，直到她最终发现丁温所听到的东西：沉睡的小蛇、蜗牛、蚯蚓、蚕蛾。时间一天天地过去，丁温也更加了解这个世界了。在米米的帮助下，他已经能够把声音与物体、动物、植物联系起来了。现在，他知道，燕尾蝶振翅的声音比大斑蝶更加轻快，桑葚叶子在风中发出的沙沙声与番石榴不同，蛀木虫啃噬木头的声音与毛毛虫咀嚼树叶大为不同，每一只苍蝇摩擦后腿的声响也有所差别。这些便是声音这门语言中一套全新的字母符号。

让他感觉更加困难的，是要理解人类发出的各种各样的声响。丁温失明后不久，他便开始更加留心不同人的声音，学会对它们进行区分和理解。它们成了他的指南针，指引着他在人类情绪的世界中穿行。不管素季是生气还是疲惫，他都能够从她的声音中听出来。无论是他的成绩让同学嫉妒，他惹恼了其他的僧人，还是别人是否喜欢他，所有一切的情绪，他都能够从别人对他说话的音调中了解得一清二楚。

每个人的声音都有着自己独特的表达方式，心跳也是一样的。在与不相熟识的人第二次或第三次碰面的时候，丁温就能够毫不费力地通过心跳将他们辨认出来，即便他们的心跳也并不总是一样的。心跳会背叛身体和灵魂，在不同时刻，不同场合也不尽相同。它时而年轻，时而衰弱；时而乏味，时而厌倦；时而神秘，时而清晰。然而，有时候，人的声音和心跳会不一致，各自分别讲述着大相径庭而又不可协调的故事，这种情况下，他想到的会是什么呢？比如吴眉。他的声音听起来总是强劲有力，似乎从来没有受到过年岁的影响。丁温一直把吴眉想象成是一棵枝干巨大的参天老松树，即便是偶尔侵袭掸邦的暴风雨也撼动不了它。在吴眉这棵大树的保护下，他曾经觉得很安全，还很喜欢躲在下面嬉戏。然而，吴眉的心跳一点儿也不强劲有力。相反，它听起来脆弱无力，精疲力竭。这让丁温回想起了自己小时候曾经看见过的消瘦的黄牛，它们身后拖着沉重的车，上面装满了米袋或木材，缓缓地从他家门口经过。他盯着它们，确信它们在到达山顶之前就会累得倒下死去。为什么吴眉的声音和心跳不一致呢？他应该相信什么？声音还是心跳？对于这些问题的答案，他无从所知。但是，他相信，在米米的帮助下，他最终都能够解决这些问题，至少也能够解决其中的一部分。

第十三章

米米还清楚地记得第一次听说丁温时的情景。在两年之前，她的一个哥哥去寺院做了一段时间的小沙弥。她和母亲一起去看望哥哥的时候，他说起了一位双目失明的男孩。这个男孩早上摔了一跤，手里还拿着钵盂。他怕把食物给洒了，拿着钵盂的手便没有松开，于是，他面朝地狠狠地摔了一跤，鲜血从他的鼻子和嘴巴流了出来。更糟糕的是，他把大家一整天的米饭也全洒在肮脏的地面上了。毕竟他是个盲人，所以他理应是极其笨拙的，但是，他的成绩在班上又是最优异的。这个故事让她感到很难过，尽管她自己也不清楚原因。这件不幸之事是不是也让她想到了自己呢？就在没有人看得到她的时候，她试图用自己畸形的双脚在屋后走上几步。她感受到了剧痛，仅仅只是走出了两步就摔倒在了满是尘土的地上。她想知道，丁温为什么会被绊倒，这种事情是不是经常发生，他最后是不是都能够成功应对。当时他是什么感受呢？摔倒在肮脏的地面上，所有人的食物都变成了垃圾。她不禁想起了有一天，她和朋友们正在房屋门前玩弹珠。这些玻璃珠是一个英国人给她的，其他孩子都感到十分好奇。他们将玻璃珠滚进了小坑里，而米米在骄傲地给大家讲解着游戏规则。然而，一个女孩突然间站了起来，她说她觉得很无趣。她们为什么不来一场赛跑呢？第一个跑到桉树的人就是冠军。于是，朋友们都跑开了。米米慢慢地把弹珠收了起来。她只问了自己一个问题：为什么？但是，她只问过一次而已，因为她知道，这个问题永远也不可能有答案。她的双脚是自然的造作，如果她刨根问底或是持续反抗，这就太愚蠢了。她不想与命运抗衡。但是，她仍然还是觉得很痛苦。

比这种痛苦更糟糕的是，有时候她觉得自己和家人之间仍然有着距离。她对父母兄长的爱高于一切，但是实际上，他们并不了解米米内心真实的想法，只有她的双脚才真正地了解她自己。哥哥们的关心方式就是抚摸。他们轮流背着她到田地里，小湖边，带着她逛遍整个村子，赶到集市上，以及去拜访家住深山里的亲戚。他们从来没有把这看作是一种牺牲，反而，他们觉得这是很平常的，就和他们早晨劈柴、提水、在秋季收获土豆一样。当然，他们并不需要米米的感激与回报。然而，要是米米突然间情绪低落，毫无缘由地哭了起来——这样的事情不常发生，但是他们的确也经历过——他们只能站在一旁，但却不知道应该说些什么，做些什么。他们一脸疑惑不解的表情，似乎在说：我们已经尽了全力做所有事情让你过得更好，这难道还不够吗？米米不想让哥哥们觉得自己毫无感激之心，便只好努力地将泪水咽下。她的母亲也是同样如此。雅达娜很欣赏女儿，米米自己也知道。尽管女儿“小蜗牛”天生残疾，但是，雅达娜仍然为她的力量和优雅而感到骄傲。米米想变得更加强大，有时候她只是不想让母亲失望而已。然而有时候，她也希望自己可以软弱，这样一来，她就不需要再证明给任何人看了。包括她的父母、她的兄长，还有她自己。

几天之后，她坐在寺院的走廊上，哥哥把正在清扫院子的丁温指给她看。

米米忍不住一直看着丁温。尽管他看不到，他却能够认真仔细地清扫着地面，米米有些震惊了。他时不时也会停下抬起头，似乎他闻到了什么特殊的气味，或是听到了什么特殊的声响。

在接下来的日子里，她常常想起他。下一次去寺院的时候，她便在台阶上徘徊着，直到又再次看到了他。他抱着一捆木柴走了过来，爬上楼梯，与她擦肩而过，最后走进了厨房，完全没有注意到她。她跟在他的身后，远远地看着他。他劈了几根柴，将它们用火点上。他又把壶装满水，挂在了火上。整个过程看上去毫不费力。他举手投足间的沉着冷静，充满深意的翩翩风度以及浑身散发出的人格尊严，都给她留下了深刻的印象。似乎他满怀感激，感激他的每一步没有让自己跌倒，感激他的每一个动作没有让自己受伤。他失明的生活真的就像看上去那样简单吗？还是他每天付出的努力和无法行走的她一样多？他是不是能够理解她内心的感受呢？当其他孩子都奔向桉树的时候，当她完全无法坚强起来母亲却满怀骄傲地看着她的时候，当她的哥哥背着她经过邻家女孩的时候——她们和年轻男子一起坐在路边，羞怯地拉着手放声高歌。有几次，她想去和丁温说话，或是挡住他的去路，他便会被绊倒，这样一来，他就会知道她了。但她努力克制着自己的冲动。并不是因为她害羞，而是因为她坚信没有必要。他们一定会相知相识的。每个人的生命都有自己既定的路线和旋律，米米认为，想要自作主张做出决定性的改变是不可能的。

那天下午在寺院里，丁温正在朝着厨房走去，却突然间停了下来，米米其实一点儿也不吃惊。他踌躇着，似乎在选择不同的道路，然后微微转身，径直向着她走了过来，最后蹲在了她的面前。她仔细地看着他，从他蒙上了乳白浓雾的双眼中读懂了他的内心，甚至超过了她对父母和兄长的了解。她看到，丁温明白什么是孤独，他清楚为什么外面阳光大作而一个人的内心可能是大雨磅礴，悲伤并不一定需要任何的直接原因。甚至当他说到她心跳的时候，她依然一点儿也不惊讶。她相信他说的每一个字。

她度过了一个又一个的集市日。在她的生命里，第一次感到了心急焦躁。她数着时间，每小时、每分钟……等不及再次与他相见。她的渴望愈渐强烈，几个月之后，她就想在丁温寺院的课程结束之后去接他。他会觉得高兴吗？她会打扰到他吗？她可以假装正好和哥哥一起路过。当他听到她在走廊上等待着的时候，他径直向她走了过来。他的微笑消除了她的所有疑虑。至少他和她一样，也感到很高兴。他就坐在她的身旁，拉着她的手没有说话。自此以后，他们每天都见面。

他背着她穿过村庄，越过田地，爬上山坡又走了回来，毫无疲倦之感。他背着她走过了炎炎赤日和倾盆大雨。在他的背上，有了他的陪伴,她原本不大的世界便已经没有了限制。他们四处闲逛。多年以来，她的活动范围就只是家里花园的篱笆以内，现在她获得了弥补。

在雨季时节，他们很可能会陷入泥泞的道路之中。于是，他们便待在寺院里，在丁温的书籍里获得庇护。他的手指匆匆地翻动着书页，现在，轮到他在她的眼前描绘出画面了。他大声地朗读，她就躺在他的身边，聚精会神地听着他的声音——令人难以抗拒的声音。她跟随着丁温一起，游历了一个又一个大洲。如果只靠她的双脚，她甚至连隔壁的村庄也无法到达，但是现在，她已经完成了环球旅行。他带着她走上了远洋邮轮的通道，走过了所有的甲板，一直来到了船长的驾驶台。一到达斯里兰卡科伦坡、印度加尔各答、埃及塞得、法国马赛的港口，人们便开始抛撒五彩纸屑，乐队就开始演奏。他带着她穿过了伦敦海德公园，在皮卡迪利广场转身。在纽约，他们差点儿就被车撞到。丁温坚持说，这是因为米米一直抬着头，没有集中注意看交通情况，没有好好指引着他穿过峡谷一般的街道。她并不是负担。她也是被需要着的。

丁温以极大的耐心来教米米聆听。当然，她的耳朵并不如他那么灵敏。她只有把头埋在他的胸前时，才可以听到他的心跳。她也区分不了蜻蜓的嗡嗡声，青蛙的呱呱声，但是，他告诉米米要集中注意去听各种各样的声音和响动，不仅只是单纯地聆听，而且还要怀着敬畏的心情。

现在，无论任何人和她说话，她首先都会注意到他们的音质，她称之为声音的颜色。通常，相比说话内容本身，音质与音调能够传递出更多的信息。在集市上，当有人来买土豆的时候，她能够迅速地判断出他们是可以接受这个价格，还是想讨价还价。她也让哥哥们大吃了一惊，因为在晚上，只要哥哥们开口说了几句话，她便能够知道他们这一天过得怎么样，开心、无聊，还是愤怒。小蜗牛变成了小通灵蜗牛。

有一天下午，米米没有在寺院的台阶上等他，丁温瞬间变得紧张了起来。一年多以来，他们每天都会见面，而且前一天晚上她也并没有提到今天不来了。她生病了吗？为什么她的哥哥们一个也没有来告诉他呢？他立即动身前往她的家。前一天夜里下过瓢泼大雨，此时，地面非常湿滑。丁温来不及仔细地去听地面的水坑。他在泥浆中艰难地走着，穿过空荡荡的集市，急匆匆地爬上山去。他好几次都踩滑了，跌倒在地上，他又立刻爬了起来，毫不在意身上的笼基已经变得湿漉漉和脏兮兮的了。他还撞上了一位年老的农妇。他心烦意乱，没有听到她的声音，也没有注意到她的心跳。

整个屋子空空如也，甚至连小狗也不见了。对于米米家所有人的去向，邻居们也毫不知情。

丁温试图让自己镇静下来。究竟发生了什么事情呢？或许他们还在田地里劳作，马上就会回来的。但是，他们并没有回来。黄昏时分，他又开始着急了。丁温呼喊着她的名字，但却只是听到了自己的回声。他拼命地摇晃着楼梯上的扶手，最后竟然把它折断了。他感觉到自己的双眼又复明了。一只巨大的蝴蝶如同猛禽一般从天而降，停在草坪之上，慢慢地向他爬了过来。丁温爬到树干上。小红点不断地向他袭来。每一次他被打中，强烈的疼痛感便会在全身上下蔓延开来。他想要躲开，在院子里狂奔，眉间和下巴都被撞伤了，血流不止。三个邻居家的男孩把他送回了家。

第十四章

这是素季从来没有听到过的哀号。这哀号声非常响亮，但是，它并没有让人感觉异样或是惊恐。这不是悲惨的恸哭，而是猛烈的反抗，是愤怒与疑惑的咆哮。它并不刺耳，却会让人的心灵为之一颤。

她马上醒了过来，转向声音的源头。丁温就坐在她的身边，张大嘴巴，大声地怒吼着。她叫着他的名字，但是他却没有应答。她甚至不知道，他是睡着了还是醒着的。她双手抓住他的肩膀，用力地摇晃着他的身体。他浑身肌肉紧绷，甚至还有些僵硬。“丁温。丁温。”她哭喊着，抚摸着他的脸庞，把他的头搂在了自己的怀里。这让他感觉到了慰藉。几秒钟之后，他又缓缓地躺到了草席上，膝盖靠在胸前蜷作一团，继续睡觉，头却还靠在素季的怀里。

素季在黎明前的微光中苏醒了过来，丁温躺在她的身边，低声呜咽着。她轻轻呼唤着他的名字，但是他却没有答应。她迅速套上特敏，穿上罩衫和毛衣，又给他盖上了毯子。他可能是感冒了，她在想。昨天晚上，直到天都已经黑了他才回到家中。是三名年轻男子把他送回来的。丁温看上去十分糟糕，他浑身沾满了烂泥和血迹，头上伤痕累累。他一句话也没有说，直接就躺在了草席上。

她走到厨房，生起了火。昨天热腾腾的鸡汤和米饭，再加上一些咖喱，肯定会让他感觉好些的。

一开始，素季并没有注意到丁温的恶心和喘息。当她走进卧室的时候，他正跪在敞开的窗前呕吐，听起来似乎他的身体正在强迫自己吐出吃进去的所有一切。恶心一阵阵地向他袭来，他呕吐出来的越少，身体就越是摇晃得厉害。素季发现，他的整个身体已经完全不受掌控了，直到最后，他口里才又吐出了一团臭烘烘的暗绿色物质。她把他抱回到床上，给他盖好了被子。他四处摸索着，想要拉住她的手。她就在他的身旁坐下，把他的头放到了自己的大腿上。他的双唇在不断地抽搐着，呼吸也变得越来越困难了。

丁温不知道自己是仍在睡梦中还是已经苏醒了。他失去了所有时间和空间的意识。他身体内部的感受变得更加强烈了。眼前的浓雾被可怕的黑暗所取代。他的鼻子里充斥着辛辣的臭味，这是他自己五脏六腑的气味。他的耳朵只能够听到自己体内的声响。他的血液在流动着。胃和肠道在咕咕直响。他的内心充满了恐惧，说不清也道不明。恐惧无处不在，就如同他呼吸着的空气一样。它统治着他的身体，甚至还掌控着他的思绪与梦境。在他的睡梦中，他听到了米米的心跳声，他呼唤着她的名字，但是她却没有回答。他到四处找寻，朝着心跳声的方向奔跑过去，但是，他仍然还是没有找到。他越跑越快，和她之间的距离却没有缩短。他一直跑，最后终于精疲力竭地倒下了。他又梦见米米坐在凳子上，他朝着她走了过去。突然间，地面裂开一条缝，他跌进了深渊。周围一片漆黑，他不断地往下坠落，但是他却什么也攀扶不到。他感觉浑身上下越来越热，最后他才发现自己已经停止下落，陷入了缓缓沸腾的沼泽之中。接着，梦魇又再次从头开始。为什么他不能够梦见自己的死亡呢?

然而，他并不惧怕死亡。他怕的是其他所有一切。每一个触摸，每一句话语，每一种想法，每一次心跳，还有他下一次的呼吸。

他无法动弹，也吃不下东西。素季把茶水喂到他的嘴里，他却全部都吐了出来。他听到了她的声音，但却感觉似乎是从远方传来的。他感受到了她的双手，但却又不能确定她是不是真的在抚摸他。

吴眉的话语一遍又一遍地浮现在了他的脑海中。“只有一种力量才能够削弱恐惧，丁温。”但是，吴眉，究竟是什么力量才能够削弱对爱情的恐惧呢？

三天过去了，他仍然没有任何恢复的迹象。素季给他按摩了很长时间，还用药草给他进行了全身推拿。整整三天，七十二个小时，她都一直守在他的身边。他并没有因疼痛而呻吟，也没有咳嗽，她觉得，他的身体并不是太热，而是太凉了。她不知道究竟是什么让他如此痛苦，但是，她可以确定：事态已经非常严重，似乎就快要夺走他的生命了。她在考虑可以向谁寻求建议和帮助。她的性格十分小心谨慎，就像小型医院里的医生和护士，也像达努族、巴奥族、巴朗族的占星师和巫医。如果说还有人能够帮得上忙的话，那个人就是吴眉了。她想，或许丁温根本就不是被病痛所折磨，或许就是妖魔鬼怪被唤醒了。素季觉得，妖魔鬼怪就隐藏依附在我们所有人的身上，一直在等待着时机，最终它们就不再躲避，显现出来。于是，她在熟睡的丁温身边放了些茶水，匆匆忙忙地赶到了寺院。

当她回到家里的时候，丁温仍然还躺在床上，一动也不动。在寺院里，她给吴眉详细地描述了过去三天三夜所发生的事情，但是，似乎吴眉并没有特别地担忧。他低声地说着，这是病毒，爱情的病毒，希望她能够正确地理解他的话语。这是每个人都会携带着的，但是，只有一小部分人会受其折磨。然而，它一旦发作，由始至终都会伴随着巨大的恐惧，人的身心状态也会因此而变得混乱不堪。在大多数情况下，过上一段时间，这些症状就能够自己痊愈了。

吴眉也提到，在大多数情况下。素季不禁想起了一个发生在很久以前的故事。她的叔祖父三十七年没有下过床，多年以来，他有时候会一动不动地躺在草席上，盯着天花板，一言不发。他拒绝自己进食，但他还是存活了下来，就因为他的亲戚们有着天使般的耐心，每天都给他喂饭。所有这一切都是因为他邻居的女儿，在他年轻的时候，他就非常钟情于她，但是，最后她的父母却把她嫁给了另外一个男人。

还有另外一个类似的故事。素季的一个侄子爱上了村里的一个女孩，每天傍晚，他都会坐在她家门口唱情歌。这种行为本身并不足为奇，这是格劳的风俗，大多数年轻男子都会这样做的。然而，即便女孩的家人明显不欢迎他的歌唱，素季的侄子却从来没有停止过。没过多久，他不仅傍晚时分唱，而且连整个白天都在唱。当他开始在夜晚也歌唱的时候，他的哥哥们不得不过来找他。他仍然还是非常不情愿回家，于是，哥哥们只好把他拖了回去。回到家里，他爬到鳄梨树上继续歌唱，直到将近四个星期之后，他的嗓子彻底变哑了，再也说不出话来。自此以后，每当听到歌曲的时候，他只能跟着动动嘴巴，他口型所唱出的歌词正是诉说着他永恒的爱情。素季想的时间越长，想起的故事就越多，农民、僧人、商人、金匠、车夫，实际上，甚至还包括一些英国人，他们都同样因为爱情而丧失了理智。

或许这与格劳有关。或许因为这里是传播毒性菌株的源头。或许是因为这里的山地空气和气候。格劳地处东南亚并不起眼的角落里，但是，有些异样的事情却让它变得十分危险可怕。

吴眉却认为这种担心是多余的。

素季把桉树叶子放在研钵中磨成粉末，放在了丁温的鼻子下方，希望它们可以刺激他的嗅觉。她同样还尝试了木槿花和茉莉花。她也给他的双脚和头部进行了按摩，但是，丁温却毫无反应。他的心脏在跳动，他还在呼吸着，但他的身体却没有任何生命的迹象。他退缩到了一个她无法触碰的世界之中。

第七天早上，一名年轻男子出现在了她家门前。他背着米米。素季曾经在集市上见过她，也知道很多个下午和周末，丁温都和她在一起。

“丁温在家吗？”米米问道。

“他生病了。”素季回答。

“他生的是什么病？”

“我也不知道。他不说话，也不吃饭。他已经不省人事了。”

“我可以去看看他吗？”

素季带着他们穿过厨房，来到了卧室里。丁温一动不动地躺在草席上，面容憔悴，鼻子瘦削，原本棕色的皮肤变得苍白黯淡，毫无生气。身旁的茶水和米饭也没有动过。米米从哥哥的背上滑下来，爬到了丁温的身边。素季一直在看着她。这个女孩举止之优雅，是素季从来不曾见过的。似乎她天生畸形的双脚反而赋予了她的四肢和举止与众不同、颇为高深的风度。

米米用双手抱住丁温的头，放在了自己的大腿上。她的身体前倾，一头乌黑的长发遮住了他的脸庞。她对着他的耳朵悄声地说话。她的哥哥转身走了出去。素季也跟着他走开了。她给客人们泡好了茶，从旧罐子中倒出了炒过的西瓜子和葵花籽。接着，她走进花园，坐在了鳄梨树的树荫下。她环视了整个院子，劈好的木柴整齐地堆在墙边上，旁边便是树桩，她在上面杀了很多只鸡，还有他们的菜园，日渐破烂的长凳，这一定就是丁温的父亲做的。他们养的六只小鸡飞跑着在地上啄食。她意识到，自己的内心突然间变得悲伤了起来。素季很清楚这种感觉，也很憎恨这种感觉，因此，她总是在努力地阻止着它，在大多数情况下，她还是成功了。然而，此时此刻，她觉得这种情绪变得越来越沉重，越来越强劲，但她却并不知道是什么原因。对她而言，毫无来由的悲伤便是自我怜悯，她一生都在努力地去抵抗。让她觉得困扰的是丁温莫名其妙的病吗？还是害怕失去他？还是经过这么长时间以后，她又意识到其实自己是多么的孤独和迷茫？丁温也一样。她的妹妹也一样。实际上，每个人都是一样的。有些人能感觉到，而有些人却不能。

这个时候，她听到了歌声。它是从屋里传来的，但却听上去柔弱无力，像从远处山谷传来的一般。女孩的声音优雅温柔，唱着素季从来没有听过的曲子。她也听不出歌词是什么，她只能够听到个别的词语。但是，她被这旋律和激情深深地打动了。

素季在想，这首歌曲一定能够制伏妖魔鬼怪。她坐在树下，一动也不动，似乎任何一个轻微的小动作都会破坏这一时刻。米米的歌声穿透了整个房屋和院子，如同香气般蔓延到了每一个角落里和每一条缝隙中。在素季看来，似乎其他所有的声响——鸟儿的歌唱，知了的鸣叫，青蛙的呱呱声——都在慢慢地减弱，最后只剩下这歌声了。它拥有药物一般治愈病痛的能力。它打开了她浑身上下的所有细胞和感观。她想到了丁温，她不需要再为他担心了。这样的歌声永远都能够找到他，即便他躲在最遥远偏僻的角落里。

素季一动不动地坐在鳄梨树下，慢慢闭上了双眼。

夜晚的寒意让她苏醒了过来。天已经黑了，她着凉了。歌声仍然还在继续着，还是同样的温柔，同样的动听。素季站起身来，走进了屋子，在厨房和卧室里都点上了蜡烛。米米仍然还坐在丁温的身边，他的头也还靠在她的腿上。他的脸庞似乎圆润了些，肤色也不那么苍白了。她的哥哥早已离开了。素季问米米饿不饿，想不想躺下来休息一会儿。米米只是轻轻地摇了摇头。

素季吃了一些冷饭和一个鳄梨。她感觉非常疲惫，但是又觉得自己也做不了什么。她回到卧室，给米米铺了张草席，递给了她一件外套和一条毯子，接着，她自己就躺下睡着了。

第二天早晨，当素季醒过来的时候，四周都静悄悄的。她环视四周想确定自己不是在做梦。丁温和米米躺在她的身边，睡得正香。她起床之后发现自己变得非常强壮和灵活，尽管她自己也不知道原因。她觉得自己突然间变得太过于灵活了，她一边想着，一边走进了厨房。她生起火泡了茶，洗了青葱和土豆，煮上了早餐吃的米饭。

那天早上，丁温和米米都起得很晚。天气温暖，但却并不是特别热，素季在菜园中劳作，突然间看到丁温出现在了门口，背上还背着米米。他看上去有些衰老了。或许这就是精疲力竭与痛苦紧张在他身上留下的印记。米米似乎在指引着他，因为他绕过了柴堆、小凳，还有斧头，就如同他可以看得到一样。他们坐在厨房里靠墙的长凳上。素季扔下耙子，连忙向着他们跑了过来。

“饿不饿？”她问道。

“饿，非常饿。”丁温回答说。他的声音听上去比平时更加低沉，甚至还有些陌生，“还很渴。”

素季端来了米饭、咖喱和茶水。他俩慢慢地吃着，似乎他每吃完一口，就变得更加生气勃勃，强劲有力了。

吃完早餐，丁温说他要和米米出去散散步，再把她送回家去。现在他感觉非常好，一点儿也不疲惫了。素季也不需要再为他而担心。他的双脚能够有力地支撑着他，在傍晚之前他一定会回到家的。他承诺道。

丁温和米米走过崎岖不平的小路到达了山顶，又顺着山脊一直往前走。他全神贯注地走着，他在想什么时候他还能够再次躺在她的怀里，她是否还会如此熟练地指引着他跨越过所有的障碍。

“你还记得过去几天发生的事情吗？”他们沉默了一段时间之后，米米问道。

“不怎么记得了，”他说道，“我一定是睡得太久了。我完全不知道自己是睡着还是醒着。我只能够听到嗖嗖声和无趣的咕咕声。”

“你怎么了？”

“我不知道。我被掌控了。”

“被什么掌控？”

“恐惧。”

“你害怕什么？”

“那天，我到你家的时候，一个人都没有，邻居也不知道你们去哪里了，我就以为我再也见不到你了。你们究竟到哪里去了？”

“我们去看山里的亲戚。一位婶婶去世了，我们必须赶在黎明前出发。”她的嘴巴离他的耳朵很近，“你不用担心。你不会失去我的。我是你的一部分，你也是我的一部分。”

丁温正要回应的时候，突然间，他的左脚踩空了。地面的坑洞上长满了杂草，即便米米特别留心也不一定能够看到。丁温的脚已经抬了起来，但却又顿时停住，迟迟没有迈出去，他的动作变得更加小心，节奏也慢了下来。他的脚还在摸索着地面，他碰到地面的时间似乎变得比永久还要长。他的身体摇摇晃晃，失去了平衡。他突然发现，在自己跌倒的时候，他竭力地压抑着自己的本能，没有用双手去挡住自己的脸，这反而让米米把他搂得更紧了。他并不知道自己什么时候才能跌倒地上，他又会落到什么地方，他会倒在草地上，石头上，还是可能划破脸庞的灌木丛中？他的跌倒似乎是永无止境的，最糟糕的是，他并不知道最后会有怎么样的结果。他把头扭向一边，把下巴缩到胸前。米米紧紧地抱着他。他们的头几乎就快要先着地了。丁温感觉到，他把米米紧紧地抱在身下，接着，他们就像圆木一般滚下了草坡。

他刚才摔倒了，此时，他终于才停了下来。他们来到了一个洞穴之中。

米米就躺在他的身上。这个时候，丁温才意识到他们相互靠得如此之近。他不想让时光就这样过去了。她的心脏在剧烈地跳动着。他的耳朵不仅听到了，他的胸口也感受到了。米米躺在他的身上，让他感觉大不一样。相比米米在他的背上，手臂环在他脖颈上的时候，此时的她感觉更轻，他似乎也有了更多的感觉。她的胸口和肚皮都紧紧地贴着他。他们衣冠不整，赤裸的双脚相互缠绕在了一起。一种异样的情绪在他浑身上下蔓延着，他渴望更多。他想占有米米，把自己全部都交给她。他希望能够永远都陪伴在她的身边，只属于她一个人。丁温把身子转向了一边，他被自己的欲望吓了一大跳。

“你受伤了吗？”米米问道。

“没有。你呢？”

“也没有。”

米米为他拂去了脸上的尘土。她擦了擦他的额头，拭去了他嘴角的灰土。一瞬间，他们的双唇碰到了一起，丁温一阵战栗。

“你还能走吗？”米米问道，“我觉得我们再不走，可能就快要下雨了。”

丁温站起身来，又再次把米米背到了他的背上。他们穿过了田地。没过多久，他们便听到了河水淙淙的声音，最近几个星期一直在下雨，河水满溢，狂野地奔流着，在地面上冲出了一条小沟渠。更远处，河水的下游有一座小桥，但是，要从此地走过去着实不容易。丁温试着从身下河水的声响中估计出它的深度。大约是十英尺。“它有多宽？”他问道。

“大概六七英尺，或者更长。”

“我们怎么过去呢？”

米米看了看四周，“那边有一根树干横跨在河流之上。”她指引着丁温跨过了一块小小的鹅卵石。这是一根松树干，比米米想象中的还要细，几乎还没有她的大腿那么粗。树皮被剥掉了，靠近树干的小枝丫也被砍掉了。米米犹豫了。

“怎么了？”他问道。

“还有很长的一段路。”她说道。

“在你看来是这样的。对我来说，这根本不算什么。”

他摸索着走到树干的边上，一只脚踏了上去。他的脚底紧紧地贴着树干，弯得非常厉害。米米试图拉着他的肩膀来指引他，但他却摇了摇头，“相信我的脚。”

他稍微侧了侧身，一只脚放在另外一只的前面。他并没有迈步，而是每次先把前面的脚往前滑一点点，摸清木头的情况，然后把重心往前移，再把后面的脚慢慢地拖向前。他能够听到米米剧烈的心跳声。此时此刻，水流的哗哗声也变得更加清楚和响亮了。他们一定就在河流的正上方。这根纤细的树干被他们两个人的体重压弯了，突然嘎吱作响，令人紧张。

丁温缓缓地向前挪动着，但是他并没有犹豫踌躇，哪怕一次也没有。她感到头晕目眩，于是就闭上了眼睛。他说得很对。这样会好受一些。现在，她只能强迫自己不去想此时身处的位置了。

丁温滑着小步慢慢地往前移动着，直到河水声又再次变小了。他们已经到达了对岸。米米在丁温的背上如释重负地摇晃着，亲吻着他的脸颊和脖颈。他的膝盖因激动而微微弯曲。他东倒西歪，好不容易才又保持住了平衡。刚走没几步，他们便听到了雷声轰鸣，近在咫尺。他非常害怕，雷雨仍然会让他感觉到惊恐不安。

“河谷下面，稍远些的地方有座小屋，”米米大喊着，“或许在大雨真正降临之前，我们能够到达那里。我们就顺着河边一直往前跑吧。”

丁温竭尽全力快速地奔跑着。要是他离河岸太近或是太远，米米都会相应地拉一拉他的肩膀。开始下雨了。雨水温暖而舒服。雨滴滑过了他们的脸庞，从鼻子上滴落，顺着脖子和肚子一直往下流。米米紧紧地依偎着他，他突然感觉到，她的胸口正在摩挲着他潮湿的后背。

这间小屋里没有窗户，它只是由木梁和木板搭建而成的临时避雨棚。它只有两三张草席那么大，地面上还铺了几层干草。雨水敲击着锡顶，如同千百个鼓手在同时击鼓一般。雨越下越大，尽管河流就在几米之外，米米几乎已经无法看清楚了。此时，暴雨就在他们头顶上肆意地怒吼着，丁温被一阵阵的雷声吓得直哆嗦，但是，在这场雷雨之中，他并没有感到惊恐不安，这还是他有生以来的第一次。雷声轰鸣，米米捂住了他的耳朵。丁温闭上了双眼，但是，他并不惧怕。

小屋内比屋外更加闷热潮湿。米米伸出手拨弄了几下地面上铺着的干草。丁温盘腿而坐，米米的头就靠在他的大腿上。他的手指穿过了她的秀发与额头，感受着她的眉毛、鼻子、嘴唇，爱抚着她的脸颊与喉咙。

他的指尖让她觉得如触电一般。他的每一个动作，都让她的心跳加速。他弯下身，亲吻了她的额头，她的鼻子。他的舌尖拂过了她的喉咙与耳朵。丁温抚摸过的每一处地方都让米米觉得十分舒服愉悦，对此，她感觉有些难以置信。他的手轻拂过她的脸庞、鬓角、鼻尖。他来回抚摸着她的嘴唇和眼周。她微微张开了嘴巴，感觉就像她从来没有被他抚摸过一样。

他将她的头轻轻地放在干草堆上，脱掉了自己的上衣。米米闭着眼睛，呼吸加剧了。他爱抚着她的双脚。他的手指摩挲着她的脚趾，轻抚着她的趾甲，紧张肌肤下的小骨头，还有脚踝。接着，他的指尖又顺着她的小腿往上，直到碰到了她的特敏，再慢慢地往下滑。一次，两次。米米稍稍抬起了腰部，把上衣往上拉了拉，抓住他的手放在了自己裸露的肚皮上。他的心脏在剧烈地跳动着，但并不是跳得更加迅速，而是跳得更加响亮有力了。

他能够感觉到，她的喘息在不断地加剧。他的手指迅速掠过她的整个身体，却又游离在她的肌肤之上。在他的指尖与她的肌肤之间，产生了一种莫名的张力，但是，这又比任何其他的接触都令人感到兴奋无比。他逐渐放开了胆子，手指在她的特敏下游走，越来越低，直到触碰到了她耻骨的边缘。他跪在了她的身旁。她看到他的笼基在腰部被微微撑了起来，她有些震惊，不是因为她所看到的一切，也不是因为他的手指，而是因为她自己的欲望，她的呼吸和心跳也变得越来越迅速和剧烈了。他小心翼翼地把手抽了回来。她期望着更多，于是紧紧地抓住了他。但是，他只是把头埋在了她的胸口，一动也没动。他在等待着。过了很长时间之后，她的心跳仍然没有能够完全平静下来。

这是他永远都不会习以为常的心跳声。她每一次的心跳都让他觉得尊重敬畏，让他紧张得浑身发抖。此时，她的心跳声就近在咫尺。他感觉自己似乎正在透过一个小缝隙窥视着整个世界。

第十五章

米米和丁温就这样一起度过了将近四年的时间。他们相识几个星期之后，便开始每天见面。他下课以后，她就去接他，或者是他去集市找她。每逢周末的早晨，丁温做的第一件事情便是去米米家接她。“你们简直是形影不离”，米米的母亲有一次半开玩笑地说道。形影不离，正如平时一样，米米花了很长时间来思考这个词语。她在头脑中想来想去，思考着这个词语是不是能够让她喜欢，是不是真的适合她。想了几天之后，她终于得出了结论，除此之外，已经没有更好的描述方式了。他们的确是形影不离。仅仅只是看他一眼，她的心就会怦怦乱跳。当他不在她身边的时候，她就会感觉缺失了些什么。似乎没有了他，整个地球就会停止转动。当他没有和她在一起的时候，她浑身都会有所察觉：她的头会疼，她的四肢会变得沉重无力，她的肚子和胸口如同受到了重击一般而隐隐作痛。没有了他，她甚至连呼吸都变得困难费劲。

在他们相识的第三个夏天，米米指引着丁温来到湖边游泳，这便成了他们最喜欢的娱乐活动。在四个池子里，他们总是选择最小的一个。这个池子位于一片小松树林的背后，很少有人涉足。其他的年轻人都尽量避开这里，因为传言说这里聚集了数量众多的水蛇。米米自己也曾经看见过两条。当她问丁温怕不怕蛇的时候，他只是大笑，说他从来就没有见过蛇。

这一天，米米正小心翼翼地盯着丁温。突然间起风了，湖面泛起了涟漪，米米听到细小的浪花在轻轻地拍打着她脚边的石头。她蜷缩着坐在池子边的岸上，双眼一直凝视着丁温。他非常擅长游泳，他还发明出了自己的游泳招式。他在水中侧着身子，一只手总是在身体前面拨划着，这样一来，他便可以摸到前方的所有障碍了。他也非常小心谨慎，喜欢待在靠近河岸的地方，因为他的脚也能够触到水底。同时，他的耐力非常好，而且也很擅长潜水。

米米非常喜欢水。在她小的时候，她就喜欢跟着哥哥们一起从格劳出发，步行将近一小时的路程来到这四个湖边。他们轮流背着她，而且还很快就教会了她游泳。这些事情也成了米米最美好的记忆之一。在水里，她可以和哥哥们嬉戏打闹，和其他的孩子们一起玩耍。她迅速敏捷，潜水技术是所有人中最出色的。在水里，双脚就变得不那么重要了。

丁温游到了池子的中央，那里正好有块大石头露出水面，可以坐上去。他爬到石头上，在微风和阳光中把自己晾干。米米感觉到，欲望正悄声无息地在她的全身上下蔓延着。只有让她再次依偎在他的背上，双臂环着他的脖颈，抚摸着他的肩膀，这种感觉才会渐渐地消失。那里才是让她感觉最安全，最快乐的地方。

米米不禁回忆起了那天下午的情景，暴风雨向他们袭来，他们便在小屋里躲雨。那天，他第一次真正地触碰到了她，而这种触碰也唤醒了她内心的某种欲望，这甚至比她的所有其他感觉加起来还要强烈。她在想，这些时刻的感觉是不是早已在她体内蛰伏多时了。丁温仅仅只是将它们激活了吗？或许它们来源于其他的地方？他是不是对她施了魔法？他的吻落在了她的肌肤上，它们唤醒的究竟是什么？每一次他的手指轻拂过她的脖颈、她的胸口、她的肚子、她的大腿……她都感觉他似乎让她的身体得到了真正的呈现，让她第一次对自己有了清楚的了解。对于米米双手与双唇的动作，丁温的反应也是同样的。她也可以唤醒他的身体，拥抱他，爱抚他，直到他的身体被不受约束的欲望所占据、战栗着、摩挲着。在这样的时刻，她会感觉到自己生气勃勃，她甚至都不知道应该如何表达自己的幸福之感。她似乎飘浮在风中，又像在水中一样轻盈。她感觉到了某种自己无法激发出的力量，只有丁温才能够将它唤醒。

他教会了她信任，给予她足够的空间来表现得柔弱。俩人在一起的时候，她便不需要再去证明什么了。她向他承认，她觉得用四肢爬行非常的丢脸，这是她第一次向别人诉说，也是唯一的一次。有时候，她也梦想着能够用健全完好的双脚走遍格劳，或是竭尽全力高高地跃至空中，仅仅只是因为她想。这个时候，丁温并不会试着去安慰她。他只是用双臂紧紧地抱着她，什么也没有说。米米知道，他能够理解她的意思，并且能够与她感同身受。她总是说希望能依靠自己的双脚行走，说的次数越多，心里的痛苦便也大大地减少了。他曾经说过，世界上没有比她更美的身体了，她也相信了。

只要能够与他一起，她愿意冒任何的风险。

米米远远地看着他，尽管他们之间的距离还不到十五米，但她却觉得非常遥远，难以忍受。她脱下了上衣和特敏，滑入水中，手臂奋力地划了几下，向前游了过去。太阳照射着河水，水面非常温暖，但是，水底却还是依然清凉，让她感到十分爽快。尽管大石头还是足够让他们俩同时坐下的，但是，她必须坐在他的大腿之间背靠着他。她朝着他游了过去。他伸出一只手，把她拉出了水面。她依偎着他。他的双臂环着她的腰际，紧紧地抱住了她。

“我不能没有你。”她轻声地说道。

“我会永远都在你身边的。”

“我只想真实地感受到你。我很伤心。”

“为什么呢？”

“因为你离我太遥远了，因为我无法触碰到你，”她回答说，她也为自己的话语感到震惊，“我们不在一起的每个小时都让我感到难过。没有你，不管我走到哪里，我的心里都充满了悲伤。还有我不在你背上时你迈出的每一步，每一个我们无法相拥入眠的夜晚，每一个我们无法一同醒来的早晨，都让我感到伤心。”

她转过身，跪在了他的面前。她用双臂抱住了他的头，他能听到泪水顺着她的脸颊流了下来。她亲吻了他的眉毛和眼睛。她亲吻了他的嘴巴和脖颈。她的双唇柔软而湿润。他将她一把抱住，她把双脚搭在他的腰间。他紧紧地抱着她，非常紧，生怕她会突然间不翼而飞。

第十六章

吴眉的心跳让丁温想起了落水管中水流平稳的滴答声。最近一段时间以来，他两次心跳之间的间隔变得更长了。他的心脏成了一眼逐渐干涸的泉水。

在几个星期之前，丁温便已经有所察觉了。他觉得，吴眉的心跳听起来总是那么疲乏虚弱，但是，他最近的心跳甚至比以前更加疲惫无力。在过去的两个星期里，一位年轻僧人在独自给吴眉的学生上课，而吴眉只能躺在床上，甚至连自己起床的气力也没有了。尽管热带的气温非常高，他却几乎一整天都不吃不喝。

在过去的几天里，米米和丁温整日整夜地守在吴眉的床头。丁温坚持念书给他听，直到他的手指因翻书过多而变得生疼。米米说要唱歌给他听，但他却婉言谢绝了。他说，他知道米米的歌声有着神奇的魔力，但是，他并不希望用任何非自然的手段来延长自己的寿命。他的嘴角露出了一抹优雅的笑容。

此时，丁温和米米打算稍微休息一下。于是，他们便坐在主街道的茶馆里，喝着新鲜的甘蔗汁。天气十分炎热，过去的两个星期，热浪袭至格劳,但却完全没有任何减弱的迹象。空气似乎也是静止不动的。他俩谁都没有说话。丁温想，在这种高温天气里，甚至连苍蝇一定也很痛苦吧。与平时相比，它们的嗡嗡声听起来更加迟钝缓慢，无精打采。他们的身旁坐着商人和小贩，每个人都在不断地抱怨着天气，丁温却觉得他们不可理喻。不到二百米之外，吴眉躺在床上奄奄一息，这些人却只顾着喝茶水、做生意、相互聊着像天气这样的琐事。

一位僧人向着他们走了过来，丁温立刻就从不平衡的脚步声中认出来了。他是昭瓦，左脚比右脚略短，因此走起路来有些蹒跚，其实这并不明显，除了丁温之外，其他人根本就不会注意到。昭瓦带来的一定是不好的消息，他的心跳声听上去十分的悲伤，和米米曾经发现的一头受伤的小牛几乎一模一样，但是没过多久，这头小牛就死在了米米的怀里。

“吴眉已经失去知觉了。”昭瓦气喘吁吁，尖声说道。

丁温连忙站起身来，背对着米米跪下。米米爬到了他的背上，他们立刻就一起出发了。他顺着主街道一直往前奔跑着，米米用双脚指引着他，让他知道路上驶过的车辆和交通情况。最后，他们转到了通往寺院的道路上，匆匆地穿过院子，走上了台阶。

所有的僧人和许多镇上的人都围在吴眉的身边。他们坐在地上，占据了将近半个禅堂。他们一看到丁温和米米，便主动让出了一条狭窄的小路，让他们走到了吴眉的床前。一看到吴眉，米米顿时感到十分震惊。时间才过了一个小时，他的脸颊凹陷得更加明显了。此时，他的双眼也更加深陷，似乎就快要陷入颅骨之中消失不见了。他的鼻子向前突出，嘴唇几近消失了。脸颊上的皮肤变成了一块苍白黯淡、毫无生气的皮革。他的双手交叉着放在肚子上。

他们跪在吴眉的床前，米米在丁温的背后，双臂抱着他的胸口。

丁温知道，吴眉的时间不长了。此时，他的心跳比蝴蝶振翅的声音也大不了多少。他一直担心着这个时刻的来临。有时候，他甚至无法想象没有了吴眉，没有了他的声音、他的建议、他的鼓励，自己的生活将会变成什么样子。吴眉是第一个让他敞开心扉的人。吴眉还帮助他走出了恐惧的阴影。“每个人的生命中都早已埋下了死亡的种子。”在他们建立起情谊的头几年里，吴眉一直在向丁温强调着。死亡和出生一样，也是人生的一部分，任何人都无法回避。抵抗是毫无意义的。与其畏惧死亡，还不如自然地接受它，这样要有意义得多。

丁温非常欣赏这种说法的逻辑，但是，他从来也没有真正地做到。他的内心依然充满了恐惧。对吴眉死亡的恐惧，以及对自己死亡的恐惧。并不是因为他还眷恋着自己的生命，也不是因为他觉得自己的生命多有价值。恐惧只是一直都在，有时候甚至还会发展成为恐慌。这是一种动物的本能特质，他想起了有一次，他看着父亲屠杀了一头小猪。此情此景，他永远也不会忘记。它的眼睛瞪得浑圆，尖叫声令人毛骨悚然。它无比绝望地挣扎着，身体也在不断地抽搐。后来，丁温觉得，对死亡的恐惧大概也是一种求生的本能。这是我们生命里一个基本的组成部分，每种生物都不例外。然而，我们必须要战胜恐惧，平静地面对自己的死亡。丁温发现，这也是一个永远都无法解决的矛盾。在过去的两年里，他从来没有思索过死亡。现在，吴眉已经奄奄一息了，他不得不开始思考，但是他却又发现自己异常的沉着平静。既然他终将要失去，他就也不再害怕了。他想向吴眉寻求解释，但为时已晚。吴眉突然动了动双唇。

“丁温，米米，你们在吗？”他似乎不是在说话，而是将字词随着呼吸吐了出来。

“在的。”丁温回答。

“你还记得我希望以什么样的方式死去吗？”

“不再恐惧，嘴角有笑容。”丁温回答。

“我已经不再恐惧了，”吴眉轻声地说道，“米米可以告诉你，我是不是还能够微笑。”丁温拉着吴眉的手，恳请他不要再说下去：“留点儿力气吧。”

“为什么？”

这听起来似乎成了他临终的遗言。丁温希望吴眉还能说点儿别的什么话。生命是不应该以疑问句来告终的。为什么？

这句话听起来像徒劳的挣扎，像怀疑，像不满足。丁温默默地数着吴眉心跳间隔的时间。几次呼吸之后，心脏才又跳动了一次。

吴眉又再次张开了嘴巴。丁温倾身向前。

接着便是沉默。丁温等待着。沉默，无穷无尽的沉默，它吞噬了一切，淹没了所有的声响。

他听到了米米和自己的心跳声，节奏逐渐融合在了一起，一下又一下地跳动，相互交融着。过了几秒钟之后——他感觉似乎已经是很长的时间了——他又听到他们的心跳变得一致,两颗心变成了一颗心。

第十七章

在雅达娜的生命中，有许多重大的时刻让她印象颇为深刻，她一直都记着，直至临终之际。她第一次见到丁温那次，便也是其中之一。她坐在屋子的走廊上，正准备开始编织草篮。时近黄昏，她已经闻到了周围邻居家柴火的味道，听到了罐子和锡器碰撞的声响。她独自一个人在家。丈夫和儿子们都还在田地里劳作。突然间，丁温出现在了院子里，米米还在他的背上。即便到现在，雅达娜也说不出她究竟是被什么打动了。是丁温容光焕发的年轻脸庞，是米米在他耳边低语时他的笑声，是他的一举一动——他小心翼翼地爬上了走廊的台阶，一步一步地摸索着，接着又蹲下身，让米米从他的背上轻轻地滑了下来，或许是最近出现在女儿脸庞上崭新的奕奕神采，她的双眼如此明亮，仿佛夜空中的明星一般。

自此以后，每天晚上，丁温都会把米米送回来。一开始，很明显他还有些害羞，把米米送到家之后，便立刻与大家告别了。然而，过了几个星期以后，他就会留下来吃晚饭，还会帮助米米做饭。

雅达娜把丁温看作是她自己最小的儿子。他们认识的时间越长，她就越是喜欢他。他的聪慧机智，他的周到体贴，他对米米无尽的温柔。他的幽默和谦虚，还有他敏锐的洞察力。通常，雅达娜和家人们还没有开口说话，丁温似乎就早已知晓他们的想法了。而且，雅达娜也并没有觉得丁温的失明给他带来了太大的困扰，尽管他还要背着米米四处行走。有时候，当雅达娜看到他们俩走上山坡来的时候，她甚至会感动得落泪。尽管丁温的背上还背着米米，他行走的时候身板却也挺得很直。他看上去并不费劲，似乎他背着的是一份礼物，让他欣喜若狂，骄傲自豪。米米坐在他的背上，或是放声高歌，或是在他的耳边低声私语。通常，尽管雅达娜还没有见到他们俩，就早已从他们的笑声中认出是他们了。

几个月以后，她的丈夫称他们为“兄妹”。将近四年的时间过去了，他还是这样称呼。是他在措辞上粗心大意，还是他真的无法欣赏他眼前所发生的一切？她思考得越久，就越是确信了自己的猜测，丈夫的确是这么想的，他就和许多其他的男人一样，明显地缺少了某种感觉，而这种感觉却能够帮助他们透过现象看到实质。

显而易见，过了很长时间以后，此时米米和丁温的关系已经远远超越了兄妹之情。米米所表现出来的快乐已经不再像是个孩子了。而丁温仍然文静内向，彬彬有礼，待人恭敬，但是，他的声音、手势、举止都已经不仅仅只是温柔体贴了。这两个年轻人之间变得亲密无间，让雅达娜都感到有些嫉妒。她自己和丈夫之间从来就没有过类似的经历，实际上，她也从来没有见过任何其他两个人之间如此的亲密。

雅达娜在想，既然现在他们俩都年满十八岁，提出结婚的时机是不是已经成熟了。然而，丁温的父母都不在他的身边，她不知道应该向谁提亲。她想，也许她就应该等着，直到米米或者丁温向她提出。再继续等几个月甚至是一年，又会有什么区别呢？她确信自己没有必要再为女儿和丁温担心了。他们已经发现了一个人生的秘密，对雅达娜而言，尽管她一直都知道这个秘密的存在，但却从来没有能够把它探索出来。

第十八章

一个夏天的夜晚，丁温和米米在湖边玩了一下午，刚刚回到家里。游泳与漫长的行走让他感觉舒服愉悦，但又精疲力竭。炎热的一天过去了，夜晚变得凉爽舒适。空气干燥，温暖而舒适。附近的池塘中，青蛙呱呱直叫，盖过了其他所有的声响。这个时候，素季应该已经做好了晚饭，在家里等待着他。一打开花园的大门，他突然间就听到了两个陌生的声音，有两名陌生的男子正在与素季进行交谈。他们坐在房前的火堆边上。他听到素季站起身，向他走了过来。她拉着他的手，把他带到了两名陌生男子的面前。他们开门见山，直接表明了来意。他们已经等了丁温整整一个下午。素季热情地招待了他们，给他们倒茶，还给他们拿来了坚果。现在，因为他们才结束了长途跋涉，感觉非常疲惫，希望能够尽快回到旅馆去休息。明天，他们又得继续开始更加艰苦费劲的旅程了。他们是从仰光来的。丁温的叔叔吴索，声望极高，嘱咐他们一定要以最快的方式把丁温带到首都去。到了首都，他的叔叔便会亲自给他解释所有的一切。明天一大早，他们就先乘坐几个小时的火车到达达真。接着，他们便可以登上从曼德勒开往仰光的夜班车了。车票已经买好了，座位也订好了。第一班离开格劳的火车将于七点钟出发的。明天，他们还会来接他的。他是否愿意六点钟在此等着他们呢？做好准备就可以出发了。

一开始，丁温并没有理解他们所说的话。和平时一样，当他遇到陌生人的时候，他总是要先听听他们的心跳和声音，而并非他们的话语。他们的心跳并没有给出太多信息。他们的声音听起来也没有什么异样。丁温明白了，无论他们来到格劳的目的是什么，无论他们刚才说了些什么，这些对他们而言其实都并不重要。

反而是素季深深的叹息让他提高了警觉。还有她此时的心跳，比平时要剧烈得多，就像她刚爬完山的时候一样。然而，在米米的帮助下，丁温已经认识到，并不是只有高强度的体力活动，才会让人的心脏跳动得如此剧烈。有些人可能只是静静地坐在地上，外表看似平静，但是，他们的心脏却在胸腔内剧烈地起伏着，如同垂死挣扎的动物一般。他从自己的经历中明白，相比现实而言，梦想和幻想更加让人担忧与恐惧，头脑会无休止地给心灵施压，强度甚至超过最艰难费力的劳动。

素季在担心些什么呢？这个时候，那两名陌生男子已经离开了，她一句又一句地重复着他们刚才所说过的话，丁温渐渐地明白了。坐火车。去首都。自己一个人。

“为什么？我的叔叔想从我身上得到些什么呢？”丁温终于听懂了，他问道。

“我不知道，”她回答说，“镇上的人都说他非常的富有，他还有许多英国的好朋友，都非常有影响力。或许甚至连总督都是他的好朋友。我相信他一定能够帮助你的。”

“我并不需要任何的帮助。”无论是谁，如果只是出于同情来帮助他，这种做法就只会让丁温嗤之以鼻。

“或许他听说了你的眼睛有问题，想找个英国的医生帮你检查。不管怎么说，现在我们要做的，就是整理明天你必须带走的行李。”她转过身去，走进了屋里。

“素季。”她的心跳与她安慰的话语完全不一致。“你的真实想法到底是什么？”

“哦，丁温。只是，我会想念你的。瞧我在说些什么呢，我这个自私的老太婆。我应该为你感到高兴才对啊。”

“素季！”他的声音中略带有指责的意味。他已经听得非常清楚，她在竭力隐瞒着自己的真实想法。

“反正，你最多去几个星期就会回来了。”她继续走着，似乎根本没有听到他说的话。

突然间，他感觉到大吃一惊。迄今为止，出远门对他而言仍然是个十分抽象的概念。他从来没有出过远门，对它的形式和内容也一无所知。他必须要离开格劳了。他会到达一个全新的地方，那里陌生而可怕，他也不知道等待着他的究竟是什么。他必须得离开素季，离开寺院和僧人们，离开自己的家，离开熟悉的声音和气味。离开米米。

去仰光的想法是如此的荒谬可笑，直到现在，丁温也没有完全弄明白这到底是怎么回事情。再过几个小时，他就必须动身起程了，但是，他甚至都不知道自己什么时候能够回来。几个星期之后？几个月之后？还是永远也无法回来了呢？他感觉有一群妖魔鬼怪在胡乱地拨弄着他的胸口。

丁温走在山脊崎岖不平的小道上。整条路上所有的石头和小坑，他早就已经无比熟悉了。他越走越快，开始奔跑。一开始他还十分谨慎，随着步伐的逐渐加快，他便开始尽力以最快的速度向前冲。他感觉有种力量在牵引着他，让他能够保持住平衡，不至于摔倒在地。他经过了一个池子，在后方的竹林处转了个弯。他迅速地从草坪上冲了下来，又在对面匆匆地跑了上去。他一直在往前跑，一点儿也没有跌跌撞撞，他几乎感觉不到脚下的土地。是什么东西在指引着他如此信心满满地往米米家跑呢？是记忆，本能，还是渴望？

最后几米，他把速度降了下来，在隔着房屋与道路的木槿花篱笆后面，他歇了几口气。接着，他走进了院子。小狗朝着他跑了过来，跳到了他的身上。丁温轻轻地拍着它，安抚着它。小猪在走廊下打呼噜。屋子里一切都静悄悄的。他慢慢地爬上了台阶。门没有锁，他轻轻一推，门就开了，嘎吱作响。他听到了米米的心跳声，判断出了她所躺的位置。于是，他小心翼翼地在屋子里摸索着，来到了她的草席边上。屋子中央还放着一把锡壶，他差点儿就被绊倒了。他跪在了她的身边，一只手抚摸着她的脸庞。

她吓了一跳，醒了过来。“丁温，你在这里做什么？”

“我有些事情想要告诉你。”他压低声音说道。丁温把一只手放在她的脖颈下方，另一只手则放在她的膝盖底下，将她整个人抱了起来。他们的脸几乎就要凑到一起了。他从来没有这样用双臂抱过她。他们来到楼梯前，走下台阶，穿过了院子。

她轻轻抚摸着他的脸庞和脖颈：“你在流汗。”

“我整整跑了一路。我必须要见到你。”

“我们要去哪里？”她问道。

“我不知道。到一个只有我们俩的地方，不要打扰到别人。”

米米想了一会儿。再走过几间房子，便是田地里了，某块地上有个避雨棚。她指引着他走了过去，几分钟之后他们便到达了这座小屋，蜷缩在里面。这里的墙壁是茅草编织而成的，透过屋顶上一个个的小洞，米米还能够看到天空。月明星朗，天气格外温暖。米米感觉到自己满怀期待，心脏在剧烈地跳动着。她拉住了他的手，放到了她的肚子上。

“米米，明天早上，我就要去仰光了。我有个叔叔住在仰光，他派了两个人来把我带过去。”

几十年以后，这句话依然还会不时地回荡在她的耳畔。就在几个小时之前，他们一起坐在湖边，她还在憧憬着他们的未来，梦想着举行一场婚礼。她想象着自己和丁温住在同一屋檐下，孩子们在院子里玩耍，他们的双脚能够行走，双眼视力完好。她依偎在他的怀里，将这样的场景描述给他听。他们决定，在未来的几个星期，要向米米的父母提出结婚的请求。但是现在，他就要去首都了。米米非常清楚这意味着什么。仰光便是世界的另一头。很少会有人去仰光，而回来的人更是少之又少。她想问问，他的叔叔叫他去做什么，他要去多长时间，为什么他们必须分开，但是，她也明白，这些问题并不能够给予她任何的帮助，因为此时，她全身心都对丁温充满了渴望之情。她抓住他的双手，把他向着自己拉了过来。他们的双唇又碰到了一起。她把上衣撩了起来，他亲吻着她的胸口。她的肌肤感受到了他温暖的呼吸。他的嘴唇顺着她的身体雀跃着一直往下。他解开了她的特敏。他们彼此都赤裸相对。他又亲吻了她的双腿，用舌尖逗弄着她。她从来没有像此刻这样感受着他，感受着自己。越来越深刻，比任何时刻都更加的美妙。他的每一个动作，都让她感觉自己的身体变得焕然一新。她想象着自己飘浮在格劳的上空，穿过了树林、高山、河谷，越过了一座又一座的山顶。整个地球都变成了一个小小的圆球，仰光，格劳，以及其他所有城市和国家之间的距离，都变得只有一节手指那么宽了。她彻底失去了对自己身体的控制。似乎在一瞬间，她所有的情绪都爆发了出来，愤怒、恐惧、疑惑、渴望、敏感、期待。此时此刻，在几次心跳过后，她觉得，世界上所有的承诺似乎都已经兑现了，没有什么还能够阻挡着她。

第十九章

丁温并没有太多要收拾的行李。他只有几件内衣，三条笼基，四件上衣，一件套头衫，他甚至都不需要把它们全部都带走。首都的天气一年到头都是炎热潮湿的。素季把他所有的行李都装进了一个旧布袋里，这是很久以前她在一个英国俱乐部门外捡的。她还为他准备了米饭和他最喜欢的咖喱鱼干，让他在路上吃。她把所有食物都放进了一个有密封盖子的锡罐中，塞进了笼基之间。她把丁温父亲的虎骨放到了行李最下面。还有几个月之前米米送给他的蜗牛壳和羽毛。素季看了看窗外。时间应该刚过五点半。屋外依然一片漆黑，但是小鸟已经开始鸣叫，黎明就快要来临了。就在几分钟之前，丁温才刚刚回到家里。此时，他就坐在厨房的门前。

很久以来，素季都没有再这样担心过丁温了。自从他认识了米米之后，他整个人就发生了巨大的变化，尽管以前她一直认为这样的变化是不可能出现的。他发现了生活的意义，当他们俩一起吃早饭的时候，她常常感觉坐在自己身旁的是个小孩子，他充满了愉悦和活力。似乎他想把过去多年失去的快乐全部都找回来。她无法想象，在一个陌生的环境里，又没有了米米的帮助，他是否还能够过得很好。她从来没有见到过像他们这般亲密无间的两个人。有时候，当她看着他们俩，她不禁会想，是否最终所有人都不会孤独终老的，是否在某些情况下，人类最小的单位不是一个人而是两个人。或许丁温的叔叔确实也考虑到了丁温的最大利益。或许首都的医生能够治愈他。或许不过几个月，他就能够回来了。

她走出屋子，仔细地端详着他的脸庞。她曾经目睹死亡，也见过悲伤至极的死者家属，但是，她从来没有见到过这样的痛苦哀伤，阴云密布的脸庞。她用双臂搂着他，他开始号啕大哭，直到那两名男子又穿过花园大门走了进来。她帮他擦干了脸上的泪水，问了一下能不能把他们送到火车站。当然可以，其中一名男子说道。另外一名男子则拎起了行李袋。

一路上，他们一句话也没有说。素季紧紧地拉着丁温的手。他在颤抖着，脚步踌躇而迟缓。他内心充满恐惧，紧张地往前走着，一路上跌跌撞撞，就好像他是最近才刚刚失明的一样。素季每走一步，便觉得自己的双腿如同灌了铅一般，变得越来越沉重。她精神恍惚，只能感受到周围发生的支离破碎的片段。她听到火车已经等在站上了，呼哧呼哧直响。她看到黑色的火车头上喷出了白色的烟雾。这个地方人群熙熙攘攘，在她的耳旁发出各种各样嘈杂的声响。一个孩子尖叫着。一个女人摔倒了。西红柿滚到了铁轨上。丁温的手从她手中滑开，那两名男子把他带走了。他消失在了火车的门背后。

泪水模糊了素季的视线，也模糊了她看到丁温的最后一幅画面。他坐在敞开的窗户边上，头埋在手臂之间。她呼喊着他的名字，但是他却并没有回应。随着一声尖锐刺耳的汽笛声，火车开始移动了。素季在窗旁跟着一起走。火车开始加速，咔嚓声变得愈加响亮了。她开始奔跑。跌跌撞撞。撞到了一名男子，还跃过了一篮水果。接着，站台便到了尽头。火车的两个尾灯闪耀着，仿佛黑夜中老虎的双眼一般。没过多久，火车拐过一个小小的弯道，逐渐地消失了。素季转过身来的时候，站台上早已空无一人了。

第二十章

吴巴一口气讲了几个小时，中间也没有休息。此时，他的嘴还半张着，眼睛直勾勾地盯着我。他坐着一动也不动，只有胸口在平稳地上下起伏着。我听到了自己的呼吸声，还有蜜蜂的嗡嗡声。我紧紧地抓着椅子的扶手。只有在飞机上，而且也只是在飞机遭受气流颠簸或者开始降落的时候，我的坐姿才会变得如此紧张。我慢慢地放松了下来，靠在背后柔软的垫子上。

我们俩都一直在沉默着，整个房间渐渐充斥起了恼人的噪音。木头在嘎吱作响。我的脚下有沙沙声。屋檐下有咕咕声。不知在何处，风吹着百叶窗，发出咔嗒咔嗒的声响。厨房的水龙头在滴水，还是我在幻想着自己听到了吴巴的心跳声？

我试着去想象父亲的生活。孤独、失落、黑暗一直笼罩着他，直到他与米米相识相知。要是他失去了所有米米给予他的一切，他该会有什么样的感觉呢？我的眼里噙满了泪水。我努力忍住不让它们流下，但只是让事情变得更糟糕。于是，我开始抽泣，似乎就是我把他带上了开往仰光的火车。吴巴站起身，向着我走了过来。他用手轻轻地摸了摸我的头。我的心情仍然十分沮丧。或许这还是我第一次真正地因为父亲而哭泣。在他消失了以后，很多时候我也会非常想念他。我会情绪低落、意志消沉。是的，我猜想自己也曾经哭过，但我记不清楚了。再说，那些眼泪是为了谁而流的？为了他？为了我？因为我失去了父亲，还是因为它们只是愤怒与失望的眼泪？他竟然没有告诉我们，就悄无声息地离开了。

诚然，他从来没有向我们提起过任何有关他头二十年的事情，因此，他也从来没有给过我们任何机会来替他分忧。但是，我会愿意听吗？我可能会与他产生共鸣吗？孩子们愿意把父母看成两个独立的个体吗？我们能够接受出生之前他们的样子吗？

我从背包里拿出了一条手帕，擦干了脸上的泪水。

“饿不饿？”吴巴问道。

我摇了摇头。

“渴不渴？”

“有一点儿。”

他走进厨房，端回来一杯凉茶。它混合着生姜和酸橙的味道，让我感觉平静舒适了许多。

“你是不是累了？要不我把你送回旅馆吧？”

我精疲力竭，但是，我并不愿意独自一个人待着。一想到旅馆的房间，就让我感到心神不宁。在我的脑海中，这个房间时隐时现，甚至变得比空荡荡的餐厅还要大，而房间里的床也变得比旅馆门前的草坪还要宽。我看到自己就躺在了床上，孤独而迷茫。“我想休息一下。你介不介意我……就几分钟，我……？”

吴巴打断了我：“随便你，朱莉娅。你就躺在沙发上吧。我去给你拿块毯子来。”

我几乎无法再从扶手椅上站起身来，我实在是没有力气了。沙发比看上去感觉要舒服得多。我蜷缩着靠在垫子上，隐约感觉到吴巴在我身上盖了一条薄毯子。我几乎立刻就进入了梦乡。我听到了蜜蜂的声音。它们一成不变的嗡嗡声伴着我入眠。吴巴还在屋里走动，小狗在吠叫，公鸡在打鸣，小猪在打呼。口水从我的嘴角流了出来。

当我再次苏醒过来的时候，周围一片漆黑，悄然无声。过了几分钟之后，我才缓过神来，明白自己究竟身处何地。天气微凉。吴巴又在我的身上盖了一条更加厚的毯子，还在我头底下塞了个枕头。我面前的桌上有一杯茶水，一盘点心，旁边的花瓶里插着新鲜的茉莉花。我听到一扇古旧而沉重的木门咔嗒一声关上了。我翻了个身，整个身体都蜷缩在膝盖上。我把毯子拉到下巴，又再次睡着了。

第二十一章

当我睁开眼睛的时候，天已大亮了。面前放着一杯冒着热气的开水，旁边还有一袋雀巢咖啡、一块方糖、炼乳以及新鲜出炉的点心。阳光从一扇窗户射进屋里来，躺在沙发上，我还能够看见天空的一角。这里的天空是深蓝色的，比我在纽约看到的天空颜色更深更浓。我闻到了早晨的气息。突然间，我不禁想起了我们一家人曾经在汉普顿度过的夏日周末。那个时候，我还是个小女孩。清晨时分，我已经苏醒过来了，却仍然还躺在床上，聆听着从敞开的窗口传来的海水的咆哮，呼吸着房间里清爽的空气。尽管此时的空气清新凉爽，但它却早已预示出了一整天的炎热。

我爬起身，伸了个懒腰。令我感到惊讶的是，通常我在陌生的床上睡一夜之后，后背就会变得生疼，但是，今天却一点儿也不疼。昨晚，在这破旧沙发的垫子上，我一定是睡得特别香。我走到了一扇窗户的边上，放眼望去。屋外爬满了三角梅，茂密而又厚重。院子被打扫得干干净净的。木柴就整齐地堆在两棵树之间，旁边还有一堆引火物。一只小狗在四处乱走，我不知道它的品种，而小猪就在窗户底下打滚。

我走进了厨房。一小堆柴火在角落燃烧着，上面还架着水壶。烟雾直冲而上，顺着屋顶上的小洞飘到外面去了。但是，我还是觉得眼睛被烟熏到了。一个敞开着的橱柜挨着墙壁，里面放着一套白色的搪瓷碗盘，玻璃杯，还有被煤烟熏得乌黑的罐子。最底层放着的是鸡蛋、西红柿，一大堆青葱、生姜和酸橙。

“朱莉娅？”他的声音从隔壁的房间传了过来。

吴巴坐在一张桌子边上，整个人被书本包围了。整个房间里到处都是书，看上去就好像一个破旧凌乱的图书馆。书架高至天花板，上面塞满了各式各样的书籍。木地板和扶手椅上也同样都堆满了书。另外一张桌子上的书也堆得很高。有些书很薄，有些却像大字典一样厚。大部分的书都是精装本，也有一小部分平装本，有些甚至还是皮装本。吴巴弯着腰，他面前打开的书本上，页面都已经泛黄了，看上去就如同一张张的打孔卡片。书本旁边放着镊子、剪刀，还有一罐白色的乳胶。桌上的两盏油灯又增加了些许的光亮。吴巴透过厚厚的镜片看着我。

“你在做什么，吴巴？”

“打发时间。”

“什么？”

他用一根细长的镊子夹起一小张纸片，轻轻地在乳胶中蘸了蘸。接着，他就把纸片填到了书页的一个小洞上，最后又用黑色细钢笔在纸上写上了“我”字的上半部分。我尝试着读了一下整篇文章。

我们不应停止探索
而一切探索的终点
便是重新回到起点
如首次般认识了解

吴巴看着我，凭记忆将整首诗背了出来。

“这首诗选自艾略特的诗集，”他说道，“托马斯·艾略特。我非常尊敬他。”他满足地微微一笑，给我看了看书的前几页，都粘满了小纸片，“或许它没有新书那么完好，但是至少又可以看了。”

我的视线从他的身上转移到了书上，又再次看着他。他不会是在开玩笑吧？这本书里至少有两百页上都有许许多多的小洞：“像这样一本书，你要修补多长时间？”

“目前，大概需要几个月的时间。以前，我的动作很快。但是现在，我的眼睛也不完全配合，身子弯上几个小时之后，背就疼得难受。有时候，我的手还会抖得很厉害。”他翻了翻剩下的页面，叹了一口气，“这本书特别容易让人心生怜悯。甚至连虫子似乎也喜欢艾略特。”

“但是，肯定还有其他更高效的方法来修补书籍。你也不用非得这样做吧。”

“恐怕这些方法都不在我力所能及的范围之内。”

“如果是你觉得非常重要的书籍，我可以从纽约把新版寄给你。”我向他提议道。

“别麻烦了。我觉得非常重要的书籍，在它们还完好无损的时候，我就已经读过了。”

“那你现在为什么还要进行修补呢？”

他只是微笑。

我们俩都没有说话，我看了看四周。我就站在一间木屋之中，没有电，也没有自来水，周围只有成千上万的书本。“所有这些书你都是从哪里拿来的？”我问道。

“从英国人那里。我还是个孩子的时候，就非常地迷恋书籍。战争结束以后，许多英国人就没有再来过缅甸了。而且在缅甸独立以后，随着时间的流逝，越来越多的英国人也离开了。他们不想带走的书就都留给了我。”他站起身来，走到书架的旁边，抽出了一本皮装的大册子，匆匆地翻了翻。书页上也同样能看到许多的小洞。“你看，这么多书籍都和艾略特的诗集一样不幸。天气的原因。还有虫子。”吴巴又向着桌子背后的小柜子走了过去。“这些书是我刚刚修补好的。”他指着身旁的几十本书说道。他拿出其中的一本递给了我。这本书封面的皮革非常坚硬，手感非常好。我翻开它，甚至连扉页都粘满了小纸片。《人的心灵》，书名是用大号字体写的。伦敦，1902。

“如果你愿意更多地了解我们国家，这本书是个很好的开始。”

“现在还不太想。”我有些气愤地说道。

“一个人的心灵并不会在一夜之间就发生改变。”

吴巴拉了拉耳垂，环视四周，像是在寻找什么东西。他从一个稍低的架子上取出了几本书，又将它们整齐地摆成了两排。他从桌上的红漆盒里拿出一把钥匙，打开了抽屉。“果然不出我所料，我把它锁起来了，”他边说着，边从抽屉里取出了一本书，“这是一本盲文的书，是素季临终之前交给我的。它是丁温最喜欢的书籍之一，这还只是第一卷。当他动身去往仰光的时候，她忘记给他放到行李中了。”

这本书很沉，也很怪异。书脊是用几条胶带粘起来的，但也已经不是特别牢固了：“你也应该坐下来。跟着我来吧。我们喝杯咖啡，你也可以好好看看这本书。”

我们又来到了客厅里。吴巴把水从热水壶倒进玻璃杯里，给我泡了一杯咖啡。我把这本书放到膝盖上摊开。它的页面上被打了许多小洞，看上去就和刚才的其他书籍一样。我用食指轻轻地随意摸了摸它的页面，就像是清洁女工打扫完落满灰尘架子之后，我用手指拂过架子检查她的工作一样。这本书突然间让我感觉心神不宁。我迅速地把它合起来，放到了桌上。我听到了远处传来的歌声。这些声音低沉模糊，几乎听不到。它们是如此的轻柔，还没有传到我的耳边便已经消散了。它们正如同海浪一般，还没有泼溅到我的脚上，就已经融进了沙滩之中。

周围一片寂静，我努力地聆听着，但是，我却什么也没有听到。歌声若隐若现。我屏住呼吸，纹丝不动地坐着，直到我又再次听到了那些音符。此时，这些声音稍微有些响亮了，让我能够听得清清楚楚。这肯定是儿童诵唱团的歌声，他们似乎不知疲倦，一遍又一遍地重复着配有旋律的祈祷词。

“这是寺院里的孩子吗？”我问道。

“但这并不是镇上的寺院。在山上也有另外一座寺院，要是早晨的风向正好，他们的歌声便会飘到我们这里来。你现在所听到的声响，与以前丁温和米米听到的一样。五十年以来都没有改变过。”

我闭上双眼，身体颤抖着。孩子们的声音似乎穿过了我的耳朵，进入了我的身体，触动着我。然而，在此之前，从来没有任何话语，任何想法，任何人曾经让我如此感动过。

这种魔力究竟是什么呢？我根本听不懂他们在唱些什么。究竟是什么让我如此感动？一个人怎么可能会被自己看不到，理解不了也抓不住的事物感动得落泪呢？况且这只是一经产生便会立刻消失的声音而已。

我的父亲经常说，音乐是唯一的理由，能够让他有时候相信神灵及其力量。

每天晚上睡觉之前，他都会坐在客厅里，闭上双眼，戴上耳机听音乐。还有其他什么方法，能够让我的心灵在夜晚如此安宁呢，他轻声地说道。

在我的记忆中，每一次观看音乐会或者歌剧的时候，他都会流泪。泪水顺着他的脸颊倾泻了下来，如同湖水寂静而有力地拍打着岸边一样。同时，他又一直都面带微笑。

有一次，我问他如果要去荒岛会选择携带什么，音乐还是书籍。

我希望孩子们的诵唱永远也不要结束。这歌声应该一直都陪伴着我，不只是今天，还有我的一生，甚至还有我过世以后。此时此刻，我觉得自己离父亲很近，以前我是否曾经有过这种感觉呢？或许吴巴说得很对。或许父亲就在附近，我唯一要做的，便是去寻找他。

第三部

第一章

我想去看一看父亲度过了童年和少年时期的房子。或许他和米米还躲在那里。吴巴有些犹豫迟疑。

“那座房子已经破旧不堪了。你需要充分发挥想象力，才能够找到他童年时候的踪迹。”他预先提醒了我。

但是，我已经能够听到父亲的呼吸声了，就在我的面前，只有几米的距离。他气喘吁吁地背着米米爬上了山坡。她变得越来越沉，而他也渐渐地长大了。我听到了他们的低语，他们的声音。再走几步，我就能够赶上他们了。

只有几步而已了。

“我还有点儿事情，”吴巴对我说道，“你先出发吧。”他给我指了路，告诉我等会儿他就会追上我的。

于是，我独自一个人吃力地走在山脊上。吴巴的描述十分详尽，这的确是一条坑坑洼洼的泥路。奇怪的是，我竟然觉得它很熟悉。我闭上双眼，试着想象父亲也走在这条路上。突然间，我听到了许许多多各种各样的声音，让我大吃一惊。小鸟、蚂蚱、知了、令人讨厌的苍蝇的嗡嗡声、远处传来的小狗的吠叫声。我的双脚陷入了地面的坑洞之中。我跌跌撞撞，但是却并没有摔倒。我闻到了桉树和茉莉花的气味。一辆牛车从我身旁驶过。这些动物真是悲惨可怜。它们皮肤紧贴在背脊上，眼球突出，似乎它们就快要因为身上的重负而突然爆发了。

越过山顶，我看到了那座房子，我的速度也渐渐慢了下来。在花园门口，我停下了脚步，心里感觉有些低落和沮丧。

花园的大门歪歪斜斜地挂着，下面的铰链也坏了。石柱的缝隙里长满了杂草。灌木丛在疯狂地生长着，掩盖住了旁边的木篱笆，而篱笆上的许多根板条也早就掉了。院子里的小草长期经受着太阳的照射，变成了灰褐色。主楼是一栋两层的黄色都铎式别墅，二楼有个大阳台，站在那里一定能看到小镇和山峰的全景。这栋别墅的支柱、屋檐、窗框都以木质雕刻作为装饰。里面还有个装着几扇凸窗的室内花园。烟囱里长出了一棵小树。薄薄的屋顶上，有些瓦片已经掉了，屋脊显露了出来。阳台的扶手上，几乎一半的支柱也掉了。雨水将整个房屋的墙面冲刷得早已失去了色彩。大部分窗户上的玻璃也被打碎了。

空荡荡的建筑会让我感觉情绪低落，甚至在纽约也是一样的。在我小的时候，我总是尽量避开此类建筑，绕开有它们的街道。它们里面会闹鬼。尽管它们的门窗已经被封上了，但是，里面还有许多的幽灵在等待着我。只有在父亲陪伴着我的时候，我才敢从它们的旁边经过，但我还是必须走靠街道的那一边。

这幢别墅也同样让我感觉害怕。为什么没有人来维护它？它原来的壮丽豪华仍然依稀可见。任何人不用花费太大气力就能够把它维护得很好。很可能是这样的。

为什么没有人来呢？里面潜伏着什么？幽灵？两条鬼魂？

别墅的后方，便是素季与父亲曾经住过的破旧小屋，它看起来比我们纽约家中的客厅还要小。这间小屋没有窗户，只有门框。棕色的波浪形锡顶早已变得锈迹斑斑、破破烂烂，墙壁上的泥土也正在剥落。我还看到了火坑，一堆已经风化了的引火物，还有一条木制长凳。此时，上面正坐着两位年轻妇女，她们都把孩子抱在膝盖上。她们看了看我，微笑致意。小屋的旁边，晾晒着四条笼基。两只小狗在院子里四处转悠，还有另外一只在弓着背排泄，一脸悲伤地看着我。

我深深地吸了两口气，踏进了花园的大门。我面前的草坪上有个树桩，它以前肯定是一棵年岁已久的大松树。蚂蚁在它厚实的树皮上爬来爬去。树皮感觉很软，有些地方已经被蛀虫侵蚀了，但尽管很多年已经过去了，树心却依然完好无损。这个树桩潮湿而又结实，我不费吹灰之力便爬到了它的上面。山谷的风景被一些巨大的树木挡住了。此时此刻，我终于明白为什么自己不惜任何代价也要到这里看一看，尽管我内心仍然还是有些害怕。这个地方便是吴巴故事里的关键之处。自从今天早晨我听到了寺院传来的孩子们的歌声以后，我就开始觉得，他的故事并不是无稽之谈。他的话语一直在我的耳际回荡着，似乎我的鼻子也能够闻得到，我的双手也能够触碰得到。就在这个树桩之上，父亲徒劳地等待着他的母亲，也就是我的奶奶。就在这里，他差点儿就被饿死了。就在这个院子里，他的眼睛突然失明了。他以前曾经住过的这个偏僻的小镇，在过去的五十多年里，几乎没有发生过什么变化。他和米米都住在这里。吴巴带着我向他们走去。我听到了他们的低语，他们的声音。只有几步而已了。

要是他们突然间就出现在了我的面前，我该怎么办呢？这种想法让我感觉惊慌失措。或许米米和父亲就躲在这栋废弃的别墅之中。他们是不是已经从窗口看到我了？他们会躲着我逃开，还是会走出房屋来迎接我呢？我该说些什么？你好，爸爸，你为什么要抛弃我们？你为什么从来没有跟我们提起过米米？我想你？

他又会有什么样的反应呢？他会不会对我很生气？因为我一直在努力地找寻着他，最后居然还找到了，但是显而易见，他原本就是打算要消失得无影无踪。我是不是应该尊重他的意愿，待在纽约，而不要来到缅甸？他会不会根本不在乎这一切，紧紧地抱着我呢？我能不能在他的眼睛里看到我想念已久的光芒？我完全不清楚他究竟会有什么样的反应，这让我感到很伤心。他见到我应该是很高兴才对，为什么我竟然会心生怀疑呢？

“米米和你的父亲没有住在这里。”这是吴巴的声音。我并没有注意到他已经来到了。

“吴巴，你吓到我了。”

“对不起。我不是故意的。”

“你怎么知道我心里在想些什么？”

“除此之外，你还能想些什么呢？”

他微笑着，把头侧向了一边。他温柔亲切地看着我，他的眼神给予了我鼓励和勇气。我想伸出双手，让他拉着我。他一定会带着我走过这间闹鬼的房子，带着我回家，回到我安全的港湾。

“你在怕什么呢？”

“我也不知道。”

“你没有什么好担心的。你是他的女儿。你怎么会怀疑他的爱呢？”

“他离开了我们。”

“难道仅仅是这件事就让你把他的爱全盘否定吗？”

“是的。”

“为什么？爱是有很多面的，我们的想象力不一定能够将它完全看清楚。”

“为什么爱会如此复杂？”

“因为我们只能够看到本身已知的现象。我们会把自己的力量强加在别人的身上，完全不理会结局是好是坏，而且我们一开始便会一厢情愿地把这些力量当作是自己所献出的爱。我们都希望可以像自己爱别人一样地被爱着，否则，我们便会感觉不舒服。于是，我们便会以怀疑和猜忌作为回应。我们可能会曲解某些表面的现象。我们无法理解爱这种特殊的语言。我们妄加指责，断言对方并不爱我们。然而，或许他只是以一种特殊的方式在爱着我们，只是我们没有察觉到而已。我希望在我讲完所有的故事以后，你能够理解我的意思。”

我还是不太理解，但是，我相信他。

“我刚才去集市里买了些水果。如果你愿意的话，我们可以坐到鳄梨树下去，我可以继续给你讲故事。”他步伐轻快，径直朝着两位年轻妇女走了过去，显然，他们彼此都已经非常熟络了。她们一起大笑着，看了看我，点了点头便站起身来。我站在树荫下等待着吴巴，他用胳膊夹着木制的长凳，把它搬了过来。

“要是我没记错的话，这把长凳是你爷爷做的。这是柚木。至少可以用一百年。我们只是修过一次而已。”他从包里拿出一个热水壶和两个玻璃杯，往里面倒好了茶水。

我闭上眼睛。父亲正在去往仰光的路上，我感觉到，这将会是一次痛苦的旅程。

第二章

装死。一动不动。他希望这样时间会过得更快些，默不作声也不吃不喝，呼吸再短促一些。希望这所有一切都不是真的。

丁温蜷缩着坐在火车里，一言不发。他完全不理会两名男子的提问，最后他们也只好作罢，让他自己安安静静地待着。其他乘客的对话与心跳悄无声息地从他的身旁溜走了，就如同窗外的夜景在他们眼前一闪而过。

叔叔的房子里一片寂静，丁温觉得轻松多了。不需要再换乘火车或是假装没有听到别人的提问。他只身一人。他躺在床上，一动也不动，四肢用力地张开。

装死。他并不是每次都能够做到。

他会哭泣，他会号啕大哭，全身痉挛，但是，几分钟之后，他渐渐地就又恢复正常了，就如同缓缓穿过细沙的水滴一般。

“求你了，”丁温低声地说道，仿佛屋里还有其他人一样，“求你了，别这样。让我醒过来吧。”他想象着自己睡在格劳家中的草席上，素季就在他的身边。他还躺在床上，而素季却已经起床了。他听到了素季在厨房里弄出的咔嗒声响。他闻到了新鲜木瓜苦中带甜的气味。他听到了米米就坐在他的面前舔着芒果核。仰光就是一个噩梦，一场误会。

仰光离他是如此的遥远，如同地平线上的雷雨云一般，越飘越远了。

他觉得，想象能给自己带来巨大的慰藉。然而，它已经消失了，就像被大风吹走的烟雾一样飞走了。

突然间，他听到了一阵敲门声。他没有应答，门外的人又继续敲了一下。门打开了，有人走了进来。是个男孩，丁温想。他能够从脚步声中辨别出来。男人和女人的走路方式并不一样。男人的步伐更加迟缓，声音更加响亮，而且是整个脚掌着地。而女人通常先是脚跟落地，再到脚趾，声音相对也比较轻柔，她们就像是在用脚底轻抚着地面一样。这个男孩步伐轻快，他在床头的桌上放了个盘子。丁温闻到了米饭和蔬菜的香味。男孩又从水罐里把水倒进了玻璃杯。他说道，丁温应该要喝很多水，毕竟他刚刚从山区来，还不太适应首都炎热的天气。再过上几个星期，情况就会好很多了。丁温应该要好好休息，如果有什么需要可以叫他。现在，丁温的叔叔不在家，但是他会回来吃晚饭的。

房间里又只剩下丁温自己一个人了。他坐在床上，把盘子端了过来。他用勺子尝了几口。这咖喱实在是太美味了，但是他却有些食欲不振。他又喝了些水，精神振奋了不少。

再过上几个星期，情况就会好很多了。这些话语本来是要让他安心的，听上去反而像是对他的诅咒。他完全无法想象离开米米，哪怕只有一天，生活会变成什么样。

似乎有什么东西在他的头顶持续发出嗡嗡的声响，毫无节奏，单调枯燥，十分令人反感。这声响毫无变化，不会变大，也不会变小，但是也没有减弱。这时，他又感觉头顶上吹来了一阵微风。他这才意识到仰光的气温确实非常高。微风并没有让他觉得凉爽。空气实在是太热了。如果再热一点儿，他的皮肤就要被灼伤了。

他站起身来，想好好摸索一下他的房间。他屏住呼吸，仔细地聆听着。几只蚂蚁在他面前的墙壁上爬来爬去。床底下躲着一只蜘蛛，一只苍蝇刚刚被它的网紧紧缠住了。他听到苍蝇在挣扎，听到它绝望的扑腾声响在慢慢地减弱。蜘蛛向着它捕获到的猎物爬了过去。两只壁虎爬在天花板上，轻吐着舌头。这些声响都不是特别的有意义。他挥动双手摸索着，向前走了一步。

椅子是没有声响和气味的。他的手背磕到了木椅的边缘，他疼得大叫了一声。疼痛迅速窜至他的肩膀。他只好跪在地上爬行。桌子同样也是没有声响和气味的，要是他不留神，额头很可能也会被撞得严重淤青。

丁温就像寻找新大陆的考察者一般，摸索着房间的每一个角落，以免自己再受伤。在这套桌椅的旁边，有一个挨着墙的大柜子。床的两边各有一张桌子，很高但是尺寸很小，上面都摆放着台灯。桌子的上方挂着一幅图画。两扇巨大的几乎及地的窗户半敞着。百叶窗是关着的。丁温轻轻地敲了敲地板，这是风干了的柚木，它的声音很有特色，丁温不会弄错的。他还想继续摸索整个房间，但最后决定躺在床上等待着叔叔归来。

他又被一阵敲门声吵醒了。还是中午那个男孩。叔叔正在等着他吃晚饭。

下楼梯的时候，丁温踌躇迟疑地把脚步向前迈，这是通向一楼的大弧形楼梯。从自己脚步的回声中，他便知道了这屋子的大小。这应该是一个巨大的中庭，一直向上延伸至屋顶。丁温听到男孩就走在他的身边。在最后一级台阶，他拉住了丁温的手臂，带着他又穿过两个大屋子，来到了餐厅之中。

在等待侄子的时候，吴索给自己倒了杯苏打水，还加了些酸橙汁。接着，他又走到了阳台上，环视着屋后的花园。一片巨大的棕色叶子从一棵棕榈树上垂了下来。肯定是园丁没有注意到，这样的粗心大意是吴索无法容忍的。他在考虑是不是又该解雇一个仆人了。除此以外，没有其他更好的办法来解决他们懒惰的问题，至少它的效果还能够维持上几个月。他走到草坪上弯下身去，检查草坪修理得是否平整。有几片草叶明显地突了出来。明天他一定得做出必要的决定了。

在英国统治下的缅甸，吴索属于罕有的非常富裕的缅甸人。他并非一般的富裕，如果算一下他的生意、海外房产、可支配现金，就很容易能够知道，他也是缅甸最富有的人之一。当然，不算英国人和其他一小部分欧洲人——他们的世界与缅甸人是相互隔离开来的，二者之间几乎没有什么来往——因此，他们也不愿意和缅甸人进行比较。吴索在哈平路上的房子完全能够与殖民主们最奢华的别墅一较高下。整栋房子有二十多个房间，一个游泳池，甚至还有在白人区街道上也颇为少见的网球场。由于吴索自己并不打网球，他坚持让仆人们去打。每天早晨，太阳刚刚升起之后，五名园丁其中的两人便开始来回击球，持续一个小时。这便会让人们知道，网球场得到了主人定期有序的利用。因此，他的邻居和访客们都会以为吴索热爱运动，体格强壮。除了园丁以外，吴索还雇用了两名厨师、两名司机、几名清洁女工、三名夜班警卫、一名男仆、一名管家，还有一位类似于财务协调员的人来专门负责采购家用。

许多年以前，对于他财富的来源，人们有着各种各样的猜测。然而，随着他的财富越来越多，流言飞语也就慢慢地消失了。正是因为他的社会地位，才使得他免受了无聊猜测的影响。

提到吴索，首都的人都知道，在本世纪初，他还年纪轻轻便打入了仰光德国人的圈子里。他能够说一口流利的德语。没过多久，在一家德国人开的米厂里，他就已经被提拔为经理。一战爆发，米厂老板和其他德国人便被迫离开了这块英国的殖民地。老板把所有的经营都转让给了吴索，还和他签订协议，约定在战争结束之后，如果老板又再次回到缅甸，就可以收回资产的所有权。据说还有另外两名大米富商也选择了吴索，把他们的产业卖给了吴索，但只是象征性地收了几卢比的钱。自此以后，这些人再也没有回到过仰光。而对于此次自己命运的巨大改变，吴索从来也没有提起过。

吴索的生意在二十世纪二十年代急剧扩张。在三十年代初，美国发生了经济大萧条，甚至连东南亚国家也深受其害。但是，吴索巧妙地利用了这一时机从中谋利。他购买了许多稻田和入不敷出的米厂，接着，他又并购了一位印度大米富商的产业，于是，他很快就控制了从播种到出口的整条大米产业链。他不仅与印度的同行，还与英国人以及中国的少数民族都建立起了良好的合作关系。在很早以前，他就明白，一条关系链所影响和伤害到的，只会是关系链以外的人。作为有名望的大人物，他大量地捐款给仰光最大的两座寺院。他还以个人名义委托修建了三座寺塔。在他家的门廊上,还摆放着雄伟壮观的佛坛。

总而言之，五十五岁的吴索对自己的成就和命运感到非常满意，甚至是两年之前妻子的突然离世也没有改变他的想法。对他而言，他们的婚姻无儿无女，不过也就是一种便利的伙伴关系而已。他的妻子是航运巨头的女儿，吴索与她结婚只是为了要降低运输成本。当时，他怎么会知道这位享有盛名的航运商竟然会濒临破产呢？他们的婚姻虽然也是明媒正娶，但是却一点儿也不美满。

吴索并没有特别地想念他的妻子。相比妻子的去世，更加令他困扰不安的则是妻子死亡的时间。当时,吴索正要前往加尔各答去谈生意，一位占星师强烈地建议他不要去。如果他真的去了，他的家庭一定会遭受严重的灾难。吴索并没有理会，还是去了。两天之后，人们便发现他的妻子死在了床上。一条眼镜蛇盘踞着睡在床单上，它一定是从敞开的窗口爬进卧室里来的。

自此以后，吴索在做任何重大决定之前，都要先请教占星师或者是算命先生。就在两个星期之前，一位占星师预言，吴索本人和生意都将遭受灾难。吴索并不是太清楚这两者之间的区别，但是，他也没有恳请占星师解释清楚。占星师还说，吴索只有帮助一位特别困难的家人才能免受灾难。这个预言让他几天以来都彻夜难眠。他不知道亲戚中有谁是特别困难的。他们所有人都很穷困。他们总是想要钱，于是,他在很多年以前就已经断绝了与他们之间的往来。特别困难？最终，他隐约想起来，他曾经听说过妻子的一位远房亲戚非常不幸，这个男孩的父亲去世了，母亲也遗弃了他，最后他竟然又在一夜之间突然双目失明了。有传言说他与一位邻居住在一起，她同时也在看管着吴索在格劳的别墅。帮助这位失明的男孩，除此以外还有什么方法能够更好地顺从星宿的意志呢？他委婉地询问了占星师，给寺院捐款——注意，是非常大的一笔捐款——能不能阻止这场灾难。因为这样做起来也会容易得多。不行？要不再建一座塔？或者两座？不行。星宿的回答从来都是十分清晰明确的。

就在第二天，吴索立即派了两个最信任的仆人前往格劳。

吴索听到餐厅里传来了声音，便走了回来。他第一眼看到丁温的时候，心里便大吃一惊。他原本以为丁温应该是一个身心发育不健全的残疾男孩，一看见便会让人心生怜悯。然而，眼前的侄子却是个充满活力、模样俊俏的年轻男子，至少比他高出两个头，浑身上下还散发着满满的自信。他穿着白色的上衣和绿色的笼基，衣着整洁干净。他看上去一点儿也不穷困。吴索感到有些失望。

“我亲爱的侄子，欢迎来到仰光。非常高兴终于见到你了。”

从第一句话开始，吴索的声音就让丁温感到有些不愉快。他猜不透吴索的意思。吴索的声音完全无法让他引起共鸣。吴索的声音很友善，不是特别响亮，也不是特别低沉，但是，他的声音却似乎缺少了些什么，使得丁温不能够确切地辨认出他的意思，还让丁温突然联想到了刚才房间中天花板上的嗡嗡声响。此外，吴索的心跳也有些奇怪，单调乏味，没有什么表露，如同走廊里墙壁上挂钟的指针在滴滴答答地走着。

“我想，这漫长的旅程不是特别辛苦吧。”吴索继续说道。

“是的，不辛苦。”

“你的眼睛怎么样？”

“很好。”

“我还以为你失明了。”

丁温从他的声音中听出了困惑。他觉得，要开始讨论失明与看不见之间的区别，现在时机尚未成熟。

“我只是说，对我而言，失明并没有太大的影响。”

“那就太好了。哎，我最近才从一个格劳的熟人那里听说了你的情况。否则我早就应该帮助你了。我有个好朋友，斯图尔特·麦克雷医生，他是仰光最大那家医院里的顶级内科医师。他主要负责眼科。我已经跟他预约好了，未来几个星期就帮你做检查。”

“你的慷慨大方让我深感谦卑，”丁温说道，“我真是不知道应该如何感谢你才好。”

“你可不能犹豫啊。现在的医学技术日新月异，正在不断地取得巨大的进步。也许戴一副眼镜或者做一个手术就可以帮到你了。”吴索说道，他的情绪有了明显的改善。他非常欣赏侄子顺从恭敬的语气，而且侄子也非常识时务，语气里也充满了感激。“你想喝点儿什么呢？”

“喝点儿水吧。”

吴索把水倒进玻璃杯，但是他却不知道应该怎么给丁温。于是，他便用力地放在他们身旁的桌上，还故意弄出了很大的声响。丁温摸到了杯子，拿起来喝了一小口。

“我叫厨师给你准备了鸡汤、咖喱鱼，还有米饭。我相信你会很喜欢的。”

“一定会的。”

“你吃饭需要帮助吗？”

“不需要，谢谢。”

吴索拍了拍手，叫了个名字。刚才的男孩又走了过来，把丁温带到了他的椅子上。他坐下，摸了摸面前桌上放着的餐具。一个扁平碟，一个深碗，旁边还有餐巾、勺子以及一套刀叉。他还在寺院里的时候，吴眉曾经把这些餐具都挨个放到他的手里，告诉他英国人用它们吃饭，而不是用手。丁温曾经尝试着用勺子舀午饭的咖喱，他吃惊地发现，使用这些餐具其实非常简单。

吴索看到丁温能够自如地使用餐具，尽管他双目失明，吃饭的仪态仍然还是非常得体，甚至连喝汤也没有难倒他，于是吴索顿感如释重负。他曾经充满恐惧，想象着可能每天晚上都要给侄子喂饭，他可能会到处流口水，还可能会把食物都洒在桌面上。

他们两人都没有说话。丁温满脑子都是米米。他在想，如果米米看到他叔叔，她会怎么描述呢。他的手指是不是很粗？他是不是特别胖？他是不是也像格劳的甘蔗商一样有双下巴？因为他们的心跳声听起来都同样的单调无趣。他的眼睛是不是炯炯有神？他的眼神是不是也像他的心跳声一样，没有任何的表露呢？谁能够帮助他来解密他才刚刚踏入的这个新世界？医生们？叔叔的那位朋友会对他做些什么？一旦他们意识到他已经无事可做了，他能够再回到格劳去吗？要是他运气好的话，说不定下周末就能够回到家，和米米团聚了。

要是医生治愈了他的双眼呢？直到现在，丁温才开始考虑这种可能性。他前些年不曾想过，自此来到仰光以后也没有想过。难道他有必要去想吗？他已经拥有自己需要的一切了。

丁温试着去想象手术成功以后的情形。他的双眼能够看到一切了：清晰的轮廓，不同人的脸庞。他还能够保持着敏锐的听觉吗？他的脑海里浮现出了一幅画面，他正在看着米米。她浑身赤裸，就躺在他的面前。她的身材瘦弱，胸部不大却非常坚挺。他看到了她平坦的小腹，细嫩的大腿，还有她的下身。让他感觉奇怪的是，这些画面并没有让他感觉兴奋激动。在他看来，最舒服的莫过于用舌头轻抚着她的肌肤，用双唇触碰着她的胸口，还有听着她的心脏在更加剧烈地跳动。

叔叔的声音打断了他的思绪。“未来几天，我有很多事情要做，没有太多时间陪你了。”他放下了餐具，“不过，拉都这个仆人可以任你差遣。他可以带着你逛逛花园，要是你喜欢，也可以去逛逛首都。你有什么需要就跟他说。如果我有空，我们周末就一起吃饭。与麦克雷医生的预约是在周二。”吴索犹豫了一会儿。占星师有没有说过，他必须和这位特别困难的亲戚一起待多长时间呢？他完全想不起来了。为了弄清楚，他明天下午还要再去拜访他。

“谢谢，吴索，”丁温回答道，“我何德何能，能够受到你这么多的照顾。”

吴索站起身来。他格外高兴，侄子还是很懂礼貌的。他一想到自己能够帮助丁温恢复视力，便暗自高兴。如此慷慨大方的行为肯定不会被视若等闲，最终一定会获得回报的。

第三章

夜晚，丁温辗转难眠。于是在白天，他也只好继续睡觉。他患上了严重的腹泻。卫生间似乎变得离他越来越远了，他只好站在卫生间门前的地板上，一站就是很长时间，以防自己的肚子又会突然疼起来，甚至连走路的气力也没有了。

他总是感觉有奇怪的声响在侵扰和恐吓着他。不知是什么东西，一直在房间墙壁的背后和卫生间的地板下沙沙作响。床底下的蜘蛛也变得更加贪婪可怕了。蜘蛛网上的苍蝇在痛苦地奋力挣扎，蜘蛛扯断了它的腿，吮吸着，咀嚼着，这所有一切都让丁温感到无比的厌恶反感。有天早上，他听到一条母蛇悄悄地在房间的地板上爬行着。他听到了她的心跳声。他也听到她正向他慢慢地逼近。她爬到他的床上，越过了他的双腿。透过薄薄的被子，他感受到了她冰冷潮湿的躯体。她在他的耳边吐着信子，发出嘶嘶的声音，似乎想要给他讲个故事。几个小时之后，她才又从半敞着的窗口爬了出去。墙上的壁虎似乎也在肆意地嘲笑着他。丁温不止一次地捂住了耳朵，大声地呼救。

拉都觉得，这是因为丁温还不习惯仰光的食物和炎热。丁温自己心里其实更加清楚。他感觉就像坐在松树桩上，等待着。我很快就会回来的，母亲说道。

他深吸了一口气，然后又屏住呼吸，数着每一秒，四十……六十……他胸腔的压力增大了，九十……一百二十……他开始有些头晕目眩了。他的身体急需氧气，不停地颤抖着。丁温并没有妥协放弃。他听到自己的心脏跳动得有些吃力了。他知道自己有能力停止这一切，但是，他依然在坚持着。

死神出现在了远处，大步流星地向着他逼近。死神的身影变得越来越大，最后就站到了丁温的面前。

“是你把我召唤过来的。”

丁温非常地害怕他。他把死神召唤了过来，但是他却并不想死。他不想在这个时候死去，也不想在这个地方死去。他还得再与米米团聚，再次去感受她，他的皮肤就能触碰到她的呼吸，她的双唇就在他的耳边，他还能听到她如歌声一般的心跳。

他又深深地吸了一口气。

他最终会知道叔叔究竟想让他做什么的。他一定会努力地去做，然后尽快地回到格劳。

四天之后，丁温站在露台门口，努力地聆听着。屋外正在下着雨。不是倾盆大雨，而是平稳缓慢的沙沙小雨，滴嘀答答地打在地面上。丁温非常喜欢雨水，这是他的伙伴。在雨中，他听到了米米的私语，听到了她充满柔情的声音。从雨声中，他听出了花园和别墅的模样，叔叔家的面纱也被渐渐揭开了。雨滴落在院子的各个地方，发出的声音也不尽相同，就好像在为丁温展示着整幅画面。在他的身边，雨水打在了连接厨房和正屋的锡顶之上。在他的面前，雨水滴落在露台的石头上，有了雨声的帮助，他便能够准确地判断出石头的大小。雨水落在草坪上的声音相对比较柔和。他能够听到花圃、灌木丛和草坪之间有条过道，沙质的地面迅速地吸收了雨水，几乎没有发出任何声响。

雨水还打在巨大的棕榈叶片上，然后又顺着树干流淌了下来。雨水也滴在花丛中，拉扯着花朵。他发现，院子并不是平坦的，雨水渐渐向着街道的方向流走了，声音也越来越小。他感觉就像是走到了自己房间的窗户边上，打开了百叶窗，第一次真正地看到了屋外的景色。

雨越下越大，锡顶上的敲击声也越来越响。丁温走出房门，来到了露台上。仰光的雨水比格劳的要温暖得多。他张开双臂，雨滴又大又圆。他感觉米米就趴在他的背上。他想带着她看看整座花园。他走了几步，然后就开始奔跑。他跨过露台来到了草坪上，绕过了棕榈树，围着网球场一直跑。接着，他又跃过两棵灌木，绕着大弧形跑到了围着整座房屋的篱笆边上，最后又回到了露台上。然后第二次，第三次……奔跑让他获得了自由，释放出了他最近以来急剧衰退的能量。

雨水带走了他的忧伤，每一滴都让他变得更加生气勃勃。米米是和他在一起的。因为是她帮助他睁开了双眼，从某种意义上来说，是她在帮助他看世界，她会永远和他在一起。而此时，他们之间剩下的只有他的恐惧和忧伤。吴眉曾经告诉过他，恐惧会掩人耳目，愤怒也一样。还有猜忌和怀疑。只有一种力量比恐惧更为强大。

丁温又跑回到了露台上。他气喘吁吁，身上的雨水不断地往下滴，但是他的心中却充满了愉悦。

“丁温。”这是叔叔的声音。为什么他这么早就下班了？

“麦克雷医生有消息了。我们今天就去看他。现在就走。”吴索静静地看了一会儿侄子，“我看到你在奔跑。你真的是双目失明了吗？”

这句话离真相如此之近，又如此之远。

检查只花了几分钟。一位护士抬着他的头，一位医生用他有力的双手拨开他眼睛周围的皮肤。斯图尔特 · 麦克雷医生就站在他的面前，屈身前倾。他的呼吸中夹杂着烟草的味道。

在整个检查的过程之中，麦克雷医生一句话也没有说。丁温集中注意力，倾听着麦克雷医生的心跳，想知道他是否能够做出正确的诊断。他心跳的节奏保持不变，听上去并没有让人感觉不舒服，只是有些陌生，甚至听起来还非常可靠。他的声音也同样如此。麦克雷医生说起话来语句简短，突然开始又会突然结束，完全没有任何的升调和降调。这并没有让人感觉不舒服，只是不带任何感情色彩而已。

他的诊断迅速而简单：丁温失明了，白内障，这在他的年纪是非常罕见的，可能是因为遗传缺陷。但可以做手术，如果他们愿意，明天就可以做。

注射是丁温觉得最恐怖的环节。他们用又长又粗的针头在他的眼睛周围和耳朵旁边打了几针。冰冷的金属针头刺入了他的肌肤里，越来越深，似乎想要刺穿他。接着，他们要摘除他的晶状体。丁温感觉皮肤被切开了几道口子，但是他又完全感觉不到疼痛。最后，医生们又取来了针线，把他的皮肤像布料一样缝合了起来。接下来的两天，他的头上都得缠着绷带。

此时，医生和护士们把剪刀和镊子弄得叮当作响，相互之间还说着丁温听不懂的话。他们说，他们要帮助他恢复视力。他会感觉仿佛新生婴儿一般。他们还会帮他去掉绷带，到那个时候，他就能够感觉到光线了，温暖而炽热的光线。几天之后，等到他的眼镜准备好了，他的眼睛就又可以看了。他能够看清所有的轮廓和形状，甚至比他失明之前更加清晰。

丁温不知道是否应该相信他们的话。并不是因为他不信任他们，也不是因为他怀疑他们是在故意误导他。他们一定能够说到做到的，但是，他们似乎还在讨论着其他的事情。“有什么东西能比我们的双眼更为宝贵呢？”斯图尔特·麦克雷医生在手术之前问道，接着又立刻回答说，“完全没有。眼见为实。”

医生们认为，他们是在帮助丁温从囚笼中逃脱出来，而且世界上就只有一种真理。护士们叮嘱丁温要有耐心，但是，他只想告诉她们，自己从来就不着急。要是他真的有些心急，也仅仅只是因为他想和一位用四肢爬行的年轻女性团聚。只有她才明白，人不只是用眼睛来看世界，而距离也不是只能用脚步来丈量的。然而，面对着这些医生和护士们，丁温觉得最好还是保持沉默。

“可以了。”麦克雷医生揭开了绷带。他慢慢地卷起绷带，每绕一圈，病房里的紧张气氛又增添了几分。甚至连麦克雷医生的心脏都比平时跳得更快了。

丁温睁开了眼睛。光线向他袭来。强烈而耀眼的光线。不是黯淡，也不是乳白色的浓雾，而是明晃晃的亮光，真正的亮光。

光线，让他感到疼痛，灼伤了他的双眼。他感觉头疼欲裂，痛苦地闭上了双眼，回归到一片漆黑之中。

“你能看到我吗？”叔叔大声喊叫着，“你能看到我吗？”

不，他看不到。他也没有必要看到。心跳声就足够了。听起来吴索似乎在标榜自己。

“你能看到我吗？”吴索又重复道。

丁温眯着眼睛，似乎这样做能够减弱光线带来的疼痛。

似乎他还能够回到双目失明的状态。

第四章

眼镜架在他的鼻梁上，挂在耳朵后，正好合适。

他应该睁开眼睛，这看似简单，但是，他已经在黑暗中度过八年了。

他想等到米米坐在自己面前的时候再睁开双眼。他第一个想见到的就是她，而且也只有她。他眯着眼睛看了看他们，如同躲在角落里窥视着他们一般。

眼前的屏障已经完全不见了。同样的，乳白色的浓雾也消失得一干二净了。

他看到的所有一切都是清晰明亮的。突然间，敏锐的视觉让他的眼球感觉到一阵剧痛，它穿过了他的眉毛，一直延伸至他的后颈。麦克雷医生和吴索就站在他的面前。他们目不转睛地盯着他，骄傲中又带着几分担忧，仿佛他们已经为他创造了一个新世界。

叔叔的脸庞。没错，就在他的眼前。他清清楚楚地看到了。

他再次闭上了双眼。不，他一点儿也不疼。不，他一点儿也不头晕。不，他并不想躺下。只是太多了——太多光线，太多双眼睛在盯着他，太多期许，太多色彩。他感觉有些不舒服。吴索的牙齿雪白，但是边缘带有棕色。麦克雷医生的书桌上，镀铬台灯散发着银色的光芒。麦克雷医生的头发和眉毛都略微发红。护士们的嘴唇呈深红色。过去，丁温一直生活在非黑即白的世界之中。色彩是没有声音的。它们不会发出咕咕声，唧唧声，或者是呱呱声。多年以来，他对色彩的记忆就像写在书页上的符号一样，早已模糊不清了。

请你再次睁开眼睛。丁温摇了摇头。

“他有些不对劲。”吴索说道。

“我觉得不是。应该是震惊。他会适应的。”

他俩说的都没错。

丁温坐在仰光河岸边的红砖墙上，港口就在他的面前。

睁开你的眼睛。他必须时刻提醒自己。他已经度过了十天充满光线的日子。这十天里，到处都充斥着影像，清晰分明，多姿多彩。但是，他却仍然还没有适应。

下游矗立着像大树一般的钢铁吊车，来来回回地在轨道上移动着，咔嗒作响。它们的吊钩消失在了货船的中央，然后又把成捆的口袋吊了起来。昨天，它们把一头大象吊上了轮船。大象的身体被红色的防水油布和绳子捆住了，四只脚在胡乱挣扎着，绝望无助，就如同仰面朝天的甲虫一般。在仓库前面堆放着许多木箱与木桶，上面用黑笔清楚地标明了目的地：加尔各答、科伦坡、利物浦、马赛港、塞得港、纽约……

成百上千条船正游弋在港口上。有些扬起风帆，有些引擎大作。许多船上都坐着孤独的划桨人。有些船上塞满了乘客、竹篮、自行车，深陷在水中，每一阵海浪都会把水花拍到船上。上游的许多船里还居住着人家。桅杆之间晾晒着衣服。孩子们在甲板上乱蹦乱跳。一位老人正躺在吊床上休息。

丁温看着海鸥在空中滑翔，它们的翅膀却并不怎么扇动。他从来没有见过如此优雅的小鸟。尽管微风不时掠过水面向他吹来，他依然能够感受到天气的潮湿与炎热。

他又再次闭上了眼睛。他听到了一艘轮船里引擎活塞的响动。身旁仓库的墙壁上，蛀虫在啃噬着木头。脚边的竹篮里，小鱼的心跳虚弱无力。海浪不时地拍击着船体，通过不同的音调，丁温还能够判断出是金属船还是木船，他甚至还能够分辨出不同木料的声响。比起他双眼所能够看到的一切，这些声响更加鲜明生动地描绘出了港口的景象。眼睛只是记录影像，连续不断的影像。每过一秒钟，或者只要他动一动瞳孔，转一转头部，他便会看到新的影像。他看着所有这些影像，但是却没有真正地融入进去。他只是一个好奇的旁观者，仅此而已。

有时候，丁温会连续几分钟都注视着同一个事物，一张帆、一个锚、一把刀、叔叔家花园里的一朵花。他会用目光去触摸这些事物，感受着它们，包括它们所有的曲线，所有的边缘，所有的阴影，似乎透过它们的表面看到其本质，他就可以将它们拆开，之后再合上，让它们得到重生。然而，这并不奏效。亲眼所见——比如一只鸟，一个人，一条渔船——并没有让事物变得更加真实，也没有让他觉得更加亲近。眼前的影像会不断地在运动着，但是，它们仍然只是影像。丁温觉得，在他自己与所看到的一切事物之间，有着一道奇怪的鸿沟。眼镜并不能够很好地替代米米的眼睛。

他从墙上爬了下来，沿着港口边上一直往前走。他算是忘恩负义吗？他的期望究竟是什么？在日常生活中，眼睛的作用确实非常大。他四处走动起来也容易得多了，他也不需要再担心会撞到椅子和墙壁，或是被树根和熟睡的小狗绊倒。眼睛是他能够迅速掌握的工具，让他的生活变得更加安全、简单、舒适。

或许眼睛复明带来的鸿沟，便是他必须付出的代价。吴眉曾经说过，事物的本质是双眼无法看到的，我们要学会去感知事物的本质。从这方面来说，眼睛反而很可能会阻碍我们。它会分散我们的注意力。我们很容易就会被迷惑。丁温将每一个字都记得一清二楚。

他沿着仰光河的岸边一直往前走，经过了无数的船只和吊车。在他的周围，许多男子正在把米袋从码头搬到仓库里。他们弯着腰，把沉重的米袋扛在背上向前走着。他们把笼基系在膝盖上方。汗水模糊了他们的眼睛。他们的双腿被晒得黝黑，如同木棍一般粗细。每迈出一步，他们的肌肉便会因重负而拉得更紧。他们都是正在工作的苦力。只有丁温闭上眼睛的时候，他才真正地被这幅景象所打动了。他们在呻吟着,声音低沉但却又充满了哀伤。他们的肚子由于饥饿而发出低吼，肺部拼命地呼吸着，心脏筋疲力尽，虚弱无力。

于是，他仍然还保持着敏锐的听觉。他认为，视觉只是一种附属品而已。如果他能够谨记着吴眉的教诲，那么视觉也不会给他带来任何伤害。

他继续走着，来到了下游，接着又转进了一条小巷里。这里的空气实在令人难以忍受。这里完全感受不到从港口吹来的微风，也不像欧洲人散步的道路那样宽广开阔。大多数紧紧挨着的房子都是木头搭建而成的，窗户大敞着。他感觉自己步入了这座城市的地窖。这里肮脏、狭窄、嘈杂，到处散发着汗水和尿液的臭味。沟槽中有腐烂的水果、残羹剩饭、破布纸屑。周围的人们蹲坐在小凳上，过于狭窄的人行道上挤满了长凳，有些甚至还伸到街道上来了。单层的商店中，货物几乎堆到了天花板：布匹、茶叶、草药、蔬菜、面条，最上面还有大米。丁温从来没有见过这么多的商品，而且它们中的每一样都有着独特的气味。人们大笑着用他听不懂的语言侃侃而谈，从他的身旁经过。许多人都盯着他看，似乎他贸然闯入了这里。

丁温在想，他是不是应该转身原路返回。他闭上了眼睛。他听到的声音并没有让人感觉可怕。厨房里的油脂嗞嗞作响。女人们在揉着面团，或者是剁着猪肉和蔬菜。楼上的孩子们大笑着，尖叫着。整条街上的声音都完全没有敌意。

人们的心跳声也是一样的。

他继续往前走，感受着所有的声音、气味、景象，记录下所有事物给他留下的印象，将它们收藏起来，以后与米米分享。

他从中国居民区走到了印度居民区。这里的人们个子更高，肤色也更深，但是空气还是同样的糟糕，街道也是同样的拥挤。这便是这座城市地窖里的另一个房间。饭菜的味道闻起来更加熟悉了、咖喱、生姜、柠檬草、红辣椒。他经过了许多人，但是并没有人注意到他。丁温并不能够通过心跳声来判断出，他所处的街道是中国居民区还是印度居民区,他身边的人是英国人还是缅甸人。每个人的心跳都不一样，可以显示出年龄、高兴、悲伤、恐惧，或者是勇气，但是仅此而已。

司机按照约定，傍晚在小金塔等候着他。他坐在车上，经过了几个湖，他看到水面倒映出了粉色的晚霞。

吴索正在家里等待着他。自从做完手术之后，叔侄两人每天都一起吃饭。第一天的时候，丁温感到十分局促不安，他完全没有动米饭和咖喱。他推托说天气太热，之后便离开了。吴索并没有注意到丁温的食欲不振。他只想知道，侄子在获得了他送出的礼物的第一天都做了些什么，看到了什么，去了哪里。

这些问题让丁温感到非常不舒服。他并不想与吴索分享自己的经历。他只想留给米米。但是，他也不想让叔叔觉得自己没有礼貌或是毫无感激之心。他尽量简要地描述了个大概。第五天晚上，丁温发现，当他在重复着前一晚故事的时候,叔叔完全没有回应。吴索并没有在听，或许他根本就不感兴趣,或许两者皆有。这可就简单多了。同样的问题，同样的回答。于是，接连几个晚上，叔侄两人的对话刚好持续了二十分钟之后，吴索便会在中途打断。接着，他吃完最后一口，站起身来，解释说自己还有许多工作要做。他跟丁温说完“晚安，明天过得愉快”之后，便走开了。

然而，今天却大不一样。吴索站在走廊上，招待着一位客人。他们不停地相互鞠躬，说着丁温听不懂的语言。叔叔看到他回来的时候，招招手让他先走进办公室去。丁温坐在皮制扶手椅的边缘上等待着。房间里光线很暗。书籍挨着墙壁一直堆到了天花板。真皮装饰的书桌上，风扇正在吹着热风。过了几分钟之后，吴索走了进来。他坐在书桌的后面，看着丁温。

“你在格劳的寺院上过学，是吗？”

“是的。”

“你知道怎么数数？”

“知道。”

“还有阅读呢？”

“知道。不过是盲文。我曾经……”

“还有写字呢？”

“在失明之前，我就已经会写字了。”

“很快你就又能够掌握了。我要让你在仰光上学。”

丁温一直期待着的，是回格劳的火车票。即便不是明天的，至少也应该是未来几天的。正是这种期待给予了他力量，熬过了这些日子，去探寻整个城市。现在，他必须要去上学了。在仰光。留在这里。吴索并不是提出建议，他只是宣布应该做的事情。丁温十分尊重这位家中的长辈，于是他只能表示出谦卑与感激。在这个家里，只有吴索一个人有权力提问。

“我不值得你如此的慷慨大方，叔叔。”

“没什么的，真的。我认识圣保罗高中的校长。明天早上，你要做的第一件事情就是去见他。司机会把你送过去的。实际上，你的年龄太大了，不过他还是同意让你试一试。我相信，他一定会帮助你的。”

吴索站起身来：“现在，我还要招呼我的客人。明天晚上，你再来向我汇报有关圣保罗的事宜。”

吴索走进了客厅，日本领事正坐在那里等待着他。他稍微想了想，丁温的感激是不是真的。但这有什么关系呢？总而言之，占星师的预言让他已经别无选择了。即便是给仰光的医院捐一大笔钱也无济于事。必须是亲戚，而且必须是长期的承诺。他必须要好好地保护这个男孩。此外，占星师的提醒警告和他自己的慷慨大方不是已经初见成果了吗？手术的两天之后，他不就和政府签署了自己觊觎已久的售米协议吗？没过多久，仰光的所有英国部队不是就都吃上他的大米了吗？在丁温来到仰光之后，甚至连有关伊洛瓦底江岸边棉花地的收购谈判，也进行得出奇的顺利。

吴索在想，或许我真的把幸运符带进了家中。丁温至少还得在仰光再待两年。或许吴索日益扩张的生意仍然还会需要他。难道丁温就不会成为有力的助手吗？这绝不是要强迫他留在家中。在餐桌上，丁温还总是会讲起那些新奇异常而激动人心的事情。

第五章

米米，你听到今天早上的鸟鸣了吗？它们的声音是变大了，还是变小了呢？它们歌唱的方式改变了没有？它们有没有把我的信息传递给你呢？昨天晚上，我走在花园之中，我悄悄地告诉它们，它们答应要一整夜地在灌木丛和大树中传递我的话语，穿过三角洲，流过锡当河，越过山峰，一直传到格劳。它们说会栖息在你家门口的树上，把我的话告诉你。

米米，你怎么样了？我只是非常强烈地希望你一切都好，其他都并不重要。我经常会想象着你的日常生活。我看到你坐在集市上，你的某位哥哥背着你穿过格劳，还有你在家里准备晚餐。我听到了你的笑声，也听到了你的心跳，这是我听过最美妙的声音。我看到你很痛苦，却并不气馁。我看到你很悲伤，但是仍然充满了愉悦与快乐。我希望我不是在骗自己。我的内心告诉自己，你的感受和我也是一样的。

我必须停笔了，你可不要生气啊。拉都正在等着我呢。每天早上，他都会把我的信送到邮局去，我多么希望你每天都能够收到我的信。请代我向素季，你的父母，你的哥哥们问好。我也会经常想起他们。

拥抱你，亲吻你。

世界上最爱你的人，

丁温

亲爱的米米：

每当夜晚我抬头仰望仰光星空的时候，我便会看到成千上万的星星。一想到每天夜晚我们还能共同分享着些什么，我就倍感慰藉。我们看到的是同一片星空。我想象着我们所有的吻都变成了一颗颗的明星。此时，它们正在高空中俯视着我们。它们点亮了我的道路，带着我在黑夜之中穿行。而你便是所有星球中最明亮的那一颗，我的太阳……

吴索没有再继续看下去。他摇了摇头，把信放到一边，从面前的一堆崭新的信封里又抽出了几封。

亲爱的米米：

为什么你不在我身边的时候，时光就停滞不前了呢？日子永无止境，甚至连夜晚都与我作对。我久久无法入睡。我睁着眼睛躺在床上，数着时间的流逝。我感到自己的听觉在逐渐地退化。现在，我又可以用眼睛看了，我的耳朵已经失去了优势。

用视觉换听觉？多么可怕的想法啊。这将会是一场非常痛苦的交易。相比眼睛，我更相信的是耳朵。甚至到现在，我的眼睛仍然还是让我感觉非常陌生。或许是我对它们太失望了。我从来没有像你一样，用自己的眼睛如此清晰生动、美妙透彻地看过这个世界。对我的眼睛而言，半个月亮就只是半个月亮，而不是被你吃掉了一半的甜瓜。对我的眼睛而言，石头就只是石头，而不是被施了魔法的鱼。在天空中，也没有水牛、心形和花朵。只有云彩。

但是，我并不想抱怨。吴索对我真的很好。我集中精力努力学习，我相信，这个学年末我就能够再次和你团聚了。

别忘了代我向素季问好，她是个好人。亲吻你，拥抱你。

你永远的，

丁温

亲爱的米米：

自从吴索把我送进那所学校，已经过了六个月了。昨天，他们又第三次让我跳级了。他们说，现在我已经进入了适合自己年龄的班级。没有人理解，为什么一个只是在格劳的寺院里上过学的盲童，竟然掌握了这么多的知识。他们根本不知道吴眉……

亲爱的米米：

最近几个星期以来，如果我的信听起来有些忧郁悲伤，请原谅我。我并不想把自己的渴望强加于你的身上。请不要为我担心。有些时候，我只是不知道，在最终能够见到你之前，我究竟还能坚持多久。但是，每当我想念你的时候，我感觉到的不是渴望，也不是恐惧，而是无穷无尽的感激。你为我打开了世界，你也成为我的一部分。通过你的眼睛，我也看到了世界。你帮助我战胜了恐惧。在你的帮助下，我学会了怎么样去勇敢地面对它。我不会再被妖魔鬼怪击败。每当你抚摸我的时候，每当我有幸把你背在背上的时候，每当我的皮肤触碰到你胸部的时候，每当我的脖颈感受到你呼吸的时候，妖魔鬼怪便消失了。它们被驯服了。现在，我终于敢直视它们了。你让我得到了自由。我是你的。

爱并感激你的，

丁温

吴索又再次将这些信件折了起来。他已经看够了。爱情什么时候才会结束？疯狂究竟是什么时候开始的？他一边把信纸装回信封里，一边问着自己。

为什么丁温不断地写到对这个女人的感激与钦佩？即便是想了很长时间，吴索也想不出任何一个让他特别佩服的人。诚然，他很尊敬几位大米富商，尤其是比他还要成功的商人。他也很尊敬一些英国人，尽管最近以来，这种感觉也有所减弱。还有感激呢？他想不出任何一个让他感激的人。每一次，要是他妻子能够管住自己的嘴巴，保持沉默，让他安安静静地把饭吃完，他就已经非常感激了。

他看着面前桌上的一堆信件。在过去的一年里，他的侄子每天都在给格劳的这个米米写信。整整一年。没有一天例外。尽管他从来没有得到过任何的回音。当然，每天下午，吴索都会拣出米米写来的信件。尽管他们俩都从来没有收到过对方的信件，但是却还一直在给对方写信。对于这种愚蠢的行为，吴索不禁放声大笑。他努力想控制住自己，却不小心被呛到了，不停地咳嗽，剧烈地呼吸着。平静下来之后，他把所有信件都放回了最上层的抽屉之中。接着，他又打开了最下层的抽屉，他把米米所有的来信都放在了这里，但是迄今为止却从来都没有看过。他随意地挑出了几封。

……希望你能找到别人，把我的信念给你听。昨天，母亲来到走廊上，坐到了我的身旁。她拉着我的手，看着我，问我感觉好不好。她看上去似乎在告诉我，她就快要去世了。谢谢，妈妈，我很好，我回答说。没有了丁温，你一个人怎么能行呢，她想知道。他已经离开一个多月了。我努力地向她解释，我们并没有分开，从我早晨苏醒的那一刻直到我晚上睡着的那一刻，你都一直和我在一起。每当微风爱抚着我的时候，我能感受到那是你。我在一片寂静中还能够听到你的声音。每当我闭上眼睛的时候，我就能够看到你。每当我周围没有其他人的时候，是你让我开怀大笑和放声高歌。我看到母亲的眼神里流露出了同情，于是，我也就没再说话了。这便是误解，话语和解释几乎都没有用。

我们全家人都在悉心地照顾着我，让我感觉非常温暖。哥哥们总是在问我想去哪里，他们便会背着我走遍格劳。在他们的背上，我想起了你，开始悄悄低声吟唱。他们觉得我的快乐有些莫名其妙，有时候甚至让人心烦。我要怎么样才能够向他们解释清楚，你对我的重要性和你给予我的一切，并不取决于你身处何处。一个人并不是一定要有双手的接触，才能够触碰到对方。

昨天，我们去看望了素季。她很好。如果你能够来信，她一定会很高兴的。我告诉她，如果时机成熟了，我们就会收到你的来信，也会再次与你见面。但是你知道的，她有些担心……

我亲爱的丁温，高大强壮的小丁温：

几个星期之前，我开始卷制方头雪茄了。母亲觉得，我应该学习一项技能，这样一来，以后我也能够自己赚钱，照顾好自己。我感觉到，她已经不指望你回来了，尽管她并没有说出口。现在，她和父亲的身体都越来越差了。他俩的腿和背都有病痛，父亲的气息也变得越来越短促了。他也几乎不怎么再去田地里劳作了。他的听觉也在日渐衰弱。看着他们慢慢变老，我觉得十分感动。他俩都超过五十岁了，格劳很少有人能够活到这个岁数。我的父母都是非常幸运的，他们甚至还能够一起慢慢地变老。这是多好的礼物啊！如果我只能够许一个愿望，那就是：我希望我们俩也能够同样的幸运。我想和你一起慢慢地变老。我在一边卷着雪茄，一边憧憬着。憧憬着你，还有我们未来的生活。

这项工作比我预计得可要简单多了。一位先生每个星期会从镇上来几次，带来一堆干燥的塞贝斯滕树叶，旧报纸，玉米皮（我用它们来做过滤嘴），还有一袋烟草。每天下午，我都会坐在走廊上，一坐就是好几个小时。我会先把一点点烟草包在树叶里，轻轻地压一压，在我的掌心来回地揉搓，直到它变得紧实而又不是特别的坚硬。接着，我又安上过滤嘴，卷起树叶，把末端切断。这位先生说，他从来没有见过一个女性能够这么迅速地完成整个卷制雪茄的过程，而且看起来毫不费力。他的顾客们都非常热情，说我卷制的方头雪茄有一种特别的香味，与其他女性的大为不同。如果我的方头雪茄一直都能够保持这么好的销量，我们就没有必要为未来而担忧了。

开始下雨了。现在，突如其来的暴雨总是会让我起鸡皮疙瘩……

我亲爱的小老虎：

几个星期之前，我发现这只蝴蝶死在走廊上了。我不小心压到了它。这是你最喜欢的一种振翅声。你曾经说过，这种声响会让你想起了我的心跳声。没有任何声音听上去比那更加美妙……

吴索丢下了信件。他站起身来，走到窗户边。屋外正在下雨。水槽上，雨水汇聚成了又大又圆的水滴，但很快又破裂开来了。

丁温和米米都疯掉了。话语中完全没有一丝痛苦，即便在过去的一年里，他们丝毫没有对方的音讯。他们仍然毫无怨言。你怎么不写信给我？你的回信到底在哪里？我每天都在给你写信，而你呢？你是不是不再爱我了？是不是已经爱上其他人了？

他很庆幸，爱情并不是传染病。否则，他就必须解雇所有的用人，彻底地清洁整栋别墅和整座花园。或许他自己早就已经被感染了，可能他已经爱上了家里的某一个女用人。不,这样的想法他完全不能接受，也不愿意再继续想下去。

吴索在想，这些信件会不会改变自己原本给丁温定好的计划。他坚信，迷恋与爱情最终都会结束的。没有任何情感能够经受得住时间的腐蚀。丁温和米米之间相距遥远，随着时间的流逝，这份爱情最后也只会四分五裂。

在所有其他的方面，丁温都表现得格外能干。他似乎已经扭转了之前占星师所预言的灾难。吴索的生意运营得比以前更加顺利了，甚至在整个经济形势不景气的情况下也同样如此。最重要的是，圣保罗高中的老师们都认为丁温非常有才能。值得一提的是，这所高中无疑是缅甸声誉最高的。大家都预计，丁温将会有非常灿烂光明的前程。校长在想，丁温毕业的那一年，任何一所英国的大学都会愿意接纳他，而且他肯定还能够获得奖学金。国家的未来就需要这样的本土人才。

吴索感到十分高兴，但是，欧洲的战争也让他感到担忧。这场战争还将继续升级扩大。现在，日本又在亚洲不断地进行扩张，他们迟早都会攻打到英国殖民政府的，说不定是几个月之后，甚至也可能就在几个星期之后。在欧洲,英国正在与德国相抗衡,但还能够坚持多长时间呢?对他而言，这只不过是时间早晚的问题，德国的国旗最终肯定会飘扬在大本钟上的。伦敦作为世界之都的时代必然就要完结了。

吴索还有另外的计划。

第六章

丁温曾经想象着，一艘客轮的离开应该是充满喜庆的。穿着白色制服的船员站在船上，音乐响起，彩旗和横幅迎风飘扬，或许还有船长的致辞。然而，眼前的事实是，水手们穿着满是油污的制服从他的身旁走过。没有乐队，没有横幅，也没有五彩纸屑。他倚在栏杆上，俯视着整个码头。在仓库投下的影子里，停着一辆马车和几辆黄包车，车夫们都正躺在车上睡觉。客轮的舷梯早已被收了起来。在客轮的边上，几名来自港务局穿着制服的男子还在一动不动地等待着。一些乘客的亲人像小鸟一样伸长了脖子，盯着黑色的船体不停地挥手。丁温没有看到任何一个他认识的人。吴索命令拉都待在家里。司机把丁温送到了港口。两名搬运工人拎起他的皮箱，搬到了船上。很早以前，他们就都离开了。

前一天晚上，他和吴索一起吃了晚饭，接着，吴索把所有的旅行材料递给了他。包括去美利坚合众国的护照和签证，一张去利物浦的船票，另一张是穿越大西洋的、一封给他商业伙伴的信件，这是一名在纽约的印度大米进口商，前几个月会帮忙照顾丁温的。还有一个装满现金的信封。吴索再次提到了自己对丁温的期许：每年至少要写六封详细的信来向他汇报；必须要获得大学文凭；成绩必须优异。他也再次提到了丁温学成归国之后的前程。他会让他担任经理，然后再成为合伙人。他将会成为整个城市里最具影响力的人。到时候，他会别无所求了。

吴索祝愿丁温一切顺利，不只是旅途，还有学业。接着，他就转身走进了书房。他们之间没有任何的身体接触。然而，自此以后，他们就再也没有见过面了。

看着吴索离去，丁温在想，一棵小树被移植以后，要过多长时间才能够重新稳固根基？几个月？一年？两年？三年？迄今为止，他已经在仰光住了两年，但是却一直感觉自己并不属于这里。他依然是这个城市里的陌生人。一阵风就可以轻而易举地把他这棵小树连根拔起，吹往其他地方。

在学校里，老师们因他所取得的成绩而尊敬他。同学们也很欣赏他的乐于助人。但是，他连一个朋友也没有。在仰光，完全没有任何一个人与丁温关系密切。

他放眼望去，看着整个港口和整座城市。远处，大金塔金色的塔顶在夕阳中熠熠生辉。深蓝色的天空中万里无云。在他离开的前几个星期里，许多个夜晚，丁温都在这座城市里四处徘徊。沿途中，他听到了一些流言，它们就仿佛稻田里成群而至的蝗虫一般，席卷了整个城市。每一家卖汤的小摊上，每一个低沉的声音都会讲出新的流言，似乎人们只需要靠流言为生，其余的事情都不再重要了。有人说道，在孟加拉湾，本世纪最可怕的台风正在酝酿着。一头老虎游过港域，吃掉了一家五口人，还有他们家养的一头小猪。而更可怕的是——似乎这件事件本身还不够悲惨——它明显地标志着地震即将来临，这是任何一个懂些占卜知识的人都知道的。还有流言说，德国的军舰已经封锁了英国的港湾，更糟糕的是，日本正在准备攻打缅甸了。无论是在欧洲还是在亚洲，星象都对英国十分不利。如果日本军队侵略的日子是在周三或者周日，缅甸很有可能就会被打败。

丁温记住了这些流言飞语，从某种意义上来说，它们确实得到了扩散，而丁温也参与到了其中。丁温这样做，并不是因为他对此深信不疑，而仅仅是出于公民的责任。对他而言，这些胡扯闲谈根本没有任何意义。的确，他的行程将要经过孟加拉湾，而且还要进入英国的港口，但是，他并不害怕。无论是地震还是日本人，无论是台风还是德国的U型潜水艇，他都不惧怕。

他的恐惧早已逐渐地消失了。丁温自己也不知道，恐惧究竟是何时以及如何开始消失的。这是一个非常漫长的过程，就像芒果并不会一夜之间就成熟一样。他第一次注意到这个变化，是在某个炎热得不堪忍受的夏日。他坐在皇家大湖的公园之中，满身大汗。一对白鸽就栖息在他的面前，它们的头靠在一起，精疲力竭，再也亲热不起来，也叫不出来了。他盯着湖面，脑子里憧憬着米米。第一次，对她的思念并没有引发他心底的那种渴望，它消耗巨大，伤精费神，甚至还会削弱他所有的活力。没有恐惧，甚至也没有悲伤。他比以前更加地爱米米了，但是，他的爱并没有将他整个人吞噬。他再也不会受到任何的束缚了。无论是他的床，还是那个松树桩。

倾盆大雨突如其来，他闭上了眼睛。雨下的时间并不长，但是却很大。当他又再次睁开眼睛的时候，暮色已经降临了。他挺直身板，走了几步路，全身心都感觉到了巨大的变化。他已经卸下了负担，他已经自由了。他对生活不会再有更多的期望了，这并不是因为他内心充满了失望和怨恨。他不再期望，只是因为他已经经历过了所有重要的事情。他已经拥有了一个人能够找到的全部幸福和快乐。他爱过，也曾被爱过，并且都是无条件的爱意。他的嘴唇微微地动着，大声而又柔和地在自言自语。

只要他还能够继续呼吸，他就会一直爱着她，也会一直被她爱着。

即便她住的地方需要坐两天的火车才能够到达，即便她没有给他回信，即便他已经放弃了在未来几年能够见到她的所有希望。在每一天的生活之中，他仍然还是会感觉，自己早晨是在米米的身边苏醒过来，而晚上也是在她的身边沉沉睡去。

“解缆开船。”桥上一名年轻军官的声音将丁温从沉思中拉回到了现实。

“解缆开船。”码头上的两名男子跟着重复道。缆绳坠入水中，溅起了一阵水花。黑色的浓烟在烟囱上方翻滚着。轮船有些摇晃。汽笛声响亮而又低沉。丁温转过身来。身旁的一位老人凝视着仰光，轻轻地行了个摘帽礼，他的眼神中有种难以名状的忧郁，似乎他正在告别的不只是这个人口众多的城市。老人的身旁，有两位年轻的英国女性，她们一边挥舞着白手绢，一边轻声地呜咽着。

第七章

此时，我才意识到，当吴巴在讲故事的时候，疲惫已经清清楚楚地写在了他的脸上。他嘴角和额头的皱纹变得更深了。他的脸颊看起来也深深地凹陷了下去。吴巴坐着一动也不动，直直地盯着我。

我在等待着。

沉默了几分钟，他也没有说话，只是把手伸进口袋里，掏出了一个陈旧的信封。这个信封皱巴巴的，残破无比，显然已经被人打开过许多次，又折了起来。信封上的邮戳是仰光，收信人是米米。地址已经有些模糊了，但是蓝墨水，大号字体，怪异夸张的笔迹依然还清晰可见。信封的背面写着寄件人的地址：

仰光，哈平路7号。

这根本不可能是我父亲的字迹。我打开了信封。

仰光

1941年12月14日

亲爱的米米：

我的侄子丁温让我告诉你，几天之前他已经离开缅甸了。当我正在写信的时候，他应该已经在去往美国的途中了。等到达纽约之后，他会到法学院进行深造。

在出发的前几个星期里，他一直忙着准备旅行的各项事宜，因此，他无法亲自和你联系，或是给你写几句话。我相信你也是能够理解的。他还让我代他向你表示感谢，在过去的两年之中，你曾经给他写过了无数封信件。遗憾的是，他在仰光的学业和个人事务都比较繁忙，没有时间给你回信。

未来几年，他在完成学业之前并不打算再回缅甸了。因此，他希望从今以后你就不要再来信了。

他祝你万事如意。

吴索谨上

我把这封信又读了第二遍，第三遍。吴巴满怀期待地看着我。他似乎充满警觉，又慢慢地放松了下来，似乎回忆只是迅速地在他的脸庞上投下了一道阴影，接着便消失了。

我不知道应该说些什么。这封信一定深深地伤害了米米。她一定会觉得自己遭到了背叛和遗弃。两年多以来，她从来都没有收到过我父亲的回信。她写了成百上千的信件，而她唯一得到的回答仅只是这几行字。她就在格劳，卷制着方头雪茄，想念着我的父亲，憧憬着他们以后在一起的生活，尽管她并不清楚他们是否还能够再见面。而且，她还必须依靠着哥哥们，但是他们却无法真正了解她的内心。她的孤独寂寞让我感到难过。这也是第一次，我开始为她感到担心。

在我的旅程之初，她只是个名字，找寻我父亲的第一站，仅此而已。随着时间的流逝，她渐渐地有了脸庞和躯体。她就是那个把父亲从我身边抢走了的跛子。而现在呢？她被愚弄和欺骗了。吴索的信让我怒不可遏。

“她是怎么回信的呢？”我问道。

吴巴又从口袋里掏出另外一封信，比第一封皱得更加厉害。邮戳：

格劳，1941年12月26日

收件人：仰光，哈平路7号，吴索（收）

寄件人：米米

尊敬的吴索：

你不怕麻烦，花时间给我写信，我应该怎么样感谢你呢？我为你的付出而感到谦卑。你真的不用为我做这么多事情的。

收到你的来信，让我十分欣喜，难以表达。丁温已经在去美国的途中了。他一切都很好，对我来说，这就已经是最好的消息了。尽管他事务繁忙，还要准备繁琐的旅行事宜，但是，他还是抽出了时间叫你写信给我。我只想让你知道，我是多么的高兴。我想再次表达对你的感谢，谢谢你帮助他完成了心愿。

当然，我也会同样地尊重他的请求。

米米敬上

吴巴把信折好，又放回了信封之中。我们相互微笑着。我真是低估了她。我以为她只是一个无助的受害者，无力去对抗吴索的阴谋。她比我想象的要更加聪明，更加坚强。但是，我仍然感觉对不起她。她一定很孤独吧。没有丁温的日子里，她是怎么样熬过来的呢？与我父亲长时期的分离中，她又是怎么样坚持下来的？

“一开始并不容易，”我还没有问，吴巴就已经开始说道，“第二年，她的父母都相继去世了。先是她的父亲，两个月之后，她的母亲也走了。她最小的哥哥加入了丛林游击队，参加了独立战争。自此以后，她就再也没有见过他了。据说，他是被日本人折磨致死的。她最大的哥哥一家在一九四五年英国的一次空袭中全部丧生。那个时候的形势确实是相当严峻的。但是，随着时间一年一年地流逝，米米还是变得越来越漂亮了。朱莉娅，这也让我感到很惊讶，不知道应该如何表达。当然，她也哀悼了过世的亲人，她也非常思念丁温，但是，她并没有心碎。尽管痛苦在她的心里留下了永恒的印记，但是米米却从来都没有悲伤过。她的容颜从来没有衰老，甚至在她年老的时候也完全没有变化。朱莉娅，这听起来似乎很难让人理解，但是，生理上的变化似乎确实与她毫无关联。

“我常常会想，她如此美丽动人，容光焕发的原因究竟是什么呢？一个人是美丽还是丑陋，并不取决于他鼻子的大小，皮肤的颜色，嘴唇和眼睛的形状，等等，那到底应该是什么呢？作为一名女性，你能告诉我吗？”

我摇了摇头。

“我来告诉你吧，是爱情。爱情让我们变得美丽。你能说出有谁爱着别人，同时也被别人无条件地爱着，却还是丑陋的？没必要过多地考虑这个问题。不存在这样的人。”他把茶水倒出来，喝了一小口。

“那段时间，在格劳的所有地方，没有一个男子不希望娶她为妻。我一点儿也没有夸大其实。战争结束之后，示爱者从掸邦的各个角落蜂拥而至，甚至有些恐怕还是从仰光和曼德勒赶过来的。关于她美貌的传言已经散播得非常远了。他们带来了各式各样的礼物，金银珠宝，奇珍异石，奢华衣物，后来，米米将它们都分发给了村民们。她拒绝了所有人的示爱，甚至是在丁温已经离开了十年，二十年，三十年以后。

“还有男人已经做好准备，希望下辈子能够投胎成为她家的动物，小猪、小鸡、小狗都可以。

“米米和亲戚们一起住在她父母的房子里，亲戚们照顾着她的生活。她养了许多家禽和牲畜：几只小鸡，两头小猪，一头骨瘦如柴的老水牛，还有一只小狗。她悉心地照料着它们。每天下午，她都会坐在走廊上卷制方头雪茄，闭上双眼，轻轻地来回卷动。她的嘴唇一直在动，似乎在讲述着故事。无论是谁能够有幸看到此情此景，都不会忘记她举止投足间的优雅魅力。

“她卷制的方头雪茄确实有一种特别的香味。它们更加香甜，在嘴里还会留下香草的味道。在缅甸独立之后的几年里，还有传闻说道，她的方头雪茄不仅味道特别，还拥有着超自然的神奇魔力。这应该不会让你感觉吃惊吧，朱莉娅。你已经看到了，我们缅甸人是多么的迷信啊。

“一天晚上，一个鳏夫吸了一根她的方头雪茄。当天晚上，他便看到了自己早已过世的妻子。很长时间以来，他都希望能够和邻居的女儿结婚，妻子便为他送上了祝福。在此之前，被追求的女孩总是小心翼翼地拒绝了他的所有表白。然而，第二天，当他再次像往常一样，坐在她家走廊边上为她唱情歌的时候，她从屋子里走了出来，坐到了他的身旁，整整陪了他一天一夜。这个男人欣喜若狂，第二天晚上又吸了一根米米的方头雪茄，在缭绕的烟雾之中，他又看到了妻子面带微笑，充满鼓励地看着他。次日的早上，年轻女孩又再次坐到了他的身旁。一个星期之后，她就答应了他的求婚。这名男子把他所有的好运都归功于米米的方头雪茄。自此以后，格劳所有的单身汉在向心上人表白之前，都至少会吸一根米米的方头雪茄。于是，她的方头雪茄迅速成为治愈所有伤痛的良药，尤其是脱发、便秘、腹泻、头痛、胃痛，实际上就包括了所有大大小小的疾病。

“许多年过去了，米米成为了格劳的女智者，她的声望甚至比市长，所有占星师与巫医加起来还要高。有些人不喜欢占星术，他们需要调解夫妻、兄弟、邻里纠纷的时候，便会来询问米米的意见。”

吴巴站起身，小心翼翼地把两个信封折起来，塞进了笼基的腰带中。信是怎么到他手里的呢？他怎么知道米米和丁温之前那些信件的内容？肯定不是我父亲告诉他的，毕竟，父亲也完全不知道米米曾经给他写过信。吴巴所描述的许多细节都不可能是我父亲告诉他的。

“你介意我问你一个问题吗？”我问道。

他等待着。

“是谁把米米和丁温之间的故事如此详尽地告诉你的？”

“你的父亲。”

“应该不只是他一个人吧。你还描述了许多我父亲不可能知道的印象与感受。”

“一旦你听完整个故事，你就不会再有疑问了。”

“你是从哪里得到这两封信的？”我坚持问道。

“素季那里。吴索五十岁出头的时候曾经来过格劳。战争结束以后，他的好运就不在了。或许我应该说，他的运气已经用完了，这两种说法还是有些差别的。在战争时期，他与日本人合作，很明显，无论是英国殖民者还是缅甸抗战组织都不可能会喜欢他的。英国人再次占领缅甸之后，他的几家米厂就被大火烧得一干二净。失火原因一直不明。战争结束以后的几年里，缅甸又爆发了多起刺杀事件，派系冲突无穷无尽。那个时候，吴索已经失去了大部分的财产，他也深深地意识到自己注定要失败了。据说他想为自己买个一官半职。不到几天的时间，他便两次来到了格劳。我们都在猜想，此时首都的形势一定对他极其不利。他两次来格劳都带着许多行李，大部分都是他放在家里的文件和资料。但是，第三次来的时候，他却没有能够活下来。素季在他的遗物中发现了这两封信。”

“他是怎么死的？是被人谋杀的吗？”

“有些认识他的人说确实是谋杀。他在打高尔夫球的时候被闪电击中了。”

“你认识他吗？”

“我只是在仰光见过他一次。”

“你还去过仰光？”

“我在那里上过一段时间的学。我的成绩也十分优异。我们家里的一位朋友非常慷慨，为我支付了圣保罗高中几年的学费。我还获得了英国一所大学的奖学金，专业是物理学。我对学习自然科学还是有些天赋的。”

“你在英国读过书？”

“没有。我回到格劳来了。”

“为什么？”

“我的母亲生病了。”

“严重吗？”

“年纪大了。她并没有任何疼痛，但是，她的生活日益变得困难起来。”

“你有兄弟姐妹吗？”

“没有。”

“难道就没有其他的亲戚了吗？”

“有的。”

我困惑地摇了摇头：“那他们为什么不照顾你的母亲呢？”

“这是我的责任。我是她的儿子。”

“但是吴巴！你的母亲并没有病得很严重。你可以在完成学业之后，再把她接到英国去。”

“我母亲时时刻刻都需要我。”

“她身有残疾吗？”

“没有，为什么这么说？”

我们互相都在绕着圈子说话。他的每一个回答都让我更加生气。同时，我也明白了，用我自己的逻辑是没办法和他说清楚的。

“你照顾了她多长时间？”

“三十年。”

“什么？”

“三十年，”他又说了一遍，“以缅甸人的标准来看，她算得上是高龄了。”

我算了一下。“二十岁到五十岁之间，你只是照顾你的母亲，其他什么也没有做？”

“这已经让我十分繁忙了。”

“我并不是说你在混日子打发时间。我，我……如果你去英国上大学，说不定你还能够获得世界上所有的机会。”

这个时候，反而变成他无法理解我了。

“你可以成为物理学家，做研究。要是运气好的话，你还可以在美国找到工作。”为什么我会莫名其妙地激动了起来呢？

“我对自己的生活相当满意，朱莉娅。尽管我深爱的妻子英年早逝，很早之前就离我而去了。但是，不管我在哪里，这种事情都同样有可能发生的。”

我们之间根本无法达成一致。他真的理解我的意思吗？我的每个问题都在把我们之间的距离拉得更远。他如此镇定自若，但是我却怒火高涨。似乎我才是那个虚度了生命的人。

“你回到格劳，有没有后悔过？”

“让我后悔的，只有自己经过深思熟虑之后所做出的决定。你会因为自己用左手写字这件事情而后悔吗？我所做的一切都是理所应当的。任何一个像我这样的缅甸人都会这样做的。”

“你的母亲去世以后，为什么你不回到仰光去呢？说不定你还会有机会移民到英国去。”

“为什么？一个人必须要见多识广吗？在这个小村子里，每家每户，你都能够发现人类所有的情感：喜爱与憎恨，恐惧与嫉妒，羡慕与欢乐。你不需要再去其他地方找寻它们了。”

我看着他，被眼前的景象深深地打动了：一个矮小的男人，衣衫褴褛，牙齿稀疏，要是运气稍好一些的话就可以成为教授，住在曼哈顿的豪华公寓或是伦敦郊区的别墅之中。我们俩之间究竟是谁输了？是固执己见的我，还是谦虚谨慎的他？我并不清楚自己对他的感觉到底是什么样的。不是同情，而是一种难以描述的情感。我想保护他，尽管我深知他根本不需要。同时，在他的身边，我感觉很安全，甚至是舒坦。似乎他正在为我遮风挡雨。我相信他。在此之前，我一直都认为，我们必须先了解一个人，才可能会爱上他，或者拉近与他之间的距离。

第八章

父亲和我站在纽约的布鲁克林大桥上。我大概八九岁的样子。秋风送爽，早已暗示着严严寒冬即将要来临了。我的衣服很薄，让我感觉很冷。于是，父亲便把他的夹克披在了我的肩上。他的夹克袖子非常长，把我整个人都罩住了，也让我感觉非常温暖。透过脚下木板上的缝隙，我看到了阳光在身下东河的河面上闪烁舞动着。这个时候，如果大桥突然坍塌了，父亲会救我吗？我目测了一下我们所站的位置到河岸的距离。父亲非常擅长游泳，对此我坚信不疑。我已经记不清我们多少次就这样站在这里了，通常也不怎么说话。

父亲非常喜欢纽约这些只有外地游客才会感兴趣的地方，绕着曼哈顿循环的环线渡轮：帝国大厦、自由女神像、各种各样的大桥。似乎他只是纽约的一名过客而已。他最喜欢的便是斯塔顿岛渡轮。有时候结束了一整天的工作，他就会信步走到码头边来，乘坐这趟渡轮来回往返。我记得有一次，我们站在轮船的栏杆边上，脚下便是车水马龙的景象，他说他也不清楚这个城市的港口和天际线究竟发生了多大的变化。当他闭上眼睛的时候，他还能够清楚地看到一九四二年一月份那个严冬早晨的情景，风寒刺骨，除了他以外，几乎没有其他人还敢站到甲板上来。

那个时候，我不知道他为什么总是要带着我去这些地方，大部分的纽约人都对它们避之不及，除非迫于无奈要招待不熟悉纽约的游客。后来我觉得很无聊。等到我十多岁的时候，我感到十分尴尬难堪，于是，我再也不愿意和他一起去了。现在，我终于明白了，置身在游客当中，他才能够找寻到自己与这座城市之间的距离，这便是他所需要的，因为他从来就没有真正地属于过这里。我猜想，当他内心充满渴望的时候，这些地方便成为他的归宿。在这些地方，他是不是觉得离米米最近？他是不是看到自己乘坐轮船或飞机离开了纽约？他是不是也曾经这样憧憬过？

刚才，吴巴和我沿着牛车小道一直走到了山顶。此时，傍晚已经来临了。一座座小屋前开始生起了火焰。整个院子里，烟雾被风吹得四处飘散。现在，我已经慢慢地习惯了傍晚柴火燃烧的气味。

我并不知道我们将要去哪里。吴巴说，只有在一个地方，才能结束他的故事。他站起身，将热水瓶和杯子装进包里，把长凳还了回去，向我招了招手，示意我跟着他走。他看了看手表，放慢了步伐，仿佛我们要去赴约，但是时间尚早。

我有些紧张了。

“我还可以告诉你的已经不多了，”吴巴停下了脚步，说道，“关于他在美国的情况，你应该比我更加了解。”

又来了，在过去的两天之中，这个问题一直在压抑着我：我究竟了解什么呢？

我拥有回忆，这许许多多美好的回忆都让我心存感激，但是，说起我对父亲的了解，这些回忆对我又有什么帮助呢？这仅仅只是一个孩子眼中的世界，根本无法回答我脑海里一遍又一遍浮现出来的问题。为什么战争结束以后，父亲没有回到格劳来呢？

他为什么要和母亲结婚？他爱她吗？他是对母亲不忠，还是对米米不忠呢？

“吴巴，为什么我的父亲在念完法学院之后还要留在纽约呢？”我被自己的语气吓了一大跳。这完全就是母亲在竭力压抑着自己怒火时的语气。

“你猜呢，朱莉娅？”

我不想做任何的猜测。我想要的是答案。是真相：“我不知道。”

“你父亲有其他的选择吗？如果他回到缅甸，他就必须得顺从他叔叔的意愿，因为他曾经受到过叔叔的恩惠。吴索充当了父亲的角色，一个儿子是不能违抗父亲的意志的。在仰光等待着他的并不是米米，而是一切都已经安排妥当的生活。年轻的新娘、大公司。只有纽约，才可以让他逃避这一切。”他看着我，似乎他能够从我的眼睛里知道他是否已经说服我了，“这已经是五十年前的事情了。我们是个保守的国家，现在也同样如此。”

我也想到了吴巴的决定，放弃大学而选择照顾自己的母亲。或许用我自己的标准来判断吴巴和父亲是不对的。难道我有权力做出裁决吗？我来到这里，是为了寻找和了解我的父亲，还是为了审讯他呢？

“在吴索去世以后，他还是可以回来的。”这是建议，也是一个含蓄的问题，不再是谴责与控诉了。

“吴索死于一九五八年的五月。”

那刚好是哥哥出生的三个月之前。

“他为什么要和我的母亲结婚？他为什么不等到吴索去世以后再回来找米米？”

“恐怕我无法回答你的这个问题。”

这是我第一次在吴巴的声音中察觉到了他的恼怒。与其说他是生气，不如说是困惑。我想起了离开纽约之前母亲写给我的信。父亲拒绝和她结婚，僵持了很长时间。在结婚之前，他就已经提醒过她了。

但是，最后他为什么会妥协了？是不是因为他独自一个人在纽约待了这么多年，他感觉到了孤单和寂寞？他是在寻求慰藉吗？他是不是希望母亲能够帮助他忘掉米米？基于现在我所知道的一切，这种可能性很小。他爱她吗？似乎不爱。不只是母亲本人,就连我也是这样认为的。他是不是希望最终能够爱上她？他是不是最终被自己对家庭的渴望所击败了？

或许他爱她，只是她看不出来，她也不相信，因为这并不是她想要的爱。

我可怜的母亲。我看到的是她痛苦愤恨的脸庞，我听到的是她冷酷尖锐的声音。父亲一次又一次地晚归，只因为他又去了斯塔顿岛。我想起了许多个周末，她经常独自一个人躲在黑暗的房间之中。她被一种神秘的病痛折磨着，长期卧床不起，我们这些孩子甚至还叫不出这种病痛的名字。除了家庭医生之外，她不允许任何人去看望她，甚至连父亲也不可以。现在，我明白了，她患的是抑郁症。如果我的父母亲没有结婚，他们两个人各自都一定会过得更好。

我感觉对不起他们俩。无论父亲对母亲的感觉如何，无论他多么喜欢与我们——他的孩子——待在一起，他都并没有获得真正的归属感。因为他没有能够和米米在一起。

是父亲的错吗？因为他最终向母亲的诱哄妥协了。还是母亲的错呢？因为她一直在奢求着父亲不能给予她的东西。

我们继续走着，一言不发。这条小道是下坡路，坡度并不大，在一座野生繁茂的树篱前有个大转弯。接着，我们继续往前走着，艰难地穿过灌木丛，越过火车轨道，走过一片草坪，又转入了一条小路，最后终于来到了格劳这个非常偏僻的角落。吴巴在前面给我带路，我们经过了几个院子，孩子在里面嬉戏玩耍。接着，我们在一个花园的大门口停下了脚步。这家人的房屋维护得非常好,应该是刚刚才打扫过。槽里盛着新鲜的鸡饲料。走廊的下方堆放着木柴和引火物。这间房屋虽然面积不大,但是维护得还算不错。我看到走廊上摆放着锡壶和餐具。我们坐在最高的一级台阶上等待着。

我看了看整个院子。院子边上有棵桉树，作为与邻居家的分界线。鸡舍前面有一块木板，人们可以坐在上面。木板前面放着一个石臼。我看到了走廊上栏杆的宽大支柱，即便是一个孩子都能够轻而易举地扶着它们站立起来。几分钟之后,我才终于明白了。我知道这是哪里了。我连忙跳了起来，转过身去。

我听到了屋里传来父亲的呼吸声。我听到了米米在地板上爬动。我听到了他们的低语，他们的声音。我就快要追上他们了。

吴巴又开始讲述他的故事了。

第九章

当丁温把自己的故事讲完时，整个茶馆里寂静无声。你可以听到蜡烛忽明忽暗的声响，还有客人们平稳均匀的呼吸声。所有人都一动不动。甚至连苍蝇也不再嗡嗡作响，只是安安静静地栖息在黏糊糊的甜点上。

丁温已经说出了所有他想说的话。这个时候，他的嗓子也哑了。他的嘴唇还在努力地吐出字来，但是已经无法听清楚了。他还会再说些什么吗？他站起身，喝了一小口冷茶，轻轻地伸了个懒腰，向着门口走了过去。大家都还没有回过神来。他再次转过身，与大家告别。这是他们最后一次看到他的微笑。

街道上有一辆载满士兵的卡车。他们穿着绿色的军装，年纪看上去并不大。人们似乎都没有注意到他们，但是，所有人都还是给卡车让出了一条宽阔的道路。时间就快要来不及了。

丁温系紧了笼基，悠然自得地大步走在主街道上。他的右边便是寺院。墙壁上有几处木条已经掉了，而锈迹斑斑的波浪形锡顶看起来似乎也无法再遮风挡雨了。只有宝塔上小金铃的叮当声响还和以前一样。两位光着脚的年轻僧人朝着他走了过来。他们深红色的僧袍上沾满了灰白色的尘土。他朝着他们微笑，他们也微笑着回应。

他走过空荡荡的集市，来到了面积不大的火车站。他穿过火车铁轨，缓缓地爬到山上，向着她家走去。他确信，她还住在她父母的房子里。他不时停下脚步,环视四周。他并不着急。五十年都已经过去了，他还有什么可着急的呢？他甚至一点儿也不紧张。当他乘坐泰国航空公司波音 737 飞机降落到仰光的时候，他所有的紧张情绪就都已经消失了。此时此刻，他的内心反而充满了难得的喜悦。这种喜悦无法衡量，不再掺杂着恐惧和谨慎，随着时间的流逝，它还在不断地增长扩大。他尽情地享受着这种喜悦，它的力量是如此巨大，他的眼泪忍不住就快要掉下来了。半个多世纪已经过去了，他终于来到了这里。

格劳的美景让他着迷。它们陌生而又熟悉。他还记得这些香气。他了解小镇上的冬天与夏天的气味,集市日和节庆日的气味。逢年过节，焚香的味道便会充斥着所有的大街小巷。他也了解这里的声音。他的格劳会发出嘎吱声、呼哧声、咔嗒声。它时而歌唱，时而哭泣。但是，他并不了解格劳看起来是什么样子。他只是在小时候见过,但那个时候，他的双眼也是模糊朦胧的。他来到了英国俱乐部，空荡荡的游泳池里种上了小树。他看到了远处有几个网球场，上方还有都铎式风格的红顶格劳旅馆。和米米所描述的分毫不差。下一座山的背后，便是他曾经和素季一起生活过的地方。

他站在了一个分岔路口，不知道应该往哪边走。继续往前直走，还是往左转走上陡坡呢？他曾经背着米米在这条路上走了四年，但是，他却从来也没有亲眼见过。他闭上了眼睛。现在，对他而言，它们没有什么用处了。他的双腿，他的鼻子，还有他的耳朵都应该还记得。有种力量在牵引着他一直往前走。于是，他闭着眼睛，径直走上前去。他闻到了成熟芒果和清新茉莉的气味。丁温认出了这种香味。这里一定还有一块平坦的岩石，以前他们经常坐在上面休息。他很容易就找到了。

他听到孩子们在院子里嬉戏玩耍，大笑着，尖叫着。此时的孩子们已经不再是他小时候曾经遇到过的那些了，但是，孩子们的欢笑声却仍然没有改变。尽管他闭着眼睛，但是他的步伐却也充满了信心，连他自己都感到大吃一惊。在纽约的时候，他也曾经尝试着闭上眼睛走路，但是，他撞到了行人、路灯和大树。还有一次，他差点儿就被出租车撞倒了。

然而，在这里，他完全没有蹒跚踌躇，哪怕一次也没有。

他在一个花园的大门口停下了脚步。

桉树的气味。他还经常思念着这棵大树。在纽约，多少个无眠的夜晚，他都在想象着自己又闻到了它的气息。

他推开了门。他时常憧憬着这一刻。

他走了进去。两只狗在他脚下乱蹦乱跳。小鸡乖乖地待在鸡舍之中。

丁温听到了屋里的声音。他脱下了鞋子。他的双脚还记得这块土地。这柔软而温暖的土壤让他的脚趾微微发痒。他摸索着走到了台阶边，抓住了扶手。他的双手也还记得这木质扶手的感觉。一切都和原来一样，完全没有改变。

他一层一层地爬上了台阶。他并不着急。五十年都已经过去了，他还有什么可着急的呢?

他沿着走廊一直走。此时，屋里的声音变小了。当他站到门口的时候，所有人都安静了下来。

他听到人们都从他的身边悄悄地走了出去，最后，所有人都离开了。甚至连刚刚还在围绕着灯泡飞舞的飞蛾，也飞出了窗外，融入了黄昏之中。而甲虫和蟑螂也急急忙忙地爬回到木头的裂缝中去了。

四周一片寂静无声。

他朝着她走了过去，仍然没有睁开眼睛。他已经不再需要它们了。

有人给她做了一张床。

丁温在床前跪了下来。她的声音，她的低语，他的耳朵并没有忘记。

她的双手曾经抚摸着他的脸庞。他的皮肤并没有忘记。

他的嘴巴没有忘记，还有他的双唇也一样。他的手指没有忘记，还有他的鼻子也一样。他对这香气渴望已久了。没有她，他应该怎么样度过呢？他要从哪里才能寻找到力量，支撑着他熬过每一个没有她的日子呢？

这张床足够大，他们俩躺在了一起。

她怎么变得这么轻了。

他的脸庞感受到了她的头发、她的泪水。

要分享的太多，要给予的太多，但是，时间实在是太少了。

直到第二天早晨，他们都精疲力竭。米米在他的怀里睡着了。

太阳就快要升起来了，丁温已经听到了小鸟的歌唱。他把头埋在了她的胸前。她并没有误会他。只是她的心跳听起来虚弱无力，就快要停止了。

他来得非常及时。正是时候。

第十章

快到中午的时候，一位亲戚才发现了他们俩。他早上就已经去过一次米米的家，只是以为他们都还在睡觉。

丁温的头靠在米米胸前。她的双臂环着他的脖颈。过了几个小时之后，等到这位亲戚再次回来的时候，他们俩已经面容苍白，全身发冷了。

这位亲戚连忙跑到镇上的医院里，请来了医生。

医生一点儿也不吃惊。米米已经有两年多的时间没有离开过家门了。在过去的一年里，她也是一直卧病在床。他觉得她的时日应该也不长了。他从听诊器里听到的声音并不容乐观。让他感到困惑的是，她的心脏虚弱，肺部发炎，她究竟是怎么样坚持着活下来的。他几次都提到，要带着她去首都看病。尽管那里的医疗水平也不怎么样，但不管怎么说，也还是要比格劳的好得多。然而，她却拒绝了。当他问道，她有这么多病痛缠身却还能够坚持活了下来，究竟是什么原因，她只是微微一笑。就在几天以前，这位医生还来看望过她，给她带了些药。他发现，她看上去依然充满活力，让他觉得十分诧异。她挺直身板坐在床上，头上戴着一朵黄花，低声地在喃喃自语。她仿佛在期盼着伴侣的到来。

这位医生并不认识米米身旁已经死去的男人。他和米米年纪差不多大，很可能也是缅甸人，但他应该不是格劳或周边地区的人。尽管他年纪比较大，但是牙齿却还十分完整。而且，这位医生也从来没有见过保养得如此完美的双脚，完全不像那些一辈子都光着脚走来走去的人。他的双手也不像是农民的手。他还戴着隐形眼镜。或许他是从仰光来的。

他过世之前的身体状况应该很好，于是，这位医生只能推测出了他的死亡原因。

“心力衰竭。”他在一张纸上写道。

米米的死讯迅速地传遍了整个地区，就像前一天晚上丁温回到格劳的传言一样。当天下午，许多镇上的居民手持新鲜的茉莉花环，或是捧着兰花、小苍兰、唐菖蒲、天竺葵的花束，来到院子里。他们把鲜花放在走廊上，走廊堆满之后，他们又放到台阶上、屋子前，还有院子里。还有人从山上摘来了新鲜的芒果、木瓜、香蕉以及苹果作为贡品，将它们摆成金字塔的形状。米米和他的爱人不能欠缺任何东西。香柱被点了起来，插在地上，或是插在装满沙土的花瓶之中。

农民从田地里来了，僧人从寺院来了，父母带着孩子来了，甚至连年纪太大、身体虚弱而无法爬上山的人们也被亲朋好友带来了。夜晚，整个院子里人头攒动，到处都摆满了鲜花和水果。这是一个晴朗而柔和的夜晚，月光在山头消失尽以后，连门外的道路上和邻居的家里也都挤满了前来哀悼的人群。他们手里拿着蜡烛、手电、汽灯，站在米米家的走廊上放眼看去，便能够看到一片光的海洋。没有人高声说话。那些没有听说过丁温和米米之间故事的人，此时正在听邻居低声地讲述着。几位年事已高的老者甚至说他们认识丁温，而且自始至终都认为，他肯定会回来的。

第二天，所有的学校，茶馆，甚至是寺院都空无一人，在格劳，没有人不知道发生了什么事情。送葬的队伍里回响着哭泣声和歌唱声，还有人在跳舞。市长与军队，寺院方丈，以及当地其他颇有声望的人物协商之后，决定将格劳最伟大的荣誉授予米米和丁温：他们将得到火葬。

那天早晨天一亮，许多年轻的男子便开始收集引火物和树枝，把它们堆成了两堆。送葬队伍花了整整三个小时，才从米米家来到小镇另一边的墓地上。

没有任何的仪式，也没有任何的悼词。人们并不需要安慰。

木头非常干燥，火焰迅速地就蹿了起来。没过几分钟，他们的尸体也很快就被点燃了。

那是一个风平浪静的日子。两条烟柱如同茉莉花瓣一样白。它们笔直地冲上了蓝色的天空。

第十一章

吴巴突然讲到了父亲的离世，这让我感到有些难以承受。为什么呢？尽管我有非常充裕的时间，但是，在生命中，我们怎么可能会做好失去父母的准备呢？

我聆听着他的故事，时间越长，信心也就越来越有所增加。他的故事带给了我一个更加鲜明生动的父亲，比我自己的记忆还要鲜活得多。最后，我觉得我已经离父亲非常近了，却得到了这样的结果。我完全无法想象他已经去世了。我再也见不到他了。我和吴巴坐在台阶上，我确信父亲还活着，他们就在屋子里。我听到了他们的低语、他们的声音。

整个故事已经结束了。我想站起身来，走到屋子里去。我想向他们问好，再次拥抱着父亲。过了几秒钟之后，我才真正明白了吴巴的意思，他们俩都已经过世了。而刚才的我还没有缓过神来，就像根本没有注意到故事的最终章节一样。我们都没有走进屋子里去。我不想看到它里面的样子。我还没有做好准备。

吴巴又把我带回到了他的家里，我精疲力竭，在沙发上睡着了。

在接下来的两天里，我坐在他书房里的扶手椅上，看着他修补图书。我们之间并没有太多的话语。他弓着腰坐在桌前，全神贯注地工作着。

检查着书页。用镊子夹着纸片蘸胶水。填补着一个又一个的“啊”字与“我”字。完全不在乎效率。

他修补图书时的镇定与沉着，让我的心灵也变得平静下来。他从来不问任何问题，也毫无所求。他会不时地抬起头，透过眼镜看着我微笑。在他的身边，我感觉非常安全，即便我们之间并没有太多的言语。

第三天的早晨，我们一起去了集市。我说我要做饭给他吃，因为我在曼哈顿也经常会做饭给朋友们吃。他似乎感到很吃惊，但是同时也很高兴。我们买回来大米、蔬菜、药草，还有调味料。我想做一道素食咖喱，在纽约，有时候我会和一位印度的女性朋友一起做。我向他要土豆的削皮器。他完全不明白我在说些什么。他只有一把小刀，而且一点儿也不锋利。

我还从来没有在火堆上做过饭。饭烧焦了。蔬菜汤沸腾着溢了出来，浇熄了火焰。吴巴又很耐心地将火重新点上。

然而，他仍然感觉不错。他是这样说的。

我们盘着腿坐在沙发上开始吃饭。刚才，做饭让我分散了注意力。这个时候，悲伤又再次涌上了心头。

“你觉得你还会再见到他吗？”吴巴问道。

我点了点头：“我很难过。”

吴巴什么也没说。

“你的父亲还在人世吗？”沉默了一会儿，我又问道。

“没有。他在几年之前就已经去世了。”

“他身患疾病吗？”

“我父母都很长寿，尤其是以缅甸的标准来看的话。”

“他们的过世有没有改变你的生活？”

吴巴想了一会儿：“曾经我大部分时间都是和母亲在一起的，所以现在经常会感觉孤单。除此之外，没有其他什么太大的变化。”

“你花了多长时间去克服它呢？”

“克服？恐怕我不会这样来看待它。当我们克服某种东西的时候，我们会继续前进，而将其抛在脑后。我们会把过世的人抛之脑后吗？还是会带着他们一同前行呢？我觉得应该是后者吧。他们陪伴着我们。他们仍然是和我们在一起的，只不过是换了一种方式而已。无论他们尚在人世还是不幸去世，我们都必须学会和他们生活在一起。就我个人而言，整个过程我花了几天的时间。”

“仅仅只花了几天的时间？”

“一旦我明白，我并没有失去他们，我很快就恢复了。我每天都在思念着他们。我也会想，在某个时刻他们会说些什么呢。我还会寻求他们的建议，甚至是现在也一样。尽管我已经一把年纪，很快我也应该开始考虑自己的死亡了。”他又吃了几口米饭，继续说道，“我没有必要哀悼我的父母。他们年事已高，精疲力竭，早已做好了死亡的准备。他们的生命都非常完整。死亡并没有让他们感觉痛苦。他们也并不难受。我确信，他们心脏停止跳动的那一刻，他们一定是十分高兴的。还有比这更有美感的死亡吗？”

“可能只有到了五十五岁的时候，才能够明白所有这一切。”

“是的，人年轻的时候确实很难明白这些。我自己也是花了很长时间，最终才接受了我妻子的离世。她的年纪并不大，甚至还不到三十岁。那个时候，我们刚刚把这座房子建起来，正在一起过着幸福的生活。”

“她是怎么死的？”

吴巴想了很长时间：“我们非常不情愿被问到这个问题，因为我们也无从回答。你也能够看到，我们的生活非常痛苦。死亡也是我们日常生活中的一部分。我猜想，我们国家的人比你们国家要死得更早。

上个星期，一位邻居家八岁的儿子突然间发高烧。两天之后，他就去世了。我们的医疗水平十分落后，甚至连最常见的疾病都无法治愈。在这种情况下，寻找死亡原因简直是一件相当奢侈的事情。我的妻子是在夜里去世的。我早上醒过来的时候，看到她就死在了我的身旁。我所知道的就只有这些了。”

“对不起。”

我们俩沉默了很长时间。我在想，除了父亲以外，我是否还曾经失去过其他熟识的人呢。我的外公外婆都还健在。去年，一个朋友的哥哥在大西洋里溺水身亡了。以前在周末，我们有时候还会一起去萨格港和南安普敦。我很喜欢他，但我们之间的关系也不算是特别亲密。最后，我也没有能够参加他的葬礼，因为时间有所冲突，我必须得去华盛顿办事。我网球搭档的母亲最近因癌症而不幸去世了。在我小的时候，她还给我上过钢琴课。她被病痛折磨了很长时间。当我取消了约好的会面最终赶到医院的时候，一切都已经太迟了。显然，对我而言，死亡并不是件常事。生病垂死的人是一个世界，而健康强壮的人又是另外一个世界。健康的人并不愿意了解病痛与死亡，就好像与他们无关一样，就好像在薄冰上走错一步，忘记把蜡烛吹灭，以及 X 光检查出胸部有白色肿瘤等这些事情，都还不足以将他们从一个世界拉到另外一个世界。

吴巴把盘子收回了厨房。他鼓足力气向着火焰吹了几口气，加入柴火，便开始烧水。

“我不喝茶了，谢谢。”我说道。接着，我站起身，走向了门口，“你愿意和我一起走吗？”

“当然，”吴巴的声音透过木墙传了过来，“去哪里呢？”

我们的步伐十分缓慢。我感觉有些喘不过气来，但并不是因为爬山的缘故，这里的坡度并不是特别陡。我们正在前往最后一站，这也正是我所期冀的。我已经到过了父亲去世的房屋门前。我也去了他度过童年和少年时期的花园里，还在那里吃了些水果。现在，我只想知道他生命之旅的终点在哪里。

“他没有坟墓，也没有墓碑。大风将他的骨灰吹散到了四面八方。”吴巴提醒我说道。我很害怕看到墓地，似乎我一看到，就意味着我也不得不承认自己的生命之旅也终将完结。

我们走过的路面铺得破破烂烂，接着，我们走上了一条沙路，最后又转上了一条崎岖泥泞的小道。没过多久，我便看到了隐藏在灌木丛和枯草中依稀可见的坟墓。那里有许许多多棕色的厚石板墓碑，略微发灰。其中有些装饰得十分华丽，上面还刻着缅甸语的碑文，而另外一些则没有碑文，简单朴素，沾满灰尘，如同建筑工地上废弃已久的乱石。杂草从石头的缝隙里生长了起来，有些坟上还爬满了荆棘。这里看不到鲜花。所有的坟墓都没有人照料。

我们爬到山顶，坐了下来。这是一个荒无人烟的地方。唯一显露出有人类活动迹象的，便是山坡上如同蚂蚁队伍一般密密麻麻的小路。四周都静悄悄的，甚至连微风吹来发出的沙沙声也没有。

我想起了我和父亲曾经一起去散步，想到了布鲁克林大桥，斯塔顿岛轮渡，我们的家，早晨肉桂卷热腾腾的香气。

此时此刻，曼哈顿离我是如此的遥远，但是，我并不想念它。相反，我心里感觉到了一种莫名其妙的宁静。我想起了一个又一个的夜晚，父亲给我讲故事，伴我入眠。我们曾经一起在中央公园里观看歌剧。我还想起了折叠椅和沉重的野餐篮。父亲并不能够接受塑料餐具和纸杯。他穿着一套黑色的西装，就如同他即将盛装出席时尚界年度之夜一样。还有那个温暖的夏夜，烛光闪烁。每次我都会靠在他的腿上睡着。我想起了他轻柔的声音，他的大笑，他的眼神，还有他那双有力的大手，总是把我抛到空中又牢牢地接住。

我终于明白了，为什么父亲和我们在一起待了这么长时间，五十年之后才又回到了米米的身边。把他留在纽约的并不仅仅只是一种责任感。我确信，他以自己的方式深爱着他所有的家人，母亲、哥哥，还有我。同时，他也深爱着米米。他对所有的爱都忠贞不渝，对此我非常感激。“还有一件小事情，说不定你会感兴趣。”吴巴说道。

我好奇地看着他。

“当时焚化米米的柴堆就在那边，”他指着几步以外的圆圈说道，“你父亲的更远一些，大概还要过去二十米。那天，两堆火是被同时点燃的。柴火很干燥，很快就都被火焰吞噬了。那是一个风平浪静的日子。两条烟柱笔直地冲上了云霄。”

这些他刚才就已经说过了，我在想，接下来他还会说些什么：“然后呢？”

“然后就变得十分安静了。”他微笑着说道。

“安静？”

“彻底的安静。尽管有许许多多的人在场。没有人说话。甚至连火焰噼噼啪啪的声响也完全消失了，只是静静地燃烧着。”

父亲又再次出现了，他就坐在我的床沿。一个粉红色的小房间。天花板上吊着黑黄相间的条纹蜜蜂。“接着，动物们就开始歌唱了？”我问道。

吴巴点了点头：“后来，有些送葬的人说他们确实听到了动物的歌声。”

“突然间，没有人知道为什么，这两条烟柱开始移动了？”

“这是我亲眼所见的。”

“尽管没有风，但是它们渐渐地相互靠近，直到……”

“并非所有事实都是能够解释清楚的，朱莉娅，”他说道，“而并非所有能够解释清楚的都是真相。”

我看着曾经堆放着柴火和尸体的地方，接着又抬头仰望天空。天空很蓝，而且万里无云。

第十二章

当我苏醒过来的时候，四周一片漆黑。我就躺在旅馆的床上。我被一个梦惊醒了。我才十二三岁这么大。深夜，在我们纽约的家里，我听到父亲的卧室里传来了声响，那是母亲和哥哥的声音。父亲在大口大口地喘着粗气，整个家里都充斥着响亮而可怕的怪异呻吟。我从床上爬了起来，穿着白色的睡裙，走过了门廊。我光着双脚，木地板感觉非常的冰凉。父亲房间里的灯还亮着。母亲跪在他的床前，她在哭泣。“不要，”她结结巴巴地说道，“看在上帝的分上，求求你，不要。不要，不要，不要。”

哥哥摇晃着父亲的身体。“醒醒，爸爸，醒醒。”哥哥跪着父亲的身上，按压着他的胸腔，为他进行嘴对嘴的人工呼吸。父亲的双臂摆动了几下，他的眼球突了出来，满头大汗。他紧握着拳头，不停地在挣扎着。他还不愿意离去。

接着，他又再次大声地呻吟着。他手臂的动作越来越小，也越来越慢了，不断抽搐着松弛了下来。没过多久，他的手臂就耷拉在了床边，一动也不动。

这个梦把我惊醒了，突然间，我的内心对现实的仁慈充满了无限感激。

我闭上了眼睛，试着去想象父亲与米米在一起的最后时刻。但是，我完全想象不出来。我必须承认，我并不了解他的这部分人生。然而，我想得越多，我就越是清楚地明白了，我根本没有必要哀伤。我感觉到了自己与父亲之间的亲密无间，尽管这是我无法解释，也无法描述清楚的。这便是孩子和父亲之间天然的无条件的亲近感。无论对我还是对他而言，他的去世都不是一场灾难。他没有竭力抵抗，他只是平静地离开了，而且他还选择了自己离开的时间、地点，以及陪伴着他的人。在他临终之际，坐在他身边的人是不是我都无关紧要，这绝对不会削弱他对我的爱。几分钟之后，我又睡着了。

当我再次醒过来的时候，时间快到中午了。我的房间里很闷热，我洗了个冷水澡，顿时感觉清爽了许多。

服务员在餐厅的角落打着盹。他很可能从七点钟开始就待在那里了。“煎蛋还是炒蛋？茶还是咖啡？”

我听到前台的女服务员缓缓地走进了餐厅。她径直向我走来，随意地鞠了个躬，把一个棕色的信封放在了我的餐桌上。这是今天清晨吴巴拿过来的，她说道。这个信封非常厚，里面装的应该不是信件。我把它打开。里面有五张手工上色的老照片，这让我想起了二十世纪二十年代的明信片。它们的背面都用铅笔标注着日期。第一张是一九四九年。一名年轻女子盘着腿坐在一堵浅色的墙壁前面。她穿着红色的夹克和特敏，乌黑的头发向上梳成了发髻，上面还插着一朵黄色的小花，脸上露出了一抹淡淡的微笑。这一定就是米米了。吴巴果然没有夸大其实。她的优雅与美丽，给我留下了非常深刻的印象。令我感到惊讶的是，她浑身展示出的镇定沉着竟然也深深地打动了我。她的目光十分犀利，似乎她在看着我，而且只盯着我一个人。她的身旁坐着一个八九岁大的男孩，身穿白色上衣。这应该是她某个哥哥的孩子吧？他非常认真地盯着镜头。

这五张照片的间隔都是十年，照片上的米米都保持着相同的姿势。在第二张照片里，她看起来一点儿也没有变老。她的身后站着一名年轻男子，双手搭她的肩膀上。他们俩都在真诚而友善地微笑着，但是又明显让人察觉到了一丝忧郁。

在下一张照片里，岁月在米米的身上留下了痕迹，但是，她的神采却仍然一点儿也没有改变。相反，我觉得年纪稍长的米米反而更加美丽动人。在美国，为了延缓衰老的迹象，即便明知是徒劳无功，女性也都会使用化妆品或者去做整形手术，至少也会敷面膜。而尽管米米也在慢慢地变老，但她看上去就让人感觉十分高贵优雅。

而且这张照片里又再次出现了一名男子。

最后一张照片是在一九八九年拍摄的，在我父亲回到格劳的两年之前。米米变得消瘦了许多，她看起来苍白孱弱。她的身边还坐着吴巴，我多看了几眼才认出来是他。他看上去比现在年轻得多。我把所有照片都摊开在面前，重新又仔细看了看每一张照片。

我的内心第一次感觉到了相似之处。突然间，我的心脏开始剧烈地跳动，让我感觉有些难受。我在脑子里想了几秒钟，才整理清楚了这种荒谬可笑的想法，才明白应该如何才能将它用言语表达出来。我的双眼不停地扫视着所有的照片。一九六九年那张照片里的男子也一定是吴巴，再往前十年，一九五九年那张里的也同样是他，还有最早的那张里，米米身边的男孩也就是他，确凿无疑。我思索着，似乎吴巴就站在我的面前。他坚挺的鼻子、他的大笑、他轻柔的声音、他抓头的方式……我终于明白了，他究竟和谁感觉很像。他为什么不早点告诉我呢？

我希望立刻就见到吴巴。他并不在家里。一位邻居说他到镇上去了。时间已经将近傍晚了。我在主街道上走来走去，打听着他的下落。没有任何人见过他。

我猜想，或许他是去茶馆了。茶馆里的服务员认出了我，便告诉我，通常吴巴一天会来两次，但是，今天他肯定不会来了。今天是这个月的十五号。你要知道，丁温和米米就是在十五号去世的。四年多以来，在每个月十五号的晚上，格劳的人们都会为这对恋人举行纪念仪式。这个时候，吴巴应该是去米米家了。现在，我所需要做的就只是穿过铁路轨道，跟着人群一直走。

我肯定不会走错的。当我到达火车站，便看到了人群蜿蜒着正在往山坡上赶去。妇女们的头上顶着装满香蕉、芒果、木瓜的大碗和竹篮。男人们则手持蜡烛、香柱、鲜花。他们穿着五颜六色的笼基以及纯白色的上衣外套，在夕阳里熠熠生辉。半途中，我还听到了孩子们的声音。伴随着风中小金铃的叮当声，他们高歌着，就和几天之前从山上寺院传来的歌声一模一样。

米米的家很容易就能够辨认出来。这里装饰着许多彩旗。屋檐下悬挂着一串串的小铃铛。院子里和走廊上都挤满了人，他们朝着我微笑致意。我在人群里小心翼翼地穿梭着。孩子们坐在走廊的旁边歌唱，许多大人们也在静静地跟着哼唱。一拨又一拨的人群爬上台阶，走到了屋子里，同时，也有许多人又回到了院子里。吴巴在哪里呢?

我继续向前走着，跟着人群走到了走廊上。

屋子里有一间很大的卧室，除了一张床之外，没有其他任何的家具。百叶窗是关着的。地板上点着几十支蜡烛，整个屋子都沉浸在温暖的橙黄色光芒之中。天花板附近的架子上摆着一尊佛像。床上堆满了鲜花、果盘、茶叶、雪茄、大米，整张床都镶上了金箔，床杆、床头、床尾，甚至还包括曾经用来支撑床垫的床板，它们都在摇曳的烛光中闪闪发亮。地板上还摆放着插满香柱的花瓶，以及装满额外贡品的盆和碗。空气里充满焚香和方头雪茄的气味。妇女们用新鲜水果把贡品中坏掉了的换了下来，又把床上枯萎的花朵带走，摆上了新的鲜花。

他们在佛像前鞠躬，接着，他们又走到床前，闭上眼睛，高举双手，轻轻用手指擦拭着木床。他们的动作轻盈，似乎担心会唤醒病毒，潜伏在我们所有人心里的病毒。

“死亡，”吴巴曾经说过，“并不是生命的终结，而是一个崭新的舞台。”他并不需要向在场的任何一个人解释。

我畏缩不前，安静地站在角落里，一动也不动。黑暗笼罩了整个院子。透过墙壁上的缝隙，我看到此时整个家都已经被蜡烛点亮了。

突然间，吴巴就站到了我的身边。他微笑着，就好像什么事情也没有发生过一样。我想开口说些什么，但是，他把手指放在唇边，示意我不要说话。

作者致谢

我想感谢我在缅甸的朋友，尤其是温斯顿和汤米。我在格劳和仰光进行调查的时候，是他们给予了我慷慨无私的帮助。

我还想特别感谢我的妻子安娜。没有她的建议、耐心、支持，我无法完成这本书的写作。

与作者让-菲利普·森德克尔的对话

你为什么要以缅甸作为《倾听心跳》这部小说的背景？你个人与这个国家之间有什么联系吗？

是的，我与缅甸之间有着非常深厚的联系。我第一次去缅甸是在一九五九年的五月份。当时，我是德国《明星周刊》杂志驻亚洲的通讯记者，因为有任务在身来到了缅甸。我永远都无法忘记我到达缅甸当天的情景。我从来没有到过这样的地方，与我熟知的一切都大相径庭。在机场，在首都，所有一切都是破破烂烂的：带我们去航站楼的摆渡车，航站楼里的空调，行李提取处的传送带。整条街上几乎没有汽车，所有人都是步行。我也没有看到任何的广告。为数不多的几辆公共汽车上塞满了乘客。我很快就能够看出来，这里的生活是多么的艰辛。让我感到非常困惑的还有另外一件事情。在从机场到酒店的路上，我问司机这里有没有麦当劳，他认真地思考了很长时间，最后他转过头来问我："你说的这个人是苏格兰人吗？"他完全不明白我在说什么。

我在缅甸待了将近三个星期，我也几乎走遍了整个国家。这里的人们友善、耐心、坦率，求知欲强，举止文雅，这些都是出乎我所意料的。我与许多缅甸人进行了交谈，显而易见，从过去到现在，他们都一直遭受着本国军事集团无能而残暴的统治。他们都感到非常害怕。然而，他们仍然以极大的耐心与幽默感，来面对生活中各种各样层出不穷的挑战。而且他们都坚信，公平正义总是存在的，即便不是在今生，至少也是来世。换句话说：尽管身处水深火热之中，他们仍然保持着自己的尊严。这给我留下了非常深刻的印象，久久不能忘怀。自此以后，我又去了缅甸很多次。

据说这本书的灵感部分来源于一件和你儿子有关的小事，这是真的吗？你能不能与我们分享一下你的个人经历？

那个时候，我们住在纽约上州。我儿子才刚刚两岁出头，我们正在草坪上玩耍。他把头靠在了我的胸前。突然间，他说在我的身体里听到了一阵奇怪的声响："蹦蹦蹦"。我告诉他，他听到的是我的心跳，因为我们刚才玩了一些剧烈的游戏，我现在还有些喘不过气来，所以我的心脏跳得很快，声音也很响亮。他被深深地吸引住了。"我听到了你的心跳。我听到了你的心跳。"那段时间，这也成了他最喜欢的游戏之一：倾听爸爸的心跳。而我内心的小说家便开始思考……是不是有人总是能够从远距离之外就听到别人的心跳声呢？是不是所有的心跳声听上去都各不相同呢？是不是我们的心跳也像声音一样会随着情绪而变化呢？而现在，我们便有了这部小说。

小说中的两位主人公，丁温和米米，都身有残疾，这使得他们有着自己独特的视角来看待世界。你是否认为这也在某种意义上加深了他们之间的关系？

答案是肯定的，也是否定的。为了写这本书，我做了许多的调查，不仅是关于缅甸的，而且还有关于失明的。我阅读了一些盲人所写的书籍，其中讲述了他们在世界上的体验，描述了他们的各种感官与感觉。我从中明白，如果你失去了某种感官，其他的感官就会变得更加敏锐。可以说，当我在撰写这本书的时候，我也是在设身处地为他们考虑。在这本书出版以后，许多网上博客和论坛的读者都在讨论一个问题，我究竟是不是盲人，因为我的书确实是很有说服力。

我曾经还收到过一封非常好的来信，是一位身患残疾的小伙子写来的，他说这本书反映出了他的疼痛和苦难，而且他也学到了应该怎么样去战胜它们。

然而，丁温和米米的残疾并不是他们爱情的前提。他们的情感只是基本的人类行为。作为读者，并非一定要有生理缺陷才能够与他们感同身受。

这本书开篇便写道，一位父亲抛弃了自己的家庭，回到了他的初恋身边。你是否认为浪漫爱情的力量始终都要比家庭关系更为强大呢？还是说这两者是无法进行比较的？

我认为，这两者是无法进行比较的，但是，它们也并不是相互排斥的！爱有许多面，我们用想象是无法完全看清楚的。吴巴也是书中的主人公之一，我觉得他就解释得非常好："因为我们只能够看到本身已知的现象。我们会把自己的力量强加在别人的身上，完全不理会结局是好是坏，而且我们一开始便会一厢情愿地把这些力量当作是自己所献出的爱。我们都希望可以像自己爱别人一样地被爱着，否则，我们便会感觉不舒服。于是，我们便会以怀疑和猜忌作为回应。我们可能会曲解某些表面的现象。我们无法理解爱这种特殊的语言。我们妄加指责，断言对方并不爱我们。然而，或许他只是以一种特殊的方式在爱着我们，只是我们没有察觉到而已。”

在她的父亲离开之后，朱莉娅迫切地希望弄清楚究竟是怎么回事。于是，她毫无计划，几乎什么也不了解就飞到了缅甸。你认为就我们的父母而言，除了家庭关系中的父母角色之外，我们会很难接受他们的过去以及其他身份，为什么？

问得很好。现在，我自己也是三个孩子的父亲。在我自己成为父亲之后，我对自己的父母也有了更多的了解。我们的头脑中会有着对父母和孩子的映像。孩子们慢慢地长大，不断地变化着，越来越独立，我们最终只能放开他们。然而，现在我明白了，这其实是双向的。孩子们也有着对我们的映像，他们同样要放开我们，学会接受一个事实，即在他们出生之前，我们也曾经有着自己的生活，而且我们性格中的某些部分是并不为他们所知的。这可能会是一个漫长而困难的过程，有时候甚至还会很痛苦。朱莉娅正是经历了这样的一个过程，带着我们和她一起去感受。

这本书在海外也十分畅销。你认为究竟是什么吸引了读者呢？为什么丁温和米米会引起了这么多人的共鸣？

这个问题我也问过自己很多遍。作为德国一家主要杂志的驻外记者，我有幸能够周游世界。我去过许多不同的国家，了解了他们不同的文化特色和价值观念。作为一名记者，我去过的都是非常与众不同的地方：海地的贫民窟，拉斯维加斯亿万富翁的别墅，中国偏僻省份贫困农民的小屋，日本的妓院，还有缅甸小村村长的家。各个国家的差异是显而易见的，但是，我更注重的是我们所有人之间的共同点。我见到的许多人在表面上与我没有任何的相同点，包括语言、历史、文化、生活水平，还有肤色，但是，我还是与他们产生了深深的共鸣，我们的内心情感是相同的。简单地说：如果我们人类应该活得有意义的话，不管我们身处何地，我们都应该要去爱别人，也需要被别人爱着。这就是我这本书的内容。

为什么这个缅甸偏僻小村里两个少年之间的爱情故事——一个双目失明，一个是腿脚不便——能够打动这么多文化背景如此迥异的人呢？因为有些关于人性的故事是没有国界的，它们能够引起我们所有人的共鸣。这本书似乎也是这样的。

《倾听心跳》这本书也涉及了有关神秘主义和精神主义的内容，就像保罗・科尔贺与扬・马特尔的作品一样。你是否也从他们的身上获得了灵感？如果没有的话，那么你参考的是哪些作家及其作品呢？

没有，尽管有些读者把我的书与科尔贺的一些作品相比较，但是，我并没有从他们的作品中获得过灵感。

我阅读了许多美国和英国作家的作品，因为我非常钦佩他们叙述故事的手法。同时，我也发现其他国家的作家也给我带来了很多灵感。我非常喜欢印度作家阿兰达蒂・罗伊以及她的作品《微物之神》。我读遍了日本作家村上春树的所有作品。中国作家余华的有些书我的确也相当喜欢。前些年，我还读了很多拉美作家的文学作品，比如伊莎贝拉・阿连德与加夫列尔・加西亚・马尔克斯。不知道为什么，我不是特别喜欢德国的文学作品。年轻的时候，我最喜欢的两位德语作家是马克斯・弗里施和托马斯・伯恩哈德，他们分别来自瑞士和奥地利。

我认为，在这本书的背景下，自然而然便会出现有关神秘主义和精神主义的内容。缅甸人都是虔诚的佛教徒，同时，他们也非常迷信。

对他们来说，占星术极其重要。对于我们西方这种相对理性的思维方式，他们也并非总是能够完全认同。就像我书中一位主人公所说的那样：“并非所有事实都是能够解释清楚的，而并非所有能够解释清楚的都是真相。”他们的日常生活和思维方式都与精神主义紧密地联系在了一起，我从来没有见到过其他国家会像这样，或许除了印度之外。在缅甸，精神主义延续了上千年，已经成为了他们历史与文化的一部分。我从他们的身上也了解到了很多。

目前，你正在进行的计划是什么？

这本书的第一版已经出版将近十年了，目前，我正在撰写《倾听心跳》的续集。我意识到，我还有很多关于朱莉娅，吴巴，以及缅甸的话要说，我需要延续他们的故事。

除此之外，在过去的六年里，我一直在创作关于中国的三部曲。我曾经作为一名外国记者报道过中国，我对中国也非常感兴趣。中国的经济发展，政治力量，历史文化变得越来越重要，而且其影响力也越来越大。但是，我们对中国还并不是特别了解。前两部小说已经在德国和其他欧洲国家出版发行了，第三部还在创作之中。

著作权合同登记号　图字：10—2013—251 号

图书在版编目（CIP）数据

爱人的心跳 /（德）森德克尔著；孔央译．—南京：译林出版社，2014.8
（外国通俗文库）
书名原文：The art of hearing heartbeats
ISBN 978-7-5447-4072-2

Ⅰ.①爱… Ⅱ.①森… ②孔… Ⅲ.①长篇小说－德国－现代 Ⅳ.①I516.45

中国版本图书馆CIP数据核字（2013）第145117号

书　　名	**爱人的心跳**
作　　者	〔德国〕让-菲利普·森德克尔
译　　者	孔　央
责任编辑	陆元昶
特约编辑	杨　莉　　汤　胜
原文出版	Other Press, New York, 2006
出版发行	凤凰出版传媒股份有限公司 译林出版社
出版社地址	南京市湖南路1号A楼，邮编：210009
电子信箱	yilin@yilin.com
出版社网址	http://www.yilin.com
印　　刷	三河市祥达印刷包装有限公司
开　　本	640×960毫米　1/16
印　　张	17
字　　数	212千字
版　　次	2014年8月第1版　2014年8月第1次印刷
书　　号	ISBN 978-7-5447-4072-2
定　　价	28.80元

译林版图书若有印装错误可向承印厂调换